紫式部の一人娘

阿岐有任

AKI Arito

庫

目次

大斎院に侍りける女房

少女賢子の憧れ

今を時めく、ということばの意味を知ったのは、その人ゆえだった。

きれいな人だった。初めて会ったとき、思わず目を奪われたほど。

「惟規《のぶのり》殿の姪御殿？　初めまして。斎院《さいいん》より参りたる、中将《ちゅうじょう》とぞ申しはべる」

まだ子どもの自分を貴婦人のように扱って、ていねいな挨拶をしてくれたのに、返事もできなかった。にこりとほほえんだ笑顔が輝くようで、板についた所作でお辞儀をする姿が優美で、ぽかんと見惚れてしまったから。

母には叱られてしまった。

「挨拶せよ。常は年頃よりもねびたる物言いをするのに、らしくない無礼を」

あわてて礼を返して、頭を下げてまた上げて、ふたたび見上げた立ち姿は、やはりまぶしいほど美しかった。

斎院中将の君は、絵物語の中のお姫さまとは少しちがっていた。人前に顔を見せ、自分の足で立ち、歩く。女房の身分ではあたりまえだけれども、それはふつう、いやしいふるまいのはずだった。貴い身分の姫君はめったに立ち歩くものではないから、女の歩きなれた姿は、下品で見苦しいものとされていた。

それなのに、斎院中将の君は、立ち姿も歩き姿も、目が離せないほどきれいだった。袴《はかま》の取りまわしも裾《すそ》の引き流しもなめらかに美しく、歩を進めるごとに波打つ後ろ髪の艶がキラキラと輝いた。まばゆいその人は、皇族や公卿《くぎょう》の深窓の姫君とはまったくちがって、人に見られることに慣れていたし、自分を良く見せる術《すべ》を心得ていた。

「賀茂斎院《かものさいいん》に仕えまつる方は、さすがに違うこと」

小姑として、斎院中将の君とはどうにも仲がよろしくなかった母さえそう認めざるを得ないくらい、彼女は見事だった。都の北にある賀茂斎院は文化の発信地で、歌も物語も、絵も音楽も、衣装も化粧も、流行の最先端を行くのはいつだって賀茂斎院の斎王選子《のぶこ》内親王だった。その雅やかな風を、斎院中将の君のような、選子内親王付きの女房たちが折に触れて都に届けた。詠む歌、書く文字、まとう香り、着る服、化粧、しゃべる言葉に立ち居振る舞い——すべてが隙なくおしゃれであることは、きっと美しいその人の仕事のうちで、それを完璧にこなしている姿がとても格好良かった。

そのうえに、斎院中将の君は頭も良かったし、人あしらいも巧みだった。

「義姉上《あねうえ》、御機嫌うるわしゅう」

「誰が義姉上？」

母の不機嫌な返事をも、斎院中将の君は笑顔のまま、さらりと受け流していた。母と彼女は、ひとりの男の姉と恋人というだけでなく、仕事相手でもあった。芸術のたしなみが深い選子内親王が新しい物語を所望したとき、白羽の矢が立ったのが母だった。以来母は左大臣藤原道長《ふじわらのみちなが》公の援助を受けて物語を書き続け、書き上げた作品を賀茂斎院に献上している。新刊が出るたびに、叔父が届けたり、斎院中将の君が引き取ったりして、それが二人のなれそめだった。

叔父という私的なつながりができても、斎院中将の君は仕事に私情を挟まず、手を抜かなかった。才気煥発な洛北の美女は、女流歌人として活躍しているだけあって、言葉への審美眼とでもいうべきものがまことに鋭く、その感性には母も時折たじたじとなっていた。

「『源氏物語《げんじものがたり》』は、こたびの巻も面白う、ゆかしくて。されど紫の上の御年は、計算が合わぬように見はべり。『若紫《わかむらさき》』の帖にて初登場の折、『十ばかりやあらむ』とあるに、同じ場面にその母を指して『亡《う》せて、この十余年にやなりはべりぬらむ』とは如何《いか》に。母君が御産によりて亡くなりてこの時の御年が十二、三として、ただ実年齢より幼く見ゆる姫ということにはべりや。あるいは、『十余年』とはこの台詞の主の僧都《そうず》の勘違いか。いずれにせよ、後々の『若菜《わかな》』帖にて三十七歳の厄年とあるは怪《け》しきこと。光源氏の年齢からすれば、『若紫』にて十ばかりなりとも十二、三なりとも、『若菜』帖にて病を得たる年には三十七をとうに過ぎたるべし」

母紫式部《むらさきしきぶ》は、道長公直々の指名を受けて宮中に召し上げられるくらいには教養高かった。当代随一と言ってもいい。そのうえまじめな性格で、一人娘である自分にはきびしい教師でもあった。その母の仕事をするどく読み解き、良いと思ったところは手放しでほめる一方、いたらぬ点は容赦なく指摘して時にこてんぱんにやりこめる斎院中将の君は、宮仕え人としてもとび抜けて優秀だった。あまりに格好良くて、母にすまなく思いつつも、憧れずにはいられなかった。

おまけに、斎院中将の君は、仕事だけでもなく私生活もとても充実していた。

「中将」

叔父が呼ぶと、ときめいて少女のようにはにかみ笑みを返す。仕事を口実にしょっちゅう家を訪ねてきた斎院中将の君は、叔父と酒を酌み交わしておしゃべりに興じているときは、大きな黒目が濡れて輝き、頰は上気して、ぷっくりと小さな唇は端が上がり、とても可愛らしかった。恋を謳歌するうるわしき才媛の相手役として隣に並ぶと、決して美男ではない叔父でさえ物語の中の貴公子のようで、なんだか面映《おもは》ゆかった。

斎院中将の君のように、流行の最先端の美を常に身にまとい、歌に興じ恋に遊ぶ一方で、仕事にも励んで見事に成果を出し続けて、公私ともに充実した人生を送りたい。

憧れの斎院中将の君は、少女時代の自分にとっては、人生の目標そのものだった。

一　あきがた【飽き方】

賀茂大神には斎皇女《いつきみこ》が奉仕する。

内親王をもって任ずるのが慣わしの賀茂斎院の御所は、平安京北辺の紫野《むらさきの》の地にあり、高貴な斎院には多くの才媛が女房として侍っている。中将もその一人であった。

「すまじきものは宮仕え……」

げっそり、どんより、うんざりとして中将は口元を覆った袖の中だけでこっそり呟いた。「す」と「ま」の間に「さ」を入れてもよい。きつい、つらい、しんどい、誰か助けて――といくら願っても上司が父親で主君が大家という逃げ場のなさ。縁故主義と職住一体も良し悪しだ。主君との関係が良ければ便利なのだろうけれども、中将の場合相手が相手だけに、いや別に斎院の不興を被《こうむ》ったとかではなくどちらかといえば気に入られているほうではあるが、だからこそ私生活の平穏のためには少々の距離が欲しいというか何というか。

あーあ、と溜息を袖の中で押し殺してから中将は腕を下ろす。中将の主君たる賀茂斎院選子《のぶこ》内親王は、今上帝《きんじょうてい》の叔母にあたり、后腹《きさいばら》の尊き姫宮である。今上帝の父帝の御代、先々帝円融《えんゆう》院の御時《おんとき》に斎院に卜定《ぼくじょう》され、以来足掛け三代三十年にわたり紫野で神に奉仕していた。

異例のことである。通常、斎王は天皇一代に一人を原則とする。そのため代替わりがあれば斎院も退下《たいげ》するのが定めなのであるが、選子内親王はどういうわけか、兄帝円融院の譲位の際も、甥帝花山《かさん》院の退位の際も、斎院を退く素振りも見せず現在に至る。本人がよほどこの務めを気に入っているかといえばそういうわけではない。そもそも斎院の選任は天皇の命により執り行われる神事であって、本人の意思が反映される隙などありはしないのだ。事実、選子内親王はかく仰せになられた。

「クッソ暇。嫌になるわ、退屈すぎて死なる」

傍《かたわら》に控えていた中将は、それを聞いて叫んだ。

「斎院ーっ！　斎内親王《いつきひめみこ》が、忌み言葉を、仰せたまうな！」

神に奉仕する斎院は、不浄な言葉を口にするのも法で禁じられている。中将の絶叫を聞いた選子内親王は、うるさげに手を振って言い直した。

「クッソ暇。嫌んなるわ、退屈すぎて直る」

賀茂斎院では、「死ぬ」を「直る」と言い換えるのが忌み言葉のしきたりであった。七言《しちごん》といって忌み言葉は全部で七つ定められており、その中に糞尿に関するものは含まれてはいないが、だからといって内親王が軽々しく口にしていい言葉ではないと思う。思うが、中将にはもう一度声を張り上げる気力が残っていなかった。

「暇や暇や暇や、同じ面々にて歌合《うたあわ》せも絵合《えあわ》せも香合《こうあわ》せも貝合《かいあわ》せも飽いたり。何ぞ面白きことはないか！」

また始まった、と中将はじめ女房らは一様に思った。十二歳で斎院に入り、それからずっと同じ場所で同じ一年を繰り返して十二支は一廻り二廻りを過ぎ、なお暮らしに変化のない選子内親王は基本的に娯楽と刺激に飢えている。そのつれづれをお慰めするために中将たちは歌の腕を磨いて幾度となく歌合せを開き、絵を眺め香を焚き貝を引っくり返して、それでも、やがて時が経てばそれにも飽きる。それはもちろん理解できるが、しかし――

「そもそも、女ばかりが集《つど》ってやいのやいの言うても、なァんも面白うないわ。こう、血湧き肉躍る何かが欲し。相撲人《すまいびと》集めて争わすとか、叶わんもんかな」

「なりませず！」

紫野院は、斎女の御在所である。清く正しく美しい女宮が神に奉仕するのである。当然、男子禁制である。いや、厳密にはそんなこともないが、それでも間違っても閨事だの房事だの姦淫だのが起こってはならない女宮の御所なので、男性の立ち入りは限られていた。むくつけき相撲取りなど引き入れて試合をさせるなどとんでもない。

「それならば、忍びて北山《きたやま》散歩など」

「あきませず！」

「何ゆえか」

「何もかも！」

賀茂斎院が紫野院からお出ましになるのは、毎年四月の賀茂祭で神事を執り行うための賀茂神社参向くらいのものだ。あとは紫野院で粛々と不浄を避けて神への奉仕生活を送っていただく。それが北山などへ出ようとすれば、賀茂神社が上を下への大騒ぎになる。北山は賀茂の向こうなので、どうしたって見咎められよう。

それでなくても北山は山寺だらけで、仏事を避けるべき斎院が足を踏み入れて良い場所ではない。かつて清少納言《せいしょうなごん》は『枕草子』で「斎院、罪深かなれど、をかし」と書いた。罪深いとは、斎王が徹底的に仏の教えから遠ざけられる存在であるために、構造上どうしても罪を負ってしまうのだという世間一般の理解を反映している。少なくとも世の人は疑いもなくそのように解釈しているが、実のところ清少納言は選子内親王のこの柄の悪さを指していたのではないかと中将は思う。

中将はじめ女房らの尽力により、選子内親王の破天荒な言動は紫野院の外へは漏れておらず、当代の帝も都の貴族たちも知るところではない。だが何事にも例外はあり、今は亡き皇后藤原定子《さだこ》の生前に女房出仕していた清少納言がその一人だった。故皇后定子は和歌も漢詩もこなす教養高い女性で、彼女に侍る女房らも選りすぐりの才女揃いだった。華やかな女流文学の発信源だった定子の御所は、選子内親王の賀茂斎院御所と双璧の文壇と讃えられた。紫野院では、暇を持て余した選子内親王のために尋常でない頻度で歌合せやら何やらが開かれるので、中将ら女房一同も否が応にも歌詠みの腕は鍛えられ、今では皆一端《いっぱし》の歌人である。

歌壇の双璧は密に交流した。といっても選子内親王と皇后定子自身はどちらも御所を離れられない身であるので、文通で歌のやり取りをしたのである。取り次ぎは、賀茂斎院側では当時まだ駆け出しだった中将ではなく上臈《じょうろう》女房が当たったが、皇后側は清少納言が務めることが多かった。その中でどうしても、バレた。清少納言には他言してくれるなと言い含め、実際に彼女は誰に言いふらすことも『枕草子』で暴露することもなく、良からぬ風評は流れなかった。ばらそうとしたところで誰も信じやしない、とは清少納言の言である。むべなるかな。

選子内親王は舌打ちなさった。舌打ちである。何と、わりといつものことである。

「紫野の内は飽き飽きや。所も人も、何も新しきことのなければ、今に腐るぞえ！」

数年前に皇后定子が崩御して、文芸界は龍虎の片割れを失った。それを誰より残念がっているのは選子内親王である。故皇后を悼《いた》むはもとより、毎月楽しみにしていた都からの和歌の便りがなくなり暮らしがどうにも味気なくなってしまったことが耐え難く、よく物思いに沈んでは愚痴をこぼしている。子飼いの女房らをいくら鍛えても、外部からの刺激でしか得られぬ心の栄養というものがあるらしかった。

——后と言わば。

こめかみを押さえつつ、中将は苦し紛れに口を開く。

「——さらば、斎院。近頃は左府《さふ》殿も中宮《ちゅうぐう》御所に書をよくする女房どもを集めたりと聞けば、何ぞ新しき絵巻なりと所望なさっては？」

皇后定子が崩御して、後宮《こうきゅう》には代替わりがあった。賀茂斎院の無聊《ぶりょう》をお慰めする役割もついでに引き継いでもらったってよかろう。そうでないと身が保たない。

「左府、なァ。東三条《ひがしさんじょう》の叔父上の五の君が、中宮大夫《だいぶ》かと思うたらば今や左大臣か。時の流るるの速きことと」

中宮とは皇后の別称、左府とは左大臣の異称だ。現在左大臣の任にあるのは藤原道長公である。彼の父君は東三条殿こと故藤原兼家《かねいえ》公で、兼家公は選子内親王の母后の実弟であるから、中将の主君にとって道長公は従兄弟にあたる。皇后定子が存命中、中宮の位にある時は、道長公は中宮大夫として中宮御所の一切を取り仕切るべき立場にあった——のだが、色々と政治的思惑があってか、あまりその職務に熱心ではなかった。定子の晩年には、彼は自身が仕えていたはずの姪を追いやる形で、自身の長女彰子《あきこ》を中宮に立てた。そのため道長公は選子内親王の本性を知らないはずだ。知られていたら困る。

選子内親王はニヤリとお笑いになった。

「近頃は『枕草子』も世に広まりければ、左府も焦りたるかな。——面白し！　良う申したるわ中将、さらば行って中宮御所に我が意を伝えよ。歌の技も物語の枠も、争いありてこそ極めらるるものなれば」

——あ、藪蛇。

主君の言葉は絶対である。言い出しっぺの中将が、斎院の遣いとして中宮御所に出向くことになった。つくづく口は災いの元である。

——斎院も御人が悪い。

身支度のために御前を退出し、自分の局《つぼね》に戻り、髪を整え化粧を直しつつ、中将は今さらなことを考える。

数年前、皇后定子が崩御すると清少納言は宮仕えから退いた。それで隠居生活に入るのかと思えばさにあらず、彼女は出仕時代から書き綴っていた随筆の執筆を続け、完成させて完全版を世に出した。これが『枕草子』であり、現在売れに売れている。どこでもかしこでも写本が作られればら撒かれ、およそ筆の上手い女は誰しも筆が擦り切れるほど『枕草子』を書き写した経験がある。

『枕草子』の内容は大半が皇后定子の御所の華やかな有様の描写であるため、それが世に受ければ受けるほど、当代の中宮彰子はどうしても比べられて評判を落としてしまう。現状一人の皇子も産んでいない彼女は、中宮という位の高さのわりにはそこまで敬意を集められていない。道長公も人臣最高の左大臣の地位にはあるものの、皇后定子の忘れ形見の敦康《あつやす》親王が健在である以上、世間の多くは道長・彰子に与《くみ》しつつも様子見といったところだった。そこへ『枕草子』の大流行、道長公としては心穏やかではいられないだろう。そのせいか、彼は清少納言の侍った皇后定子の御所に負けじと、文才で聞こえた女性を女房として彰子の元へ上がらせていると聞いた。

「姉上、車の用意が整いましたり」

同じく斎院に出仕している妹中務《なかつかさ》から声が掛かる。主君は迅速であった。すでに中宮御所への先触れは紫野院を出発しているとのことだった。

——誰か嘘と言ってくれ！

とはいえそこは悲しき宮仕えの身、行かぬという選択肢はない。中将は身を起こして立ち上がった。すでにしっかり訪問着に着替えている勤め人根性も何やら物悲しい。

清少納言は理想的な出仕先を論じた行《くだり》で何と書いたのだったか。

『宮仕へ所は、内、后の宮、その御腹の一品《いっぽん》の宮など申したる。斎院、罪深かなれど、をかし。まいて、余のところは』

宮仕えするなら、内裏《だいり》か、后の御所か、あるいは——と書いた本人は皇后に出仕したのだから満足だろう。
——まいて、余のところは。
まして自分のところは、と臆面もなく書けるほどには、彼女は皇后定子を慕ってい
て、それはまあ、結構なことだ。
「——よし。参るか」
これも仕事である。中将は腹を括って車に乗り込み、一条院《いちじょういん》里内裏は東北の対《たい》、
中宮彰子の御所へ向かった。
かくして、『源氏物語』が執筆される運びとなるのである。

二　りこう【利口】

正確には、中将が斎院の要望を中宮御所に届けた時点で、すでにその人は何篇かを書き上げていた。

「斎院が、何か新奇なる草子を我が方へ請わせたまうなりと？」

御簾《みす》の奥から若々しくも落ち着いた声で確認してきたのは、一条院里内裏東北対の主、中宮藤原彰子であった。まだ二十歳になるやならずという中宮は、影も声も華奢でどこか頼りなげではあったが、穏やかな虚勢ともいうべき礼儀としての控えめな愛想の良さが御簾越しに伝わる。必死に背伸びをして大人に交じっているような風情に、微笑ましさと感心とほんのわずかの痛ましさを感じた中将は、それらすべてを飲み込んで頷いた。

「さように侍り」

大人しく大人びた中宮は、不安をうまく押し殺してみせて声の調子を抑えつつ、穏やかに微笑んだようだった。邪推かもしれないが、選子《のぶこ》内親王という強烈な主君に近侍して長い中将は、御簾越しに貴人の顔色を窺うことに一日の長があった。

「斎院からの仰せ言とあらば、これは是非とも御役に立たねば」

横から口を挟んできたのは、中宮の父君、左大臣道長公である。四十路《よそじ》を過ぎたばかりの彼は、足掛け二十年になる今上帝の御代の最初期から出世めざましく、その名は斎院御所にも聞こえていた。しかし届くのは名ばかりで、それは中将には少し引っかかるところでもあった。亡き皇后定子の中宮大夫としての彼とは、斎院御所の面々は一度としてやり取りをした記憶がない。

――己が娘と姪と、扱いが異なるは自然なことなれど、何というか、なあ。笑顔に邪気が一片も感じられぬのがまた不気味やわ。

定子の御所が名を高めたのは、定子本人や清少納言ら女房の歌才漢才はもちろんのことであるが、最大の要因は賀茂斎院の文壇との交流である。世俗に関わらぬ斎院に気に入られたところで後ろ盾というほどのものはないが、それでも見栄とハッタリが物を言う宮中において、世に名高き斎院の庇護はあるに越したことはない。当の斎院御所で当人に直に気に入られている中将は勘弁してくれと思っていても、離れた内裏で文のやり取りだけだとそのありがたみはまるで違って受け止められる。

定子相手なら気に入らず無視を貫いていた斎院との雅やかなやり取りも、彰子のためには大歓迎――そう言わんばかりの笑顔と愛想があまりにあからさまで、中将は真っ白けっけに白けた。今上帝には亡き定子所生の敦康親王しか皇子がおいでではないので、他にも身分卑しからぬ女御《にょうご》が複数後宮に侍っている現状、第一席を占める左大臣の息女の中宮といってもその立場は安泰ではない。そのため、賀茂斎院の覚えをめでたくする機会があるなら是非にも、というのが本心だろう。その露骨さを悪びれるでなく開き直るでなく、あくまでにこやかに喜んでみせる左大臣はどうも、中将が好きになれない類の男だった。海千山千の政治家ならば腹黒い本心を真っ白に糊塗してみせるくらいはお手の物だろうが、それにしても――人の顔色を窺うのに長けた中将が見たところ、道長公は後ろめたさを笑みで覆い隠すのもせいぜい三割程度、残り七割は本心からの笑顔にしか見えない。それがまた、じわりと気味が悪かった。

中将は、道長公には返事をせず、中宮彰子に向かって軽く礼を取る。身分の違いと男女差を考えれば、直接の返答を促されない限りは無視しても無礼ではなく、むしろ人を間に立てるほうが心得た振る舞いと考えられる。その間が中宮ではそれはそれで不敬ではあるが、側仕えの誰かが気を利かせてくれることを祈ろう。

中宮彰子は汲み取ってくれたのか偶然か、自身に侍る女房を振り返った。

「とは申せ、並の歌遊びならで草子となると、斎院の御目に掛けらるるほどの出来栄えのものは……藤式部《とうしきぶ》」

呼ばれて半身ほど進み出たのは、三十代の半ばを過ぎたあたりと思《おぼ》しき真面目そうな女だった。

「汝が書きたる物語を斎院の御使いに見せはべれ」

「……かしこまりまして」

藤式部と呼ばれた女房は、草子を数冊差し出す。揃いの装丁で題字も流麗だった。準備の良いことだ。ちらりと道長公を覗えば、得意満面といった様子の笑みを浮かべている。やはり、あって当然の邪気がほとんど感じられないのが不気味であった。

「拝見しても？」

「無論。斎院の御気に召すようならば是非にも持ち帰りたまえ」

中将が一番上の冊子を開くと、それはこのような書き出しで始まっていた。

——いづれの御時にか、女御、更衣《こうい》あまたさぶらひたまひける中に……

昔々あるところに、から始まる典型的な物語だ。こんなありきたりな出だしの話が、目の肥えた斎院を唸らせるとは思えない。のっけから不安である。

話は、故大納言《だいなごん》の娘である桐壺《きりつぼ》更衣が時の帝の寵愛を得て玉のような第二皇子を産みまいらせたが、後見が心細いこともあいまって嫉妬に狂った後宮から総スカンを食らう——という、冒頭から何ともドロドロの展開を見せた。読ませる相手は未婚の処女《おとめ》たる賀茂斎院なのだが、何故こんな題材を真っ先に持ってきたのか。どうも、中宮御所の面々はそこらあたりの気が利かない。

やがて桐壺更衣は心労のあまり病死する。父帝の寵愛は亡き母更衣の面影を持つ第二皇子にいっそう注がれ、第一皇子の生母の弘徽殿《こきでん》女御は気が気でない。美しく才気煥発に育った第二皇子ではあるが、後見のない身で皇位争いに放り込むことを良しとしなかった父帝により源姓を賜り臣籍降下し、皇太子には第一皇子が立てられる。

その後、どういうわけだか先帝の第四皇女が亡き桐壺更衣に生き写しだということになり、彼女が入内して寵愛を受ける。今は源氏の君と呼ばれるようになった第二皇子も、母に似ているという噂のその姫宮——女御宣下を受け藤壺《ふじつぼ》を賜って藤壺女御と呼ばれる——を恋い慕うようになる。

——何、この突拍子もない展開は？

そのあたりで中将はついていけなくなりかけたが、これもお役目である。一応はその巻を最後まで読み、そしてその後の巻にもざっと目を通した。要は、源氏の君が元服《げんぶく》し妻を娶《めと》りながらも義母藤壺女御への想いを捨てきれず、やがて女御の姪にあたる幼女を見出して自分の庇護下に置くという——何でや。節操なしにもほどがあるまいか。母を慕う想いなんて一番性愛から遠い情愛だと思うが、何故そうなる。そして禁断の秘めた恋を捨てきれず面影を求めた相手が成人もしていない少女とは、ちょっとぶっ飛ばしすぎでは？　人倫はどこへ行った。どうせ作り物語なら、せめてこの姪っ子を年頃の乙女にするとか、もっとこう。

――真面目そうな顔して、凄いなこの人。どんな神経しとったらこんなもの年頃の中宮に晒して、身元も明らかにしながら宮仕えとかできるんや。

まあ、何だ。機知に富んだ軽妙な文章が売りの清少納言には書けない話かもしれない。キラキラと輝かんばかりの知的な叙述においては、どんな女ももう清少納言には敵うまい。先駆者はそれだけ強い。であれば、ドロドロに重苦しく、人目を忍んで夜にこっそり読みたくてたまらなくなるような下世話な方向に振り切るのは、戦略としては正しいかもしれなかった。恥も外聞もかなぐり捨てて実際やれるあたりは胆力が凄いし、これをさせた主人は当世一の博奕打ちだ。

「如何《いかが》かな、斎院中将の君」

大博徒もとい左大臣がにこやかに感想を尋ねてきて、中将は笑みを返す。頬が引き攣《つ》った。このあたりは、ごく寛《くつろ》いだ様子で微笑む道長公のほうが何枚も上手だ。

「――並外れたる物語と覚えます。左大臣殿は、我をしてこれを斎院に見せたてまつれと仰せに？」

「ありきたりの物語にては、斎院には御満足いただけまいと」

――手前が斎院の何を知るっちゅうんや！　御気に召さんかったら、さらなる無茶振りを食らうのはまろやぞ！

などとは無論言えない、たかが木っ端役人の娘の中将であった。

とはいえ左大臣の大博奕の捨て駒になるのは御免被る。いざとなったら責任はちゃんと負うべきところに負ってもらわねばならぬ。質を保証するのは本来中将ではなく中宮御所の面々だ。これは責任転嫁ではない。聖なる物は聖の者に、俗なる物は俗の者に。神のものは神に、仏のものは仏に、帝のものは帝に、后のものは后に。

「斎院に侍る中将の君としては、如何《いか》に見るかな」

道長公に重ねて感想を促されたので、中将は取り繕うことを諦めた。元来そこまで器用ではないし、ここはおそらくおべっかを使う場面ではない。

「非凡なる物語なれど、話の流れに飛躍がいくつか。桐壺更衣と源氏の君が瓜二つの美しさなるは親子なれば当然、しかして藤壺女御は？　更衣の父大納言なり母北の方なりが宮筋とか？　女御の母君も后に立ちたまえる御方なれば、いずこに連なる流れなりとも桐壺更衣の扱いの低さはあまりと言わばあまり。それは確かに、『初めよりおしなべての上宮仕えしたまうべき際にはあらざりき』とここにあれど、さらば冒頭の『いとやんごとなき際にはあらぬ』とは如何なることにやある。桐壺更衣と藤壺女御が似たまえるは、血ゆえならばその由を記し更衣の扱いはいま少し重かるべしと覚えはべり、御流れに連なるところなくばいささか無理のある運びと見受けまいらす」

できるだけさらりと、妹と話す時のように軽い口調で言ったので、それがせめて何かを和らげてくれることを祈ろう。女房らがざわめき、藤式部の眉間にはぎゅっと皺が寄った。中宮彰子は御簾の奥で動かない。道長公は眉を上げ、その表情が驚きや怒りに遷移しそうな様子を一瞬中将は見て取ったが、彼の意識が選んだ分岐は笑みを深くすることだった。

「先の一瞬にて、さまでに細かに読みたるか。斎院に侍る女房らは才に長けたる者ばかりとの評には偽りなしと見ゆ」

道長公は面白いものでも見るように目を無邪気に輝かせている。この男は本当に得体が知れない。薄ら寒さを振り払うように中将は言葉を紡ぐ。

「忝《かたじけな》く。――余人には書けぬ比類なき物語なることは疑いなし。されば、如何《いかが》致さん。こなたの草子を今持ち帰れと仰せならば、まろが確かに斎院に献上いたします。改訂、清書なさる御意向あらば、後日紫野へ献じたてまつらせたまえ」

意訳、粗のある物語が斎院の御気に召さんかったら汝らのせいや、まろは知らず。

ふむ、と道長公は試されているとも思っていない様子で軽く藤式部を振り返る。

「如何か、式部」

――あ、丸投げしおったわ。

こういう上司が一番困るのだ。頑張れ藤式部とやら。窮地を招いたのなら申し訳ないが、初対面の貴女より我が身が可愛い。恨むなら突っ込みどころのある文章を書いた自分を恨んでくれ。それに悪いばかりの話でもない。ちゃんと手直しして文句の付けようのない物語を斎院に提出したならば、選子内親王は大喜びで中宮彰子と左大臣道長の覚えもめでたくなる。だから堪忍、と中将は内心だけで手を合わせた。

藤式部は直截に返答した。

「――そのまま、持ち帰りて斎院へ奉《たてまつ》りたまえ、中将の君」

意訳、喧嘩は買った。

どうも、真面目そうな見た目に反してなかなか反骨精神が強い女らしい。身なりと振る舞いが弁《わきま》えた様子であるだけに、書くものに関しては一点集中で濃縮されたそれが噴き出すようだった。

――強烈。斎院ほどやないけれども。

「まことに？」

そう確認したのは、一応、敵に塩を送るくらいの心積もりではあった。だが藤式部はまったくの無表情のまま頷く。

「『源氏物語』は今もまだ続きを書いておる途中にて、見苦しきこと侍れども些末に拘《かかづら》うよりは先に進めたく。――未完の良作は、完成せし駄作に劣るなり」

この一連の草子が『源氏物語』と題されていることを、中将はこの時初めて知った。

――なるほど、おっしゃる。確かに『枕草子』も、清少納言が主君の崩御にもかかわらず完成させて世に出したのでなければ、今ほどの名声を得ていたかどうか。

「さはさりながら、いつの日か改める時のために、中将の君の気づかれたる点も伺いたく。他の巻には何か？」

——ああ、まぐれやと思われとるんやな。

中将はそう取った。差し出された草子を一瞥しただけの中将が、細部まで読み込めているはずがなく、パラパラとめくって目についたところにケチをつけただけだと思われているのだろう。それを暴き立てておけば今後の斎院御所とのやり取りも上位に立てる、ということらしい。少なくとも、藤式部からやや離れたところで道長公は満面の笑みで頷いていた。しかしながら、残念、中将は速読が大得意なのである。

「『語り伝えけむ人のもの言い性無《さがな》さよ』——己が書きたまう文にて、かく卑下なさることはなからん。謙譲は美徳なれど、誇るべきは誇るが斎院の好みたまうところにて。さてそれにしても、雨夜の品定めの行《くだり》には良う『さがな』の言葉を見たり。桐壺の帖には一度のみ見つるに、こなたには繰り返し。『このさがな者をうちとけたる方にて』『かのさがな者も思い出である方に忘れがたければ』——さて、今日の都にさがな者と言わば、思い起こさるる御方が一人。何か、秘めたる意図など？」

さらさらと別の帖の文を引きながら中将が言い募るほどに、藤式部の表情は苦々しくなる。それを見て、中将は最後はあえて話を明後日の方向に投げて手を緩めた。案の定、最後の最後で藤式部の顔の筋肉がぽかんと弛緩する。何と、笑みを崩さなかった道長公までもが呆気に取られたような間抜け面を一瞬晒してから、爆笑に転じた。

「隆家《たかいえ》に？　――ははは、これは愉快！　まことか式部、権中納言《ごんちゅうなごん》に忍ぶ恋を？」

まさか。心外だ。藤式部の顔にはっきりとそう書いてあった。取り澄ました鉄面皮かと思っていたが、負の感情はわりと素直に出る性質《たち》のようだ。

さがな者とは、荒くれ者とか乱暴者とかいった意味であるのだが、最近はほぼ固有名詞と化している。それは権中納言藤原隆家卿の仇名だった。隆家卿は道長公の甥で、亡き皇后定子の実弟である。二つ名の由来は、行く先々で喧嘩騒ぎ、死人を出したこともあれば、法皇に矢を射掛けて流罪になったこともあるという、俄《にわか》には信じがたい乱暴狼藉武勇伝の数々にある。斎院とさぞや気が合うか、さもなくば同族嫌悪で周囲一体焼け野原になるほどの喧嘩をしかねないから、絶対に交流させるな互いに興味を持たせるな誰にもまして隆家卿には死んでも選子内親王の本性をゆめ知られるな――というのが、皇后定子の生前から斎院御所の鉄則であった。実際骨を折ったのは、斎院に仕える中将達より、清少納言のような定子付きの女房らであったが。

藤式部は、当然、一刀両断に否定した。

「大殿ともあらん方が、戯れ言を。――中将の君。細かなところまでも読み込まれ、恐悦に存じます。さらば中将の君が思い定めたまえ。我が草子が畏れ多くも斎院の一時の慰めになりや否や、持ち帰りて奉るべしや否やを」

中将は藤式部を見なかった。扇で顔半分を覆い、左大臣道長公を窺う。向こうからは中将の目はほとんど見えないはずだが、彼は中将としっかり視線を合わせて頷いた。

――隆家に？　まことか式部。

先ほどの反応、多忙な左大臣の身、物語が基本的に女の娯楽であること――三つ揃えば、道長公がろくに『源氏物語』を読んでいないことは明白だ。それでも、今後の中宮御所の評判を大きく左右しかねない一手を、一介の女房にすぎない藤式部に委ねて平然としている。よほど彼女を信頼しているのか、『源氏物語』が斎院の気に入るものでなくてもまだ他に打つ手があるのか、あるいは斎院の機嫌を損ねたところで畏るるに足らず、とでもいうのか。または全部ハッタリか。

人の顔色を窺って我が身を処す中将には、この手の人間は一番疲れる。扇の後ろで溜め息をひとつ零してから、唇の端を吊り上げて扇を下ろして脇に置き、代わりに草子の束を恭《うやうや》しく両手で受け取った。

「――確かに、斎院に奉りまいらす」

中将としても、そのあたりが限界だった。どっと疲れた。

すさまじきものは宮仕え。「さ」を抜いてもよい。

三　まづかひ【間使ひ】

結句、選子《のぶこ》内親王は『源氏物語』をたいそう気に入られた。

「中将、早う続きを催促して参れ！」

予見はしていた。絶対に好きだと思った、こういうドロッドロのえっぐい話。神に奉仕する賀茂斎院が好んで読むべき物語とも思えないが、暴れられるよりはましである。懸念は、選子内親王が『源氏物語』の熱心な読者になったことが、想定以上に都に喧伝されてしまったことだが――中将は軽く唇を噛んだ。

左大臣道長公はしたたかだった。紙も筆も墨もふんだんに藤式部に与えて続刊を書かせ、既刊ともども字の上手い女房らに装丁まで凝った写本を作らせては都にばら撒いた。教養高き選子内親王直々のご注文という経緯はお墨付きを与えた形になり、猫も杓子も群がって読んだ。中宮彰子の御所は定子のそれを継ぐ文化の発信地となり、賀茂斎院はなし崩しにその後見のような位置づけで世間に認知された。言うまでもなくこれは、今上帝の皇子女の亡母である皇后定子の栄光を過去に埋もれさせ、また中宮彰子が寵を競う他の女御らを出し抜き引き離す一助となった。

「こういうものを好まれる御方やとは、あまり世に知られたくはないというに」

「左大臣殿も、未だ孫皇子もおわさねば、賀茂斎院を後ろ盾に付けらるる機は逃すべからざるなりと見ゆ」

「罰当たりな奴」

妹の合いの手に短く吐き捨てて、中将は両手の指を組む。斎院の政治的利用とは、神をも畏れぬ野郎だ。まあ誰よりも神を畏れていないのは選子内親王と、彼女に仕える自分たちであるのだが、どれほどぶっ飛んだ主君でも他者にいいように扱われるのは気に食わない。神仏は関係なく。

「物は考えようやて、姉上。賀茂斎院が左大臣と中宮方の後見《うしろみ》と見做《みな》さるならば、逆もまた然り。衣も紙も筆も香も、左府殿にたんと贖《あがの》うていただけばよろし」

「……確かに」

何やら腹立たしいが、現実的な妹の意見に同意せざるを得なかった。賀茂斎院にかかる費用は国家予算から出るが、国家予算であるだけに、本来は定員外の女房を抱えて優雅な歌遊びに興じる余裕はない。名が高まれば色々と付け届けや寄進もあり、それで何とか賄っている。だがその宛先はあくまで、並外れた寵愛を賀茂大神から受ける尊く教養高く清らかな斎内親王であって、現実の選子内親王その人ではない。あの人柄が世間に知られたら全部終わる。

　中将だって大変なのだ。退屈を持て余す選子内親王のために色々と遊びを手配して、無駄に予算を食いつぶすわけにいかないから高尚な文化の頂点としてあの手この手で広報を行い、目に見えぬ何かを売りつける。無論、賀茂斎院が大っぴらに商いをするわけにもいかないから、そこは世智《せち》に長けた者同士の阿吽の呼吸というやつだ。外の者は、たとえば寄進やら何やらにかこつけて歌を寄越す。その作法が雅やかで心得たものであれば、相手の身分に応じて、まずは女房から歌を返す。最初は無名の駆け出しから、後になってくると中将や中務のように歌人としてそれなりに名が聞こえている者から。そうして文通が始まり、よほど気の利いた付け届けを贈ってくる者があれば、斎院御自ら御歌を下賜されることがなくもない。その希少価値とありがたみを高めるために選子内親王の本来の人柄は隠し通し、生まれと歌才の他は実態とかけ離れた人物像を喧伝し、書き付けの類は大事に取っておく。内輪の歌合せでも、詠まれた歌を書き留めておけば後々売れるので、中将はできるだけ値を吊り上げるべく対外工作に勤《いそ》しんでいるのであった。

　歌詠みの名声は所詮虚業であり、米より布より相場の変動が激しい。多少危ない賭けでも、投機的に売っていかなくてはならない。それでもって下馬評が割れているうちに勝ち馬に全額突っ込む。斎院長官の娘であり、選子内親王の最側近として取り立てられた中将は山師であった。紫野の地は野っ原で、山らしきものは清少納言が『枕草子』に「丘は船岡《ふなおか》」と書いた船岡くらいしかないが。なだらかな丘陵で、若菜摘みの名所である。「君がため春の野に出でて若菜つむわが衣手に雪はふりつつ」と船岡の若菜摘みの歌を詠んだのは、中将の五代前の先祖、光孝《こうこう》天皇である。

「東宮《とうぐう》は主上の御従兄弟、主上に男皇子は故皇后の産みまいらせたまいける若宮一《ひと》所《ところ》のみ。左府とていまだ孫皇子なければ、一蓮托生に結ぶは心許《こころもと》なけれど……」

宮廷の力関係は、これからどう転ぶかわかったものではない。今上帝の後宮には、桐壺更衣よりよほど生まれの高い女御が三人侍っている。物語ではなく現実の弘徽殿女御は内大臣の娘、承香殿《しょうきょうでん》女御は右大臣の娘、前御匣殿《みくしげどの》女御は道長公の亡兄である前関白《かんぱく》の娘だ。道長公がいくら人臣筆頭の左大臣の地位にあるといっても、女御の誰かが皇子を産めば形勢は簡単に引っくり返る。中宮彰子が素腹のうちは、道長公は安心できる状況にない。四人の后妃の誰かが皇子を産むまでの限られた期間が、賀茂斎院の後ろ盾をもっとも高く売りつけられる時機だ。

斎院御所としては手を結ぶ相手を決めるのはできれば勝ち馬が確定してからのほうがよいが、そうなった暁には向こうはもうこちらとの繋がりをありがたがってはくれないだろう。今賭けに出るしかない。三人の大臣のうち一番若いのが道長公だった。最先端の文化の発信地として売っている賀茂斎院としては、流行を嫌う老人よりはまだ新しいものに理解を示してくれそうな出資者を選ぶのが当然だった。

「なァんか、癪に障るけれども」

しかし仕方があるまい。こうなったら、集《たか》れるだけ集ってやる。毒を喰らわば皿まで、骨の髄までしゃぶりつくそう、と中将は肚を決めた。


——しかしながら、物事とは得てして明後日の方向に転がるものであって。

「『源氏物語』の新しき巻を持ち参じたれば、斎院に御目通りを」

男の声を御簾越しに聞きながら、左府のドアホウ、と中将は内心で悪態をついた。

この日、賀茂斎院には内裏からの客人があった。六位蔵人《ろくいのくろうど》藤原惟規《のぶのり》と名乗る男である。

最悪だ。蔵人は、天皇の秘書役兼世話役といった役どころで、要は使い走りである。基本的に勅許なく殿上《てんじょう》に上がれるのは三位からという定めがあるが、その原則を貫くと天皇の御用向きを伺うことができる人間も高位ばかりで、下働きなどさせられない。そこで、予定の管理や連絡の取り次ぎ、お食事の給仕のような雑務をさせる五位・六位相当の役職が例外的に設けられ、これが蔵人であった。特に六位蔵人は、本来なら天皇と言葉を交わすことも許されず貴族のうちにも数えられぬ位階であるので、この職を得た者は大変な名誉とされた。——というのは、中将にはどうでもいい。大事なのは、六位蔵人が天皇の遣いであるということだ。

「……女子《おなご》の物語合せに蔵人殿が御足労とは、恐縮に存じます」

ちょっと大げさすぎん？　と言外に込めた意はまったく伝わらず、惟規は朗《ほが》らかに微笑んだ。

「斎院は主上の御叔母上、ゆめ疎かにすべからずとの思し召しにて。身贔屓のようにて面映ゆけれど、主上も御覧ぜられて良しとさせたまいける帖なれば、疾く献ぜよとの御意に候」

——ああ、やっぱり。

女房の誰ぞではなく蔵人が来たと聞いてから嫌な予感はしていたが、賀茂斎院がドロドロにエグい愛憎をこれでもかと描写した『源氏物語』をお好みだという話は、今上帝にまで伝わってしまったらしい。それもこれも左大臣のせいである、どうせ道長公は、ここぞとばかりに子飼いの女房の著作の宣伝を打ったのだろう。万一、天皇が物語に感化されて現実に桐壺更衣のような寵妃が出てきたら、誰より困る立場のくせに。その豪胆さのおかげで、できれば私的なものに留めておきたかった交流はこれ以上ないほど大っぴらになってしまった。せめてもの救いは、今上帝ご自身も『源氏物語』をお気に召したらしいことだが——惟規とやらは聞き捨てならないことを言った。

「身贔屓とは？」

「紫 式部《むらさきしきぶ》は、我が姉に候」

藤式部は、『源氏物語』が斎院と天皇のお墨付きを頂戴した形になったことで、氏ではなく著作由来の紫の一字を冠して呼ばれるようになったらしい。

「……それはそれは」

あの愛想のない女の弟というわりには、惟規はへにゃりと気の抜けた印象を与える男だった。私的とはいえ曲がりなりにも天皇の御使者としては威厳がない。しかしそれでも、六位蔵人かつ紫式部の弟という立場上、今後も『源氏物語』の新刊を届けてくるのは彼になるだろう。中将は咳払いした。

――恨みはないのや。憎うて申すのやない、堪忍な。

「斎院は、奥にて御神事の最中におわします。草子はまろが預かります。必ず斎院へ奉るゆえ、こなたへ給え」

中将は御簾から出ずに、下臈の女嬬《にょじゅ》に受け取りを命じて庇《ひさし》の惟規へ近寄らせる。身分に合わぬ仰々しい振る舞いで、我ながらどこの姫君だと思わなくもないが、ここは大いにハッタリをかます場面であった。

惟規は瞬《またた》いた。

「……されど、斎院に宜《よろ》しく申すべく、主上からも仰せつかりければ」

そう来るだろうとは思っていた。堪忍な、ともう一度心の中だけで呟く。

「あなや、蔵人殿。ここを何処と思さるるか。畏れ多くも賀茂大神に仕えまいらせたまういと貴き斎院に、六位の男《おのこ》の身にて直に目通りが叶うと？」

別に、個人としてならともかく天皇の使者ともいうべき蔵人としてなら面会しても良いのだろうが、ここは言いくるめなくてはならない。外部の人間と選子内親王を喋らせるわけにはいかないのである。

「しかし」

「『君や来し、我や行きけむ』」

中将が古歌を引くと、惟規はぴたりと動きを止めて硬直する。意は通じた。歌の心得はある男のようである。ついでに中将は『源氏物語』の一節も諳《そら》んじてみせた。

「『男の例とは言いながら、いとけしからぬ御心なりけり。斎院をもなお聞こえ犯しつつ』――さて、人倫に悖《もと》る恋模様をば、姉君は夢物語に書き散らしたまいて、弟君の蔵人殿は現《うつつ》に在原業平《ありわらのなりひら》の二の舞を演ぜんとてか」

「よもあらじ！　我は」

三十代半ばと思しき大の男が慌てふためく様子はちょっと可愛かった。口元を扇で覆いながら、中将は畳み掛ける。好色なる光源氏は従姉妹の斎院にも言い寄った。

「さらば、草子を早うこなたへ。案じたまうな、まろより確かに斎院に奉りますゆえ」

というか、続刊をそれはそれは楽しみにしている選子内親王相手に、受け取ったものをうっちゃっておいたら中将が大目玉である。

惟規はしばし逡巡し、それから諦めたように草子を女嬬に手渡した。

——勝った。

人知れず中将は安堵の溜め息を漏らす。女嬬から受け取った草子を、奥の局で寝っ転がっていた選子内親王に献上した。

だいたいそんな感じの馴れ初めで、中将に彼氏ができた。

惟規と気安く言葉を交わすようになるまで、さほど時間はかからなかった。

「頼む、中将。今日こそ斎院と会わせてもらわんことには、我が姉にきつう責めらるんや」

「情けなや。怒鳴られとき。板挟みは使者の宿命、上手く捌《さば》いてこその役目ならん」

眉を八の字にして肩を落とす年上の男は、可愛かった。

「とにかくにかけてな言いそ、然《しか》りとて、ならぬものゆえ我頼めなり……」

一首詠めるあたりまだ余裕そうである。惟規の歌才に中将の胸は高鳴った。中将は、歌が上手い男には弱いのだ。絆《ほだ》されそうになるのをぐっと堪《こら》える。

『源氏物語』の新刊や新装版が一条院里内裏から届けられ、それに選子内親王は歌や花を添えた礼状を返し、それが繰り返されてやがて中宮御所と賀茂斎院の間の文通は常態化した。その使者は、いつもというわけではないが、紫野院から一条院へは中将が、逆は惟規が務めることが多かった。

中将は普通に中宮彰子の御前に通されたし、彼女の都合が悪い時でも作者の紫式部とは必ず顔を合わせたが、惟規や他の使者が選子内親王と直接口を利くことは中将ら賀茂斎院の女房らが頑として許さなかった。それが、紫式部にはえらく不服らしい。先日もこんな会話をした。

『惟規は我が弟なれども、斎院へは畏れ多くも主上の御名代として参り侍るに、直の御挨拶も許されずとは、中将の君は朝権を何と心得たまうか』

『朝権？　そも蔵人は、公《おおやけ》に仕えたてまつる者とはいえ、仰々しきことを避けんがために、軽々しく扱わるる六位をもって任ぜらるるもの。勅使ならで蔵人を遣わせたまいしは、気安げなれとこそ思し召しにはあらずや。それを都度都度斎院へ目通りさせては、かえって則《のり》を乱すことにならん』

口から出任せであった。しかし口手八丁嘘八百は高飛車と取られたらしく、紫式部にはいっそう嫌われた。逆に弟のほうは戸惑いを見せた。

「まことに、蔵人にては位に不足ありと思うてはおるまい。また我が業平がごとくに不埒なる振る舞いに及ぶとも、露とも。しかして、何故そう頑なか？」

「さて、確かに業平を気取る顔やなけれども」

歌はともかく、と小声で付け足しつつ中将は惟規の顔に両手を伸ばし、その両頰を髭がちくちくと刺さるくらいの強さで押さえ込んだ。三十代らしく張りの失われてきた肌を、上に引っ張って伸ばす。その力で上向いた顎のすぐ上にある唇に口づけた。

「斎院に仕えまいらす女房にかように通じて、不埒なる振る舞いに及ぶ気なしとは、よう言うわ」

「誘ったんは誰かな？」

「さて、誰なりしか。我か君か、『君や来し、我や行きけむ、思おえず。夢か現《うつつ》か、寝てか覚めてか』」

唇の上で口ずさむと、惟規は少し笑って中将の背に腕を回し、そのままくるりと体勢を反転させる。今度は中将が押し倒される格好になった。上体を起こした彼が灯台の火を吹き消すと、中将の局は途端に暗くなる。訪れは日のあるうちだったのに、いつの間にか暮れていた。

「『かきくらす心の闇に惑いにき。夢現とは、世人定めよ』――ああ、世の人は我が来たりと定めん。そのほうが面白いものな」

こういう、冴えないくせに歌の素養はあるところが小憎い。キュンときてしまう。

昔々の実在の貴公子、在原業平は、光源氏のように臣籍降下した元皇族という尊い生まれで、光源氏のように美男の誉れ高く、光源氏のように歌才に恵まれ、光源氏のように恋愛遍歴が華やかだった。一五〇年前の伊勢斎宮《いせのさいぐう》恬子《やすらけいこ》内親王にも密通したとかしないとかの逸話が語り継がれている。伊勢斎宮は賀茂斎院と双璧をなす存在で、伊勢神宮には賀茂神社と同様、未婚の皇族女子が斎王として奉仕する。神に仕える斎内親王が男と通じるのは禁忌中の禁忌であるが、それをやらかしたのが業平で、恬子内親王に聖務を忘れさせるほどの色男ぶりが今でも語り種《ぐさ》になっている。道ならぬ恋の中で二人が交わした和歌が、中将と惟規が引いた古歌だ。

惟規は業平のような美男ではないし、顔を不問にしても斎院に密通するような度胸の持ち主ではない。生まれも低い。だが、とにかく選子内親王を外部の人間に会わせないためには、中将はどんな言い訳だってする。自分の寝所にも引っ張り込む。

「業平は男の夢にやあらん。それゆえ、会わせられぬのや。惟規殿が心惑わすは、まろのみにて十分」

「正気か？　いと貴き姫宮とて、四十も半ばの大年増に手を出さんとは思うものか」

中将は笑いながら惟規の頬を軽く叩いた。だから、言い訳の口実ではある。とはいえ、他の女にできるだけ会わせたくないというのも本心である。ただ誤魔化すためだけに投げ出せるほど、女の操は安くはない。最後のだけは本気だったのに、もう。

「別に、ええやないか。直に会わずとも、斎院は大いに『源氏物語』を好みたまうとぞ、毎度まろは言伝《ことづて》しとる。よしやそれが偽りならば、日本紀《にほんぎ》の御局《みつぼね》には、感謝されこそすれ責めらるる謂《いわ》れはなし」

日本紀の御局とは、紫式部の仇名である。命名は彼女の同僚の女房らしく、上辺は褒め言葉だが、仰々しい響きが過ぎてかえって嫌味に聞こえる。惟規によれば、少なくとも本人はこの呼び名を気に入っていなかった。賀茂斎院の女房らが選子内親王の本性を表に出さぬため一致団結して対外広報戦略に当たる一枚岩なのに対し、中宮彰子の女房らは才を競い足を引っ張り合い火花を散らしているらしい。宮仕えとしてはそのほうが普通ではある。つまり中将らが仕える斎院御所は、やめようこの話。

惟規はがしがしと頭を掻いた。

「そうなんやけれどもさァ……！　わかっとるくせに、中将。姉上はな、君に恩を売らるるのが気に食わんのや」

「嫌われたるもんやなぁ」

「斎院への取り次ぎばかりが理由やなし。歌も漢詩も良うする女は姉上には脅威や、若ければなおのこと。それやのうても、中宮御所には才を競う女房らが次々と……」

紫式部は『源氏物語』で一発当てたが、文化人としての地位はそれほど安泰ではない。日本紀の御局などと仇名を付けた加賀左衛門《かがのさいも》とかいう女房も中宮彰子に仕える歌人で、紫式部と火花を散らしている。左大臣道長公は賀茂斎院の後ろ盾を得てますます中宮御所を栄えさせることに余念がなく、才女を次から次へと雇い入れていた。惟規によれば、藤式部から紫式部へと伺候名を変えた理由の一端もそこにあるという。

「新参の女房の、和泉《いずみ》式部というのが、またな。藤原にはあらねど、式部は侍名としては珍しくはなく、さらにまた式部が増えることもあらんとて、左府の命によりて氏を冠するを止めて紫と。その発端となりし和泉式部が、顔は良し、歌は巧み、恋上手、姉上より若いときては……」

「あー……叔母上、女に嫌わるる女の典型やものなァ」

最近になって中宮彰子の藤壺に出仕を始めた和泉式部は、中将の母方の叔母である。美人で、異性の気を引くのが上手く、とんでもなく男にもてる。加えて、これは血筋というか半ば家業だが、歌詠みや物書きの腕も一流だった。紫式部だって歌も詠めば物語も書くが、顔は人並みだし、色恋沙汰は――二夫に見《まみ》えぬ貞女、と言っておこう。あちらもこちらも気に食わぬ同業者が増えて、心中穏やかではいられないのだろう。そして彼女の癇に障る女流歌人の筆頭は、おそらく中将だ。

「斎院の威光を笠に着たる居丈高な使者、好色なる同輩女房の近親、さらには弟に手を出して――これは、今さら斎院に取り次ぎたるとて焼け石に水やないか？　だーめ、会わせてはあげられませず」

「こやつ！」

中将を上から押さえつける力が強くなり、身動きが取れなくなった。両手首を茵《しとね》に縫い付けられたので、首を浮かして口づける。舌を濃厚に絡ませてしばし貪りあったが、惟規は今日はそれ以上に進もうとはしなかった。

「……帰るわ。今日は何やら警備の侍《さむらい》が多い。見咎められてもな」

名残惜しかったが、中将は頷く。中将と惟規は、一応は忍ぶ恋だ。斎王ならざる身の中将には逢瀬も別に禁忌ではないが、場所が場所だけに色恋沙汰はあまり聞こえはよろしくない。女房らの不純異性交遊を取り締まるためなのか何なのか、賀茂斎院勤めの侍らはこのところ妙に勤勉だった。むさ苦しいったらありゃしない。

「また来たまえよ」

ひらひらと手を振る中将に、惟規は愛情と苛立ちとがないまぜになった苦笑を向けてから、中将の局から出ていった。脇息《きょうそく》に片肘を立てて頬杖をつきながら、大丈夫かな、と中将は思う。惟規はどこか抜けているところがあり、運にも恵まれず、立ち回りが下手な男だ。そこが可愛いのだが、それは置いておいてその彼が「見咎められてもな」などと口にすると、どうも良い予感はしない。

「――待て、何奴！」

外から聞こえてきた斎院御所の侍の誰何の声に、中将の頬杖はガクッと崩れた。何てお約束な奴だろう。蜻蛉《とんぼ》返りに局に駆け込んできて慌ただしくバタンと蔀戸《しとみど》を閉める惟規を、中将はとりあえず微苦笑で迎え入れた。

籠城戦は半刻に及んだ。

「出でまいらせよ！　何なる人ぞ！」

侍どもの厳しい声に、惟規は情けない顔をして中将に抱きついた。

「ああ、如何《いか》にせん。かようなことが顕《あらわ》にならば、姉上の御立場も」

目の前の恋人の立場は？　と思ったので、ぺちりと頬を叩く。

「あのさァ。我こそ蔵人なり、斎院に直の目通りを、などと言うたるは誰か。堂々としとれば良かりけるに、まろの局に入るとは。要らぬ煩《わずら》いを招きよって」

「――あ」

中将との関係をおくびにも出さずに、蔵人として賀茂斎院を訪ねてきたのだと言えば、侍どもは非礼を侘びて平伏するだけだっただろう。よりにもよって彼らの面前で中将の局に逃げ込むから、ややこしいことになってしまった。

まあ、そんな抜けているところも可愛いのだけれども。思わずニヤついてしまう。

蔀戸を乱暴に叩く音がする。

「女房殿！　開けられよ、斎院御所に身元不明の男が在るは許されず！」

荒々しい声に反して、彼らは無理に蹴破ろうとはしないようだった。木製の蔀戸は男数人がかりなら壊せないこともないだろうが、さすがに勤め先の施設でそんな狼藉をして女の部屋に押し入るのは躊躇するらしい。では建物の中を抜けて裏口でもどこでも急ぎ惟規を逃してしまえばいい、と思ったら相手はなかなか手強かった。

「御門をすべて閉じよ！」

それは不味い。局に踏み入られることがなくても、紫野院から出て行くこともできなくなってしまう。

胸元で頭を抱える惟規の肩をぽんぽんと叩き、中将は平静を装いつつ問いかけた。

「さて、如何《いかが》せん。こうなっては、事を収むるには斎院に啓《けい》すほかはあらじ。共に参るかえ？」

ぶんぶんと首を横に振る惟規に、中将はもうこみ上げる笑みを隠しきれなかった。

「よろし、さらばまろが斎院に頼みて参るゆえ、しばし待ちおれ」

惟規の顔を胸に押し付けるようにぎゅっと抱きしめてから、中将は立ち上がる。背《せな》に、背《せ》の君《きみ》の声が掛かった。

「――中将。謀《はか》りたるか」

中将は振り返る。言われてみれば確かに、そう思われても仕方のない状況だった。これで中将の取りなしで事が丸く収まったら、惟規は二度と斎院に会わせろとは言えないだろう。隠し事があるだけに、事実無根だとしても疑うことは責められない。

何も言えず惟規を見下ろしていると、年上の恋人は眉間の皺を上へ移動させて、代わりに眉尻を上から下へ急降下させた。

「……いや、悪い。さまでに性悪な女やないと、知っとるはずやのに。我の疑心暗鬼や、許したまえ。――泣くな」

「泣いてなど」

その声が湿っていたのに自分で驚いた。惟規はばつが悪いを遥かに通り越して身の置きどころがない様子で肩を縮こまらせ、それから姿勢を正して深く頭を下げた。

「宜しく、斎院に頼み参らせたまえ」

いくら頼りなくとも情けなくとも、十も年下のすでに気安い関係の女、それもたかだか女房に、しっかり頭を下げることができるからこの男に惚れた。

中将は頷き、奥の院へ足早に向かった。

御前に参上して、さすがに決まり悪く、中将が恐縮《おちい》して「かかる事なむ候《さぶらう》」と事の次第を説明すると、選子内親王は呼吸困難に陥るほど大笑いなさった。

「ほほほ！　紫式部の弟を光源氏に擬《なずら》えて、さては中将は朧月夜《おぼろづきよ》の尚侍《かん》の君かえ」

朧月夜、または尚侍の君とは、光源氏の恋の相手の一人であるが、政敵の娘でもある。彼女と密通しているところを父右大臣に見つかってしまった光源氏は、すべての官職を解かれ須磨《すま》に流罪になるのである。

「厭《いと》おしう、ついに、用無き振る舞いの積もりて、人のもどきを負わんとすること。さりとても、いかでか現したまわん。何とぞ助けたまえ」

まさに光源氏と朧月夜の密会が露見した賢木《さかき》帖を引いて頼み込むと、選子内親王は意地悪く笑った。

「さて、常より我に『斎王たるもの』と説く中将が、男を引き入るとは。こは里邸にあらずして、賀茂大神を祀る御所なり。ようもようも、冒瀆の限りを尽くしたること」

「まことに、面目これなく……」

たっぷり百遍ほど、ちくちくグサグサと嫌味を言われた。その後で、選子内親王は笑いすぎて溢れ出た涙を拭いながら、脇息にもたれつつ横に伸ばした足の片膝を立てた。股を広げたその姿勢を、今ばかりは中将も諫められなかった。

「――さて、とはいえ弟君が光源氏のごとく須磨へ流されては、紫式部も続きを書く筆が鈍らん。中将は歌も詠めれば気も利く、手放したくはなし。されば」

選子内親王は別の側仕えを呼び、「門を開けさせよ」と命じた。中将は平伏して、感謝の言葉を繰り返した。自分の局に戻って惟規に斎院の意向を伝えると、名乗らず出ていくことを許された惟規はほっと息を吐いた。

「神垣《かみがき》は木の丸殿《まろどの》にあらねども、名乗りをせねば人咎めけり……」

「一首詠んどる場合かえ。疾く帰られよ」

惟規は中将に向かって微笑み、ぎゅっと抱き寄せて耳元で「忝《かたじけな》」と囁いて、足早に紫野院を退出していった。後ろ姿が門の向こうの宵闇に消えていくのを見送った中将は、夜更けに何やら火照る頬に手を当てつつ奥の間に取って返し、改めて選子内親王に礼を申し上げた。

「木の丸殿に、ということは――」

刺激の少ない生活で退屈を持て余している選子内親王は今夜の顚末からそもそもの馴れ初めまで根掘り葉掘り聞きたがり、中将がすべてを洗いざらい話すと、惟規の去り際の歌に殊《こと》の外《ほか》興味を示した。

神垣とは、言わずもがな、賀茂大神に奉仕する斎院御所のことである。木の丸殿とは、その昔、斉明《さいめい》天皇が筑前《ちくぜん》に行幸《みゆき》なされた折の行宮《あんぐう》を指す。この仮御所は木の丸御殿で、官人が門を通って登城する際には必ず名乗りをさせたという故事が伝わる。斉明天皇が女帝であったことも踏まえ、選子内親王が君臨する紫野院を木の丸殿と比較して、「何も天皇の宮城ではないのだから、名乗りを挙げないことを咎めなくてもよかろうに」という意味の歌だった。斉明天皇の治世は歴史を遡ること実に三五〇年、遥か昔の故事を知らない相手にはまったく意味不明な歌であるが、しかし。

「――我こそ聞きし事なり」

教養高き選子内親王は聞き及んでいた。しかし女房らも官人らも、紫野院の他の誰も知らないだろう。中将も、今解説されて初めて知った。ということは惟規も、知っているなら賀茂斎院ただ一人と思って歌を残していったのである。

「中将、汝が恋人はなかなかの識者やな。面白きは姉の書く物語のみにはあらぬか」

何とも言えず黙っていると、選子内親王はそれはそれは愉しそうにニタリと笑う。

「『源氏物語』も読むは楽し、その上に――中将。通う男の一人ばかりは、黙認してやらぬこともなし。その代わり、繁《しげ》く中宮御所へも参れ、男の話も聞かせよ、今までにも増して歌も詠め！」

「……承りまして」

中将の今後の宮仕えは、奴隷生活が決定した。

それでも、忍ぶ恋だった関係に主君の公認が得られたのはめっけものだった。

四　やおもて【矢面】

かくして、選子《のぶこ》内親王が作者の弟にまでご興味を持たれたこともあり、『源氏物語』を介して賀茂斎院と中宮御所は鴛鴦《えんおう》の契りとまで言われるほどに接近した。中将も惟《のぶ》規《のり》も、紫野と一条院内裏をどれだけ往復したか知れない。

紫式部は続刊を書き続け、和泉式部も加賀左衛門も赤染《あかぞめ》衛門《えもん》も伊勢大輔《いせのたいふ》も競って和歌を詠み、中宮御所は輝くばかりに栄えた。その栄光は、年頃になった中宮彰子が立て続けに皇子二人を産みまいらせたことで頂点に達する。劣らぬ生まれの他の女御三所とその実家も、もはや中宮彰子とその父左大臣道長公の足元にも及ばなかった。

それが気に入らない人間は決して少なくはなかったが、誰ももはや不満を口に出すことすらできなくなり、敵も味方も言葉では彰子と道長を褒めそやした——ただ一人を除いて。

波乱は、賀茂斎院の年に一度の大仕事である賀茂祭の日に起こった。毎年四月の中酉《とり》の日には、斎王は紫野院から上賀茂《かみ》神社・下鴨《しもがも》神社の両社に参向して例祭を執り行う。その行き帰りの華やかな行列は都の貴族らの目の楽しみとなっており、皆こぞって経路に車を出したり桟敷席《さじき》を設けたりして見物する。

見るほうは楽しいだろうが準備するほうは一年の最繁忙期である。中将ら斎院御所の女房は、やれ禊《みそぎ》の儀だ勅使のお迎えだ装束だ人員手配だ道順の確認だと、誰も彼も寝食を忘れて駆けずり回った。それが良くなかったのか、中将の同僚の女房らは軒並み身体の周期が崩れてしまった。まさか半数以上がよりにもよって賀茂祭の日に赤不浄とは！

社院に勤める女の特殊なところは、ここだ。神域に血の穢れは禁忌なので、例の日はお籠もりが義務付けられる。だから中将は、斎院長官たる父の命もあり、紫野院の女性全員分の生理周期を把握し記憶していた。本来の責任者は父だが、事が事だけに性別は乗り越えられない壁となる。中将だってやりたくてやっているわけではない、必要なのだ。皆、書面で記録されるのを嫌がるから、中将が記憶力を総動員している。もう少し有意な脳の使い方はきっとあると思うのだが、宮仕えの悲しさである。

「申し訳なし、姉上」

「役立たずー！」

青い顔で腰をさする中務に温石《おんじゃく》を投げつけて、中将は減った人員を直前になって組み換え、天手古舞で行列を手配した。とんだ番狂わせである。予定通りに！　来い！

一人、周期通りきっちり十日前に終わった自分の体の優等生っぷりが悲しい。足りない人手を回して、中将は働きに働いた。しゃかりきになって不眠不休で働いた。遮二無二働いた。

おかげで、寛弘《かんこう》七年四月二十五日、紫野院に帰る行列を先導する命婦《みょうぶ》役を急遽務めることになった中将は、花傘の下でへとへとになりながら気合だけで歩いていた。傘を差し掛けられていても、赤い傘越しの日光は寝不足の目に眩しくて頭がくらくらする。天気の崩れやすい時期なのに快晴だった。しかし国家祭礼である賀茂祭で、畏れ多くも斎内親王の御車を先導しながら、ぶっ倒れるわけにはいかない。

一条大路《おおじ》を東へ向かっていると、脇に並ぶ車列や人垣を割るようにせり出している一際《ひときわ》豪奢な桟敷が目に留まった。中将が近づいていくと、桟敷席の御簾が上がる。何やら見覚えのある男が、二、三歳と見える幼児を二人膝に乗せて、満面の笑みでこちらを見ていた。

「それ、若宮がた。大叔母の斎院の宮がおわしますぞ」

左大臣道長公の嬉しそうな声に、幼児の素性を知る。中宮彰子が産みまいらせた、今上帝の皇子たちだ。ゆくゆくは道長公の後ろ盾を得て皇位に就くべき存在は、今はまだものの道理もわからぬ幼子である。ただ何となく楽しげな雰囲気を感じ取ったのか、ぱちぱちと手を叩いていた。道長公が声を張り上げる。

「斎院！　この宮たち見たてまつらせたまえ！」

——何をやっとるんやか。

徹夜明けに、四十路を過ぎた男の大声など聞きたくない。分別を忘れてはしゃぐ歳でもなかろうに、左大臣ともあろう人が少しみっともなくはないか。権勢が絶大になると、諫める者がいなくなるらしい。周囲の人間は、諫言《かんげん》はおろか、眉を顰める者とていなかった。

左大臣に声高に呼ばわれては、斎内親王としても無視はできない。中将は歩みを止めないまままちらりと後ろを振り返る。頼むから同じように大声でお返事などなさってくれるなと切に祈った。選子内親王の御輿《みこし》が道長公の桟敷のちょうど真ん前を通り過ぎる時、御輿の帷《かたびら》の隙間からちょんと赤いものが顔を出した。扇の先っぽである。

ごく小さいが、目立つ色のそれに桟敷席の面々の多くが気づいた。一瞬後にわっと歓声が上がる。御輿から、確かに見た、という選子内親王の言外の返答だった。——それだけのことなのに。

——やれやれ。大げさに騒ぐこと……

相手は左大臣だ。無視するわけにもいかない。それだけだ。一方、賀茂斎院が主催するこの祭で、相手が左大臣であろうともあまり媚びては沽券に関わる。この程度が落とし所で、長居は無用だった。中将は先導の歩を進める。ふと、沿道で一人、眉間に皺を寄せて苛立たしげな様子の男の姿を認めた。年の頃は二十代の半ばを過ぎたほどと見え、中将はまずその出で立ちに驚いた。深鈍色《ふかにびいろ》の直衣《のうし》に青鈍色の袴《はかま》、冠は纓《えい》を巻いた姿は、どう見ても服喪の装いだった。めでたい祭の日に何と不吉な。男は皆が愛想でも笑顔を浮かべている中に一人険しい表情で、薄い唇の合間から打ち鳴らされた舌打ちの音が斎王列の囃子《はやし》にもかき消されず中将の耳に届いた。

「追従深き老狐《おいぎつね》め！　あな愛敬無《あいぎょうな》」

——何やと？

神に仕える高貴なる斎内親王に対しての暴言は、あまりに直截的すぎて、かえって何を言われたのか一瞬わからなかった。思わず足も止まる。一拍遅れてやっと脳が理解した時、瞼の裏が真っ赤に染まった。赤い花傘のためではない。傘を差し掛けていた随従は歩みを止めず、少しの間を置いて異変に気づき訝《きびす》しげに中将を振り返った。中将は我に返り、行進を再開する。暴言を吐いた男は、踵を返して去っていってしまう。花傘の中の随従にだけ聞こえる声で、中将は囁いた。

「傘持ちを誰ぞと代われ。あの男が誰か、尾《つ》けてまろに知らせよ」

眠気は見事に吹き飛んでいた。

疲れ切った身体に鞭打ってどうにか紫野まで歩ききっても、仕事はまだまだ終わらない。着替えてすぐに選子内親王から呼び出しがかかった。

「斎院、今年の祭は例年にも増してめでたげなりて、まことに労《いたつ》かわしく存じます」

「誰が年老いたる女狐やと？」

選子内親王は地獄耳である。先導の中将からは少しの距離があったのに、喧騒の中で御輿の帷越しにもしっかり聞き咎めていたようだ。

「あれは誰ぞ」

「ええと……」

中将は一瞬迷った。用を言いつけた随従はすぐに戻ってきて斎王列に追いついた。何と惟規も一緒で、紫野院に戻って手早く着替えをしている間に恋人が教えてくれた。

『無茶をするな、中将。肝が冷えたるぞ、案じたるわ。かの御方が相手では、下手をすれば随従殿の命はなかりけるに。あれはな――』

「……中納言、藤原隆家卿なりと聞き及べり」

「ほう、あれが世の中のさがな者か。まだ青二才やないか」

中将も、それは驚いた。思わず惟規に聞き返したくらいである。

『さがな者の中納言？　故皇后と最も齢近き弟君が、あれほどに若かりしか？』

見たところあの男は二十代半ばで、中将と同い年くらいだった。故皇后定子は存命であれば三十四である。隆家卿は、彼女のすぐ下の弟だったはずだ。

中将の局で、惟規は苦笑しつつ頷いた。

『若く見えたまう御方なんや。あれで御年は三十二、妻子も複数あるぞ』

思ったより年嵩だった。面白くない。選子内親王も眦《まなじり》を吊り上げる。三十路が見えてくると、自分以外の者の若々しさは気に食わなくなった。今日のように、強行軍の激務に身体が悲鳴を上げている時は特に。まして五十手前の選子内親王はいかばかりか。

選子内親王は何やら不穏な笑みを浮かべ、低い声で笑った。

「老狐——老狐となー 言うやないか小僧、死にたいか！」

——うわぁ。如何《いか》にせん。

あるかなきかの自制心を振り切って怒る姿は久々だった。口が悪いのは元々だが、今は一線を越えている。

「斎院……忌み言葉は、な仰せたまいそ」

「言うやないか小髪長《かみなが》が、死にたいか！」

選子内親王は律儀に言い直した。そうだが、そうではない。伊勢斎宮の忌詞《いみことば》は、不浄に関わる外七言の他に仏教関連の内七言が定められており、「僧」を「髪長」と称する決まりだった。だが賀茂斎院にとっては、内七言は少なくとも法令上の禁忌ではない。口にしないに越したことはないが、それより伊勢斎宮と共通で禁止される外七言の筆頭、死に関わる言葉のほうがとんでもなくまずい。二度も繰り返した。こうなると手が付けられない。

几帳が蹴倒されたので受け止めて立て直した。脇息がぶん投げられたので畳を跳ね上げて受けた。宵の口だが灯台の類は火を消して脇へ寄せた。お怒りの発露もそう長くはもたない、五十路を前にした女宮の体力などたかが知れている。まして今は、一年に一度の大仕事を終えた直後だ。

読み通り、いくらも経たずに息切れを起こした選子内親王が腰を下ろす先に、中将は畳を蹴り入れ、倒れ込む前に脇息を差し入れ、御前に几帳を立てかけた。さらに薄青の畳紙《たとうがみ》など取り出して、筆を手に待ち構える。

呼吸を整えた主君は、まず一言「光」と仰せになられた。一旦筆を置いて中将が高灯台を引き寄せ火を点けると、苦笑を投げかけられる。

「違うわ、歌や。中将は異様に気が利くのに、妙なところで噛み合わんなあ」

「これは、失礼を」

中将は筆を持ち直し、「ひかり」と書きつけた。

「光出づる……」

そのまま選子内親王が詠む歌を書き留める。それは、今日という日に縁深い季節の花が掛詞《かけことば》と共に詠み込まれ、機知に富んだ三十一《みそひと》文字だった。

――光出づるあふひのかげを見てしより年積みけるも嬉しかりけり

賀茂祭につきものの双葉の「葵」と「会う日」を掛け、さらに若宮二人に擬《なぞら》えて、中宮彰子所生の皇子を垣間見た喜びを詠んだ歌だった。

「珍しく、世辞を仰せになられて」

「寄らば、いつか大樹となる双葉の蔭ぞ。中将には気に食わぬことならんがな、墨が乾かば中宮御所へ持て参れ」

ごろん、と品なく仰向けになって手足を伸ばされた主君の姿は、とてもこんな気の利いた歌の詠み手とも思われないが、人は見た目によらないのである。嫌というほど思い知っている。中将は否定を返した。

「承りまして。別に、気に食わぬなどということは。よろしきことかと存じます」

「ほう?」

選子内親王は半身を起こした。怒りと疲労以外の感情が、やっとその目に灯った。

「解《げ》せぬこと。左府と我が近づくを好まざりしは汝なるに」

確かに中将は左大臣道長公の、斎院を政治的に利用してやろうという魂胆が気に入らなかったし、自分が端緒を開いた交流をできるだけ私的で浮世離れしたものに留めておきたかった。

しかし、五男ながら人臣の最高位に登りつめた男は、所詮中将などが敵う相手ではなかった。蜘蛛の巣に絡め取られるように、どうあがいても賀茂斎院は中宮彰子の後ろ盾と世間に見なされるようになってしまった。駄目押しの一手が今日だ。斎内親王の最重要任務たる賀茂祭は、一介の貴族にとっては私的なお祭り騒ぎでも、中将の主君にとってはそうではない。公の場で粛々と公務遂行中の選子内親王に、浮かれた祖父の顔をして、周囲の人間にもあからさまな形で強引に彰子所生の皇子たちを認識させた。帷から覗いた扇の先っぽに、中将としてはあまり大きな意味を持たせたくはない。けれども、どれほど大したことがないように繕っても、それが無にはならないこともまたわかっていた。

なし崩しにこうなってしまっては、もう中宮彰子と左大臣道長公と一蓮托生の道しか残されていなかった。先延ばしにも限度があろう。

「確かに、斎院の甥御たる左大臣殿に失礼なれど、あまり好ましとは。されども」

道長公のように底が見えなくて得体の知れない人間は、中将はどうにも好きになれない。男はやはり、惟規のように、素直でわかりやすくてちょっと抜けているくらいの可愛げがあるのが良い。とはいえ――

「権中納言殿のほうが、嫌わしく。されば大いに中宮と若宮らを寿《ことほ》がせたまえ」

隆家卿のほうがよっぽど癇に障った。何だ、あの態度は。腹が立つったらありゃしない。それほど気に食わないのなら、いっそズブズブのベタベタに道長公と馴れ合っ

てやる。もう自棄《やけ》だった。『枕草子』に登場する彼はちょっとお調子者な、姉定子のことが大好きな邪気のない少年だったのに、

——隆家こそ、いみじき骨は得てはべれ。

清少納言が書き残した彼の逸話は、手に入れた扇の骨が素晴らしすぎて張る紙を探すのに難儀している、と愚痴に見せかけた自慢を姉定子に得意に語る姿だ。『枕草子』のその行《くだり》からは満面の笑みさえ浮かぶ。祭の日に不吉な装いで、扇を差し出した斎内親王に暴言を吐いた、忌々しげな表情の成人男性とはどうも結びつかない。所詮伝聞の姿は虚像であるということだろう。——ニイッ、と歯を剝いて笑う選子内親王も然り。これが、世には賀茂大神の覚えめでたき稀代の斎院の実情であった。

五　まさなごと【正無事】

　さすがに一眠りしてから、翌朝中将は都へ向かった。紫野院から行って帰ってまた行って、忙《せわ》しない日々である。だが、気分は高揚していた。反撃に出ることは気持ちが昂るものだし、それより何より昨夜は惟規《のぶのり》が泊まってくれた。おかげで、多忙のあまり失われていた肌艶が一晩で戻ってきた気がする。

「中将、変なことは考うなよ。隆家卿に下手に食って掛からば、比喩やなく血ィ見るぞ。ましてこの頃は、今年の頭に兄君を亡くされてより苛立ちたまえば」

　同じ車の中、すぐ隣で惟規が中将に声を掛けた。今日の恋人は同伴出勤である。火事やら何やら色々あって、今上帝と中宮は現在、左大臣道長公が所有する邸宅の一つである枇杷殿《びわでん》にお住まいだった。中将が、選子《のぶこ》内親王を後押しした理由はここにもある。もうここまで帝と道長公が接近していると、賀茂斎院が距離を取ったところで利はない。とはいえ見知らぬ邸宅は勝手がわからないので、蔵人の惟規と一緒に行動したほうが便利だった。

「惟規殿は、まろを何やと思っとるんや」

心配は嬉しいが、賀茂斎院の名を背負っている以上、相手が天下のさがな者であろうとなかろうと、大それたことはできようはずもない。少なくとも、昼の日の下では。

「斎院よりの歌を中宮へ届けまいらせて、御返しを承って、それを都中に吹聴して、権中納言殿の鱗をば逆撫でするのみやて」

「後ろの二つは余計や……」

朝っぱらから疲れた顔と声の惟規が心配してくれているのが嬉しくて、少しだけ後ろめたくて、中将は狭い車の中で彼に抱きつく。「ちゅ、中将」と上ずった声とは別に、地の底を這うような低い声が投げかけられた。

「中将の君。車が傾く。即刻離れて姿勢を正されよ」

即刻、という部分にずいぶん力が籠《こも》っていた、紫式部の苦言であった。

昨日わざわざ中将のために紫野院を訪ねて一晩を過ごしてくれた惟規だが、一昼夜の汗を吸った服でそのまま参内するわけにはいかないから、一度自宅に戻った。そうすると、同じく枇杷殿里内裏に出勤する姉と別々に出勤する理由はないわけで、三人で乗り合わせることになった。紫式部の娘がお利口に「行って参られませ」と見送りの挨拶をしてくれた。十歳やそこらだと思うが、良くできた将来有望な少女だった。

中将は大人しく元の座席に戻り、居住まいを正す。惟規は胃の上をさすっていた。

「――そう言えば、義姉上《あねうえ》」

「誰が義姉上⁉」

険のある声で怒鳴られる。紫式部は身内以外には概して口数が少なく、鬱憤を溜め込んでは書き散らす性格なので、ここまで直接に怒鳴られる人間は中将くらいのものかもしれない。別に嬉しくはない。

「今日は、我が叔母も枇杷殿に？」

紫式部も和泉式部も――この呼び名はややこしい――公職を奉じる女官ではなく、中宮彰子のために道長公が私的に雇用する女房である。私生活に属する職務である以上、決まった休日がなく、持ち回りで休暇を取る。そのため、女房の誰が出勤しているかは外部からはまったく見えなかった。

「さて、しかとは知らず。休みとの話は聞かざれば、何事もなからば来たまうにや」

苦虫を嚙み潰したような顔と声だった。三十代最後の年にそんな表情ばかりしていては皺が増えるのに、と思いつつ何も言わないでおいた。

車が枇杷殿に着くと、惟規は今上帝に伺候するため別れた。

「姉上、中将、くれぐれも、仲良うな」

中将はへらっと笑ってみせる。

「大丈夫大丈夫、心配無用。――さて、義姉上。中宮のみならず左大臣殿にも斎院よりの御歌を御覧たまわりたく、呼んできていただけぬか？」

紫式部はビキッと音を立ててこめかみに血管を浮き上がらせた。だが中将が斎院直筆の書状を見せると、憤懣やるかたない様子ではあったが、それでも中宮彰子の局ではなく男性陣も行き来する区画へ向かう。書状は質の良い料紙に香を焚き染め、季節の花を結び付け、さらに箱に入れて持参したもので、格式高い見栄えを整えた。こうなると、送り主が送り主だけに、受け取る側にもそれなりに礼を尽くさねばならない。

紫式部が道長公を呼びに行っている間に、中将はある人を探した。幸いにしてすぐ見つかった。

「叔っ母上ー！　久しゅう」

「――これは、姪御殿。大きゅうなられたること」

「叔母上は変わりなく、昔のままに化け物のような色香におわしますな」

叔母和泉式部は、今年三十三になるはずだが、男を狂ったように惹きつける魔性の魅力は健在だった。同性で血縁の中将さえ、どうかするとくらりときそうになる。この人並外れた色気のため、叔母の異性関係はそれはもう華やかで、そのために彼女は中将の祖父に勘当されてしまった。おかげでこの叔母とは間遠だったのであるが、利用できるならそれまでの疎遠さも何のそのである。和泉式部は微苦笑した。

「化け物とは、口さがない」

「まことのことやもの。近頃はいずこの公達《きんだち》に言い寄られとるん？」

そんな軽口を叩きながら連れ立って中宮の御前に参上する。前後して紫式部の先導で道長公も姿を現した。中将は頭を切り替え、居住まいを正して頭を垂れた。

「――中宮ならびに左大臣殿におかれては御機嫌麗しく、喜ばしくぞ存じ候。昨日は若宮がたの健やかなる御姿を見たてまつらせたまいて、斎院もいとど喜ばしと思わせたまいて、まろをして御歌を遣わしたまいければ、いで、納めさせたまえ」

「忝《かたじけな》く」

中将が恭《うやうや》しく差し出した歌を、中宮彰子と道長公は順に回し読みした。御簾越しの彰子の表情はわからないが、道長公は純粋に喜んでいるように見えて、それがやはり空恐ろしい。この男は底が見えない。それも、濁った淵のように汚泥で底が見えぬのではなく、水は澄んでいるのにただただ深すぎて光が届かないような、桁外れの何かがすぐ近くにあった。

「斎院中将の君。御返しを奉りたく、しばし待ってくれぬか？」

「無論、承ります」

良かった、と快活に笑う道長公は、まるで昵懇《じっこん》の間柄の友人でも相手にしているかのような気さくな態度である。落ち着かない中将の内心をよそに、道長公と中宮彰子は返しをあてでもないこうでもないと考え、紫式部や和泉式部にも案を尋ねていた。

熟慮の末にできあがった、親子共作という建前の中宮御所お抱え女房らが腕によりをかけた返歌は、歌の道で選子内親王にしごきにしごかれた中将が聞いてもなかなかのものだった。

――もろかづら二葉ながらも君にかくあふひや神のゆるしなるらむ

「葵」と「会う日」を掛けるのは元の歌そのままだ。葵の双葉を、彰子所生の二皇子に重ねて、神職にある選子内親王のお目に掛かれた喜びを歌っている。それでいて技巧に走りすぎておらず、素直に意味が伝わってくる。

清少納言ら教養豊かな女房が敬愛して仕えた、歌才漢才に優れた皇后定子はもうこの世にいない。それにもかかわらず故皇后の御所に張り合うかのように道長公が才女を集め斎院に媚びる理由が、何となくわかった気がした。中宮彰子に定子ほどの華やかさはなくとも、才など数で補えるのだ。頭数を揃えられる財があれば、粋も雅も贖える。賀茂斎院の覚えめでたきを、道長公はきっとそれほど欲してはいない。彼が摑《つか》み取ったものは、それができる、という力だ。それを、おそらく権力と呼ぶのだろう。

――怖や、怖や。

規模が違う。次元が違う。何もかも違う。通じ合うはずがない。それがひょいと埋めがたい差異を越えて、不適切にも直に書状を手渡そうとしてくるのだから不気味だ。

「これを、斎院に」

込み上げる何かを押し殺すように中将は笑顔を貼り付け、扇で覆う。

「しかと承ります。——されど、左大臣殿。よろしければ一両日の猶予を、また斎院の御覧ずる前に下々の目に触れさすことの御許しを賜りたく存じ候。昨日までは賀茂祭、今日は朝より御前に参じ、今日のうちにまた帰るは難ければ、まろは今宵は都の友達《ともどち》が家へ宿りたく。その際に、かく優れたる歌を秘めるは勿体なければ、歌の心を知る友にも見せたく存ずるに、何とぞ中宮と左大臣の御許しを」

ざわりと女房らに動揺が走り、特に紫式部は血相を変えた。中宮と左大臣から賀茂斎院への信書を、当人に先んじて下々に見せようなどとは、およそ正気の沙汰ではない。そのご大層な御筆を、左大臣御自ら使者とはいえ一介の女房に手渡しする以上に、常軌を逸した申し出だった。

だが道長公は笑った。底が見えないほどの、近づく者を容赦なく引きずり込んで沈めるような懐の深さを、これまでに嫌というほど思い知っていた。儀礼に囚われるより手渡しで念を押すことを優先した彼なら、中将の申し出を受けるだろう。それが本来の意図ではなくとも、提案されたら乗ってみるのも一興と考えるのが彼だと、数年かけて推し量れるようになった。動機は、小賢しい媚びとでも思ってくれれば上々だ。

「さて、老いぼれの歌などを、斎院中将の君の友達のごとき若き女君らに見するはなかなかに面映ゆけれど。や、これはこれは——好色な翁よと笑いたまえよ、不可とはえ言わじ」

「父う——左大臣殿？」

さすがに中宮彰子から横槍が入った。道長公は軽く舌を出して肩を竦めた。立ち上がらずに膝を摺って中将の横まで近寄り、耳打ちした。

「明日には、斎院に」

背筋一面にぞわっと鳥肌が立った。怖い怖い怖い。子沢山の道長公は好色も嘘ではないのだろうが、それと自然に混ぜ合わされた思惑と、桁違いの器の大きさの彼が同じ目線にいることのほうが怖い。

中将は二十代の半ばを過ぎて、もうそろそろ若いと言える歳ではない。一方の道長公は四十五歳、もう孫もいるが、言うほど老いぼれては見えない。それでも、こんな阿呆らしいお芝居を、お世辞や謙遜で取り繕った様子もなく自然体でこなしている。彼がそう言えば老若の概念さえ捻じ曲げることが可能と言わんばかりだった。少なくとも、彼に異を唱える者は皆無だろう。

「……左大臣殿の寛大なる御心はいとめでたく、神もいとど慶ばせたまわん」

道長公のように自然な笑顔を作る胆力が欲しい。ピッキピキに顔の筋肉を引き攣らせながら、十割作り物の笑顔と上ずった声で中将は何とかそう返した。

——早よ紫野に帰りたい。

もう一晩都に留まることにしたのは他ならぬ中将だが、それでも心底そう思った。

有言実行で、中将は中宮御所を退出するとその日は賀茂へは戻らず都の知己の家に身を寄せた。

「出、て、行っ、て！」

一音一音句切りつつ低く怒鳴りつけるのは無論、紫式部である。中将はそれをさらりと無視して、今朝知り合ったばかりの少女に話しかけた。

「見てみ、これが斎院の御詠歌、そしてこれが中宮と左府からの返し」

「もろかづら……双葉葵！　祭の『葵』と『会う日』、双葉と若宮二所。言の葉を幾重にも重ねて、いと巧みに美しきこと。母上、これを中宮が？」

十を過ぎたばかりの少女は、紫式部が三十近くになってから産んだ一人娘で、故右衛門権佐《えもんごんのすけ》藤原宣孝《のぶたか》の忘れ形見の末子である。歌道での勘の良さはさすがに母親譲りで、大人好きする賢そうな笑顔と言動の持ち主だった。

「いかにも中宮と左大臣殿の御歌や。――中将の君、我が娘が、いつ、君の友に？」

「今朝。まーまー、ええやないか義姉上。娘御の手習いの御手本にもよろしき歌なればば。なあ、これ何枚か写してくれん？」

「誰がっ、義姉上⁉」

きぃっと目尻を吊り上げる母紫式部の横で、少女は見えない耳栓を手も使わずに嵌め込んで、手早く墨を磨り洒落た色合いの紙を選んで板についた筆運びでさらさらと二首の歌を写した。そのうち歌集に添えるような簡単な説明の詞書まで書き出す。子供らしからぬ書の腕前は、さすがに母親の薫陶《くんとう》か。怒る母、煽る中将、間に入ろうとしては撃沈している叔父惟規の喧騒を無視してさらさらと手習いに勤《いそ》しむ少女はなかなか大物だった。

「惟規殿、今夜泊まってもええ？」

「か、え、れ！」

今度は甲高く叫んだ紫式部の声に、惟規は雷に怯える幼児のように耳を塞いで震える。しかし女の怒りは最も身近な弟を逃しはしなかった。

「惟規、そもそも汝が！　かような女に通うから！」

今の駄洒落かなぁ、と考える中将をよそに、惟規は涙目になって中将に懇願した。

「頼む、中将。今宵は帰ってくれ」

大の男が身も声もぷるぷる震えながら哀願する姿は、ちょっと可愛い。残念、と呟いて中将は量産された紙の数枚をそれぞれ紫式部と惟規に手渡した。

「承知。されば、紫式部の君は娘御の身褒めがてら中宮御所の同輩らに配られよ。蔵人式部丞《しきぶのじょう》の君も蔵人所なり式部省なりに」

「中将、怒っとるん？」

ぺしょり、と音が聞こえそうなほどしょげた様子で惟規が窺い見てくる。違う。察しの悪い男だ、惟規に限ってはそういうところも愛嬌があって悪くはないけれども。

姉のほうは、弟より頭の回転が速かった。多分、この家では昔からだ。

「阿呆。――中将の君、世にその歌を広めんとするならば、我が同輩の女房らはすでに直に見聞きしたるに、なお我に娘の吹き語りをして恥をかけと？」

中将の目的は、斎院御所と中宮御所の、選子内親王と道長・彰子親子の親交の深さを具体的に言い広めることだった。それは半ば公務だ。惟規は察せなかったが紫式部はそうではなかった。すでにやり取りを知っているはずの中宮御所の女房らに今さら広めるも何もない、という紫式部の言葉はもっともらしく聞こえるが、大事な視点が抜けている。

「口のみと字にするは天地ほど違うて。それに、紙出して墨磨って書き付けて、は思いのほか手間や。先にこうして用意しとかねば、広まるものも広まらじ。――何より義姉上、友達おらんやん」

最後に余計なことを言ってみると、紫式部は顔を真っ赤にした。

「出て行けーっ！」

「姉上、落ち着きたまえ！」

後ろから紫式部を羽交締めにして惟規がどうにか押し止める。母と叔父の組んず解《ほぐ》れつの有様に、少女は冷静だった。

「中将の君には、好いたる相手を弄《ろう》ずる悪癖が？」

「いやん、叔母上と呼び候え。さすがに姉弟だけあって、言い戯《たわぶ》ると楽しいんやもの。亡き父君も、そういうところを好まれたんやないか？」

「さあ」

自分が生まれてすぐ父は亡くなったのでわからない、というのが応えだった。冷静で論理的な少女だった。あと、そう言いながらも変わらず和歌のビラを量産する手を止めないあたり器用な性質《たち》でもあるようだった。

しかし、あまりからかいすぎては害のほうが大きい。そろそろ潮時だった。

「仰せのとおりに、義姉上。今日は罷ります。さらば、車を貸したまえ」

「何故っ、我が家の車を、汝などに！」

「今朝がた惟規殿の車に相乗りして都に出できたるゆえに、帰る足がないんやもの。よも、紫野への道を女一人にて歩けとは仰せになるまじ」

「ぬけぬけと、それが人にものを頼む振る舞いか！」

「あ、牛飼い童《わらわ》もよろしく」

そのあたりで紫式部はぱくぱくと口を動かすばかりで声が出せなくなった。母親の限界が近づいていることを見てとった少女は、筆を置き紙を揃えて中将に手渡すと、「こっちゃ」と袖を引いた。引かれる先が車宿《くるまやどり》の方向だったので、中将は後ろを振り返って会釈する。

「さらば、義姉上。息災なれ。惟規殿、また会いに来てなー」

ひらひらと手を振った最後の挨拶が、駄目押しだったと少女に言われた。


その日は、借りた車で都の知己の家を回り、引き回した牛飼い童に破格の心付けを握らせて、紫野院に帰り着いたのは夜もとっぷり更けた頃合いだった。

「やというのに、斎院は何故大殿籠《おおとのごも》られず起きていたまうのか」

四十七歳で夜更かしは体に悪いと思う。二十代の中将でもそろそろきつくなってきたのに。しかしお呼びが掛かったものは仕方ないので、灯りを持ちつつ御前に参じた。選子内親王は思いきり着崩した寝巻き姿で、胸元も露わだったが、五十手前の女性の乳に、同性としては覆ってくれ以外の感情がない。謙《へりくだ》ってそれとなくお願いしてみたら、「暑い」と一刀両断された。

「良うしたり」

彰子と道長が熟考の末に編み出した返歌には何の感情もなくさらりと目を通しただけで、選子内親王は中将を労う言葉しか言わなかった。そのままぽいと書状を放り投げ、褥《しとね》にうつ伏せに転がる。節々が凝って身体が張るから揉め、という意図なのは以心伝心で通じた。

「あ、そこ、肩の間……から、下も。腰が張って……今少し強く、ええぞ中将」

丑三つ刻に按摩仕事である。中将も一応貴族の姫なので、筆より重い物を持った覚えはない。だが、落とし穴があって、十本の指に岩を砕かんばかりの力を込めて人の肉を揉みしだく経験はあった。主君のおかげで。

「重き物も持たれず、歩かれることもなく、望みたまう時に食べて寝て、何故こうまでっ、背が鋼のようにっ」

息が上がる。血が通った肉体とは思えぬほどガチガチなのはいつものことで、この突っ込みも毎度のことだった。

「齢と酒かな。それに、賀茂祭よりまだ一両日やぞ。老狐には疲る」

そういえばそうだった。今日が——もう日付が変わったから昨日だが——あまりに濃かったので忘れていた。

「御酒を控えさせたま——」

「嫌」

肩甲骨の内側にぐりっと固い塊があり、そこを肘で押しつつ解す。全然柔らかくならない。中将は諦めた。

「……仰せの通りに。月が改まる頃には、まろはまた数日暇《いとま》を頂戴いたします」

「ん」

凝り本体より、周りの皮膚下の筋膜を伸ばして弛緩させてゆっくり奥を目指すしかない。両の掌《てのひら》を使って肩の肉を伸ばしていると、多少首回りも緩められた選子内親王は軽く首を上げて振り返った。

「……それのみか？」

「応」

選子内親王はうつ伏せに姿勢を戻した。「ああ……良きかな」と、満足げな声が上がった。

中将は、選子内親王の言葉を、たとえ雑談でも無視したことはない。雑談に形を借りた仄《ほの》めかしならなおのことだ。酒のことも齢のことも、ちゃんと受けて応えた。後者は、毎月の生理休暇の申請という形で。

さて、少し忙《せわ》しないことになる。それまでに体力を回復しておかなくては。選子内親王が寝落ちすると、中将は主君の寝巻きを整え、衣を掛けて灯りを消し、音を立てないよう退出した。朝が近い。紫野院の宮仕えに定時はなかった。

六　ゐこん【遺恨】

　そして数日後予定通りに訪れた生理休暇を、中将は叔母和泉式部の家で過ごすことにした。前触れも出したので、和泉式部は迎えの車を出してくれた。実家との取りなしを期待しているのかどうか、中将としては別に叔母が嫌いではないので口添えにやぶさかではないが、本人から直に頼まれるまでは放っておこう。中将は中将でやることがあるのである。

　それにしても、叔母の魔性の女ぶりは健在だった。今日も男の訪れがあるというが、家人によれば昨日の男とも一昨日の男とも三日前の男とも別人だという。

「色恋はよろしゅうはべれども、一度には一人にしといたるほうが良きにあらずや、叔母上」

　恋人の入れ替わりが激しいくらいなら、同性だし身内だし、中将も何も言わない。だが複数の男と同時並行となると、実家からの勘当は解けないだろうし、いつか男に刺されてもおかしくない。

「如何なる男にも欠点はあり、一人にては物足りぬやろ。一人の男に何もかも求むるは相手にも酷、良きところを一人ずつ摘み食いするのが八方丸く収まる」

「いや、八方喧嘩売って……ま、ええわ。さて、今宵は誰？」

その答えを実はすでに知っていたので、中将は叔母の返事を聞かずに寝っ転がった。

「邪魔せんといてな、姪御殿」

「腹と腰と頭が痛いし、眠いし、かような気力ないわ」

後半は嘘だったが、眠いのは本当だった。浮かれて化粧をする和泉式部をよそに、中将は夜に備えるために仮眠を取った。

そして一眠りして目を覚ますと、叔母の嬌声が邸中に響いていた。

「盛んやなぁ……」

寝たのにすっきりしない、この時期特有の眠気を頭を振って追い出しつつ、中将は車宿《くるまやどり》に向かった。叔母のものではない車があった。周りに下人らが控えていたので、中将は愛想笑いを浮かべて「もし」と呼びかける。

「この邸の主より、連れの方々にも些少ながら酒の用意が候。上がりたまえ」

客人の牛飼い童や随身らと見える男たちは満面の笑みになり、ホイホイとついてきた。中将は持参した酒を彼らに振る舞う。ものの四半刻もせずに全員潰れた。この酒を飲んで平気な人間を、中将は選子《のぶこ》内親王以外に知らない。

無人の車宿に戻り、口笛を吹く。門の外に、見知らぬ男たちが姿を現した。

「左少弁為時殿《さしょうべんためときどの》の家人より、訳は聞いたるな?」

中将の問いかけに、男らは頷く。口にした名は紫式部と惟規《のぶのり》の父のものだった。先日車を借りた時に、牛飼い童にいくらか握らせて男手を手配してくれるように頼んだ。お互いの素性は伏せたまま、中将も紫式部も惟規も知るところではない下々の人脈を辿って手配された男たちである。最大限足がつかぬよう配慮した。

彼らに先払いの報酬を手渡すと、中将は叔母の訪問者の車に乗り込んだ。宵の口に寝て起きて簡単な酒の席を設けて、今は夜明け前の一番空が暗い時間帯だった。

和泉式部の家を出て、人気《ひとけ》のないほうへないほうへと車を進めさせる。廃屋か草木生い茂る藪ぐらいしかない一角に差し掛かると、後ろから人の足音が近づいてきた。

「待て、この車盗人《ぬすびと》どもが!」

狙い通り誘《おび》き出されてくれた男の声には、しかと聞き覚えがあった。車の横で雇った男たちが何やらこちらを窺う気配がしたので、中将は「あの男や」と声を掛ける。

「痛めつけよ。腕の一、二本折って来よ、遠慮は無用」

中将の腹から熱くどす黒い何かが湧き上がってくる。賀茂祭の最終日から十日あまり、ずっと燻《くすぶ》っていた怒りと苛立ちが、やっと封印を解かれて迸《ほとばし》り、顔に昇っては笑みに変じた。

中将の雇った男たちは嘲笑しつつ、追跡者に襲い掛かる。たちまちに荒々しい乱闘の音が周囲に響いた。

「わぬしら、良い度胸しとるわ。我を愚弄して、生きて帰らると思うなよ！」

――あれで、公卿か。

まるきり悪役の台詞を聞きつつ、一対多で何ほどのことができるというのか、中将は内心で嘲る。彼の手下は先刻ベロベロに酔い潰してきた。タコ殴りにされるのが落ちだというのに。

殴打の音と悲鳴を車の中でしばらく聞いていたが、やがてそれもやんで、足音が近づいてくる。完了したら、あとは紫野あたりまで車をやってもらうだけだ。まさか賀茂斎院にそのまま乗り付けるわけにもいかないから、少し離れた適当なところで――と考えていると、帷がパッと外から開かれた。星明かりに照らされた男の顔に中将は息を呑み、一瞬後慌てて扇で顔を隠す。

「――女か」

中将は舌打ちした。彼の背後に、手足が有り得ない方向に折れ曲がって地面に倒れ伏し呻《うめ》いている男たちの姿が見えた。

「……腕の一、二本、折って来よと言いたるに、折られて来よとは申さざりしを」

「我を侮りたりな」

確かに、さがな者の異名を取る貴族界随一の狼藉者を甘く見た。あっという間に乗り込まれ、手首を捕まれて捻られる。痛みと共に顔を晒す格好になったが、相手は訝しげに眉を寄せるだけだった。

「知らぬ顔やな。我に何の恨みがある」

「恨みをっ、買う、覚えは？」

腕の痛みに息も絶え絶えになりつつ答えると、相手は虚を突かれたように固まる。その子供っぽい表情も相まって二十代にしか見えない男が、実は三十二歳の妻子持ちであることを中将は惟規から聞いて知っていた。叔母和泉式部の一つ下だ。

たっぷり沈黙してから、男は首を振った。

「ありすぎて、いずれかを知らず」

呆れた。そういう男だと聞いてはいたし、噂に違わぬ言動ではあるけれども。

「……さらば、大人しくかなぐり落とされたまえよ。今ならずともいつの日か刺されんに、遅きか早きかの違いのみにあれば！」

蹴りを繰り出してみたがあっさり躱《かわ》された。車の中で引き倒され、首筋を押さえつけられて身動きが取れない。

「生憎、誰が来んとも返り討ちや。——誰の指図か？」

「だ、れも。まろの、恨みやっ！」

「覚えはなし。我に嘘と見抜かるるような嘘なら、つかぬほうがまだええぞ。汝が顔を我は知らざれば、恨みを買う謂《いわ》れはなし。誰の意を受けたるか」

別に嘘ではない。中将自身の恨みもある。

――追従深き老狐め。あな愛敬無！

今でも鮮明に、彼の声は脳裏に蘇る。嫌な記憶ほど鮮烈だ。誰がや、と唇を噛み締めた。

「……御身を愚弄して、生きて帰らると思うなよ、と仰せになりたるな。同じことを、そのまま返し申す。誰も彼も、人を罵りたる報いは命にて償うべきもの」

「我が誰を罵り愚弄したりと？」

――御身よりもはるかに尊き御方や。

口には出せなかった。従二位《じゅにい》中納言藤原隆家卿、彼より身分の高い人間は、両手両足の指の数ほどもいない。この蛮行を主君と結び付けられるわけにはいかなかった。うつ伏せに首筋を押さえつけられながら、何とか中将は横目で彼を仰ぎ見る。恋多き和泉式部の恋人の一人でもある隆家卿は、夜陰と同じ色を身に纏っていた。

――鈍色の衣。

賀茂祭で見かけたのより色味は薄いが、それはやはり喪服だった。奇妙なことである。彼の嫡兄である儀同三司《ぎどうさんし》藤原伊周《これちか》公の薨去《こうきょ》は今年の一月末、兄弟の喪は三月《みつき》と定められている。賀茂祭の日の出で立ちも、服喪期間中とはいえ四十九日が過ぎているわりにはずいぶんと色味が濃かったのに、三ヶ月が過ぎた今も彼は鈍色を着ていた。隆家卿にとって、伊周公はただの兄ではなく、一門の当主であったということか。本主の喪は一年だった。

——ならば、女通いなぞすべきにもあらざるに。そのような不心得ゆえに、痛い目も見るのや！

中将は扇を握って腕を後ろに振った。バキンと木が折れる音に被せて「うっ」と呻き声が降ってくる。首の上の力が弱まったので素早く身を起こして距離を取り、脇腹を押さえる隆家卿に相対《あいたい》した。とんでもない男だ。普通、腹筋で扇の骨を折るか。

壊れた扇は紙も破れかぶれだった。おかげで折れた骨がところどころ剝き出しになり、ささくれ立った断面はなかなかに痛そうだったので、隆家卿に向けて威嚇する。

だが彼は事もなげに首を振った。

「やめておけ。扇はかように使うべきものにもあらず。次に折るる骨は扇のものにはあらざるぞ。良き紙と見ゆるに、惜しきことを」

「おぼろけの紙はえ張るまじければ……」

中将がそう言った途端、隆家卿の表情が変わった。目にも留まらぬ速さで喉を摑まれる。一瞬のことに避ける暇もなかった。

「ぐっ……」

片手とも思えぬ力で首を締め上げられる。息が、できない。

「清少納言め！　――故皇后と我の語らいを、其許《そこもと》ごときに揶揄さるる謂《いわ》れはなし。それ以上言うてみよ、姉上の名を口にせばその瞬間に縊《くび》り殺してくれん」

それ以上も何も、喉を塞がれて一言も喋れない。目がかすんできた。これは死ぬ、本気で死ぬ。意識が落ちる寸前、ふっと力が緩んだ。

「名乗ってもらうぞ、女。誰か？　我に何の恨みやある」

中将は激しく咳き込み、答えるどころではなかった。声を出せるように喉は解放されたが、隆家卿の手は上に滑って顎をがっちりと摑み、中将の身の自由は奪われたままだった。

「すでに語るに落ちたり。草子を読む女など、さほどに多くはなし。初めの行《くだり》ならばさておき、中ほどの段まで諳んずる女は、いずれ身許は割れん。さらば今吐け」

咳き込むほどに顎を固定する力が首の筋を捻り、痛みを走らせる。どうにか呼吸を落ち着けて、中将は隆家卿を睨みつけた。

「……今は、過ぎたることなり」

「何？」

どす黒い何かは赤い熱を持つ。主を侮辱されたことに対する義憤だけではない。苛立ちと羨望と八つ当たりと、何もかもが隆家卿という標的を見つけて迸《ほとばし》った。

「何もかも、過ぎ去りぬ！　御姉の皇后は儚くなりて、御所の時めきも今は夢、儀同三司も世を去りて――清少納言も過去の人、『枕草子』さえ過去の遺物や！」

時代は移り変わる。大きな渦が現れて波を起こし、何もかも流されていく。遠くに押し流されていくものをどれほど惜しんだとて、人の身では為す術もない。大渦の名は、藤原道長といった。

何も帰ってはこないのだ。破天荒な内親王は、おそらくはその気性を知っていた数少ない身内である兄帝円融院によって賀茂の地に追いやられ、天皇が二度代替わりしても円融院が崩御しても紫野に閉じ込められたままだ。無聊を託《かこ》つ中でやっと打ち解けた交流のできる相手が現れても、彼女は間もなく政治に敗れ命を喪い、女房らも散り散りになった。

今の中宮は、定子ではなく彰子である。政権を握るのは、定子と隆家卿の父道隆《みちたか》公でも兄伊周公でもなく、道長公だ。女流文学の頂点は、今や清少納言の『枕草子』ではなく、紫式部の『源氏物語』だ。賀茂斎院は、定子の御所との純粋に私的な交流とは違い、政治的な色を持った交流でそれを後押しした。望まずしてとは言わない。すり寄ったと言われてもいい。だが、あれほど我の強い人を、その意思など関係なく強引に巻き込むほどの渦の力を、この男は知らないのか。自身だって押し流されている身で、故皇后の身内でもない斎院に、虚しく棹《さお》さして抗えと求めるのか。論外だ。哀惜の心も無力感も何もかも飲み下して、物語に興じるしかない身を誰が一番歯痒く思っているか。それを何故、皇后定子の弟君である隆家卿に侮辱されねばならないのか。

中将の記憶力は『枕草子』も一言一句頭に留めているが、世の本読みの間では今の流行りは『源氏物語』だ。道長公が、紫式部に『枕草子』を塗り替えさせた。

――いかで懲るばかりのわざして、脅して。この方も少しよろしくもなり、さがなさも止めむ。

ふと、『源氏物語』の帚木《ははきぎ》帖の一節が頭に浮かんだ。中将の顎を摑む隆家の親指は、口のすぐ横にある。そういえば、と考える。雨夜の品定めの行《くだり》で、さがな者と呼称される人物が登場した。

中将は口を開いて横に滑らせ、隆家卿の指を思い切り噛んだ。がりっと音がして、口の中に鉄の味が広がった。

「いっ痛《て》!!」

隆家卿が悲鳴を上げて手を引く。その隙に中将は車から飛び降りた。

――忝《かたじけな》、義姉上！

『源氏物語』のさがな者は、指食《は》みの女とも呼ばれる。男と喧嘩した挙げ句に、その指を引っ張って噛みつくのだ。中将は駆け出した。

そう言われて待つ阿呆はいない。背後で、先ほど隆家卿に伸《の》された男衆がようやく正気を取り戻して起き上がる様子を見せたので、中将は振り向きざまに叫んだ。

「者ども！　車はくれてやるわ、好きにせよ！　――中納言殿、そこへ直れぇっ！」

親指を庇いながら降りてきた隆家卿は足を止めた。中将を追えば車を奪われる。手負いの男衆を再び無力化することは彼には容易いだろうが、その間に中将には逃げられる。中将としては逃げる時間を稼いでくれれば十分だし、十割そのつもりだった。

そのまま中将は駆けた。都から紫野への道は、ついこの間の賀茂祭の日に歩いたばかりだ。幸いに空が白み始めていた。帰路を真っ直ぐは行かず、少し遠回りの道を中将は走り抜ける。隆家卿は追いかけてはこない。それでも中将は、人目を撹乱するような不可解な道順をあえて選んで、賀茂斎院へ向かった。


「待て！」

七　なさけ【情け】

下顎から頬にかけてパンパンに腫らした顔を見て、選子《のぶこ》内親王はしばし絶句した。

「……福来《ふくらい》の、休みを得たるか？」

福来病とはおたふく風邪のことである。「病」は斎王の忌み言葉なので、「休み」と言い換える。元が腫れているのをいいことに、中将は主の前で頬を膨らませた。

「御身に休みの触穢《そくえ》を及ぼしたてまつることは、えまいらせじ」

「モゴモゴと何言うとるのかわかれんわ。口上はええ、短う話せ。——直したるか？」

忌み言葉のうち最大の禁忌である「死」を避け「直る」と言い換えたのは、成長である。人は幾つになっても、五十近くになっても成長できる。少し時間がかかりすぎたかもしれないが。三十数年、長かった。なお最初のほうは、中将は生まれていない。

言葉だけで人が殺せるものならば、中将は渾身の力で直れと叫んだが——

「……本意《ほい》無く」

殺しても死にそうにない男だった。多分、ピンピンしているだろう。

選子内親王は苦笑した。

「よう生きて戻りたるな。その様にては、悔い改めさせたるにはあらざらんに」

「直すは、かなわざれど……撫《な》づれば、汗を」

「へえ！」

主君は面白そうに目を輝かせる。斎院では「打つ」を忌んで「撫づ」といい、「血」を避けて「汗」という。

「相手が相手だけに、できすぎなほどの成果やないか。如何にして？」

「……指の、草菌《くさひら》を、食みましたり」

肉も忌み言葉なので草菌と云々。選子内親王は腹を抱えて笑った。

「上々！　気は収められねど、今のところは矛を収めてやらん」

「……仰せの通りに」

「何や、不満げやな」

少し、不完全燃焼なだけである。隆家卿はきっと懲りないし、さりとて物理的に痛めつけることができる相手ではない。それがまだわずかばかり腹立たしかった。

「なあ、中将。故皇后を喪いたる哀しみも、所詮は左府の掌中にあることの苛立ちも、あの小髪長のほうがよほどに深いのや。愚弄の仕返しはすれども、現に痛い目を見せたる後は、同じ舌鋒をあるいは左府に向けてもらわん。火花散る後宮の争いを対岸の火事とばかりにただ見たる我らは、間に流るる水の渦にこそ足元を掬われたり。大きすぐる流れに、棹さぬことをかほどに糾弾せし男が、如何に振る舞うか。見てみとうはないかえ？　彼の者もまた流さるるならば、それ同じ穴の狢《むじな》よと笑いに笑ってやる。されども、何もかもを飲み込まんとする大渦に、よしやただ一人抗い得るものならば――」

言わんとすることは、わかる。選子内親王も中将も、道長公がそれほど気に食わないわけではない。ただ、虚しいのだ。選ぶことさえできずに、なし崩しに彼の引く絵図に組み込まれてしまうことが。だからといって彼と敵対して何をどうしたいわけでもないのだが、寄らば大樹の蔭でも、他に行く場所がありながら好んでそこに寄るのと、洪水によって為す術なくそこに追い立てられるのとは、結果が同じでも心の有り様《よう》が違う。

同じ感覚を、きっと都中の誰もが持っている。道長公は不世出の権力者だ。中将たちのように女の身でなくても、中将たちと違って世俗の後ろ盾が強くても、彼の前にはひれ伏さざるを得ない。別に虐げられるわけでも見下されるわけでもない。それでも、心は喜ばない。せめて距離を取っていられたらよかったのに、彼はあまりに巨大で、隔たってもすぐそこにいるかのように近い。

もし誰かが流れに逆らうことができるのなら、渦から抜け出すことができたら、それはきっと胸のすく思いだろう。それができる者がいるとすれば、それは、およそ貴族社会の枠に収まらない、隆家卿を置いて他にない。だが――

「……さても、なお、腹立たしけれど」

それはそれで気に食わない。中将は、道長公は好きになれないが、隆家卿のことははっきり嫌いだった。八割がた嫉妬だ。だいたい宮仕えで自分をすり減らしつつ働く人間にとって、自らの思うままに生きる自由奔放な人間はとかく癇に障る。莫迦、阿呆、バーカバーカ死にさらせ、と何百遍罵っても足りない。逆恨みでしかないが、おそらく根の気性が選子内親王とよく似ているだけに、紫野院に閉じ込められた主君に近侍する身としては平静でいられないほどの怒りを覚える。

選子内親王はクツクツと笑った。

「中将は、少しばかり抜けて、愛敬ある男が好きやものなあ。次がないとは限らぬゆえ、今は飲み込んでおけ。いつまでも気に掛くるような話にはなし。――恋しき男が、来とるぞ」

喉まで出かかった反論は、さらりと告げられた最後の言葉に押し戻される。中将は瞬いて唾を飲み、腫れた喉に痛みを覚えた。

手を振られ御前を下がる許可が出たので、中将は挨拶もそこそこに自分の局に戻る。主君の言葉は嘘ではなく、自室の前まで来ると御簾越しに見慣れた男の影が動いた。

向こうもこちらに気づき、御簾を跳ね上げて抱き寄せられる。

「中将……！」

大の男が震えているのを直に感じ取り、腫れているのとは別に頬が熱くなった。

「美人になりたるなぁ……」

それは褒め言葉ではなく嫌味の類だったが、眉を八の字にして声も張りがなく心配のあまり湿っているので、いまいち皮肉になりきれていない。中将は惟規《のぶのり》の腕にすっぽり抱かれ、頬を撫でられた。優しく触れられるたびに痛みが走る。鏡を見れば、下顎からパンパンに腫れたそこはなるほどおたふく風邪を得た子供のように見事な下膨れで、赤紫の痣も浮かんでいた。

「……何故、かように早く此方へ来てこられたるか？」

惟規の家の牛飼い童は繋ぎを付けただけで、あの場にはいなかった。後ろめたいことだと理解していた彼は、中将の素性も自身の主家の名も出さずにならず者らを集めた。だから隆家卿がいくら痛めつけたところで、襲撃者たちは何ほどの手掛かりも吐かなかった。同じ理由で、事態が惟規に伝わるのにも多少の時間を要するはずなのだが。

「恋の力や」

皮肉でも冗談でもなく真面目くさって言うところが、かえって笑えた。惟規は昨夕、中将を訪ねてこようと思って紫野に先触れを出したところ、休暇で宿下がりしていることを知ったという。そこで中将の実家へ向かったが、いなかった。実家の連中は、どうせ都の友人のところで少し羽目を外しているのだろう、とさほど気に留めていなかったが、惟規はそこで少し訝しんだ。そういう場合の都の「友人」とは、惟規の他にはいないはずだからである。

何にせよ、行き違いになってしまった彼は、夜っぴて無駄足を踏んで都へ戻ってきた。偶然にも和泉式部の邸の前を通りかかった時、早朝にもかかわらず妙に騒がしくて足が止まったという。

「権中納言殿と、和泉式部の言い争うのが聞こえてな。良う通る御声なりき」

従者を酔い潰され敷地内の車宿から車を盗まれた隆家卿は、和泉式部の邸に取って返して警備の甘さを糾弾した。場所が場所だけに、和泉式部に通う別の男の恋の恨みの線を疑っていたらしい。それに叔母は反論し、言い合いの内容が外まで聞こえるほどの騒ぎになった。和泉式部の周辺に愁嘆場はいつものことで、惟規も知らぬふりで通り過ぎようとしたが——

「車を引き率たる牛飼い童の様子が、一気に変わってな」

牛飼い童は中将の目的が隆家卿だったとは知らないはずだ。一方でさがな者の乱暴狼藉は日常茶飯事だが、それでも牛飼い童はまさかという不安に顔を青くした。危ない仕事を紹介した相手が返り討ちに遭ったのなら、ずいぶんと恨みを買っただろう。そう悟った彼は、惟規に相談した。中将と和泉式部の血縁を知っている惟規は即座に恋人の奸計を悟り、適当な口実を付けて牛飼い童を荘園《しょうえん》に派遣し、都から出した。さらに、夜が明けて隆家卿が辞去してから、和泉式部に探りを入れることまでした。中将の関与が隆家卿に知れたら、彼の怒りは自身にも及ぶだろうことを察した叔母は、口を噤んで空とぼけることを選んだという。それは、中将が事前に当て込んでいたことでもあった。ただでさえ男を取っ替え引っ替えで多方面から顰蹙を買っている叔母なので、多少事情がバレても大いに保身に走ってくれるだろうという目算があった。

——恋人のほうは、ここまで庇ってくれるとは嬉しい誤算だったが。

「惟規殿らしくもないこと……」

いつもの頼りなさはどこへやら、短時間でよくぞそこまで気と頭を回して迅速に行動に出たものだ。火事場の馬鹿力とでも言おうか、なるほど恋の力かもしれない。

惟規はむっとした顔になり、中将の頰をつねった。ごく軽い力だったが、今の中将には激痛を与えた。悲鳴を上げると、惟規はたちまち慌てた様子で「わ、悪い、許せ、大事ないか?」と眉を八の字にして覗き込んでくる。中将が頰をさすりつつ頷くと、彼はほっと息を吐いた。

「まことに、心を惑わしたるぞ。二度と無茶はすなよ。さなくば——」

そこで言い淀んでしまうあたり、いまいち締まらない男である。中将の、歳上の可愛い恋人だった。

「――さなくば？」

「……ええと……その……あ、姉上に、叱ってもらうぞ！」

中将は吹き出した。笑うたびに腫れた喉が擦れて息が止まり、血で浮腫《むく》んだ顎が痛むが、どうにも堪《こら》えきれない。紫式部のお小言は確かに、キンキンと耳に障る。中将はとっくに聞き流し茶化して混ぜ返す術を身に付けていたし、物理攻撃が混ざる選子内親王の癇癪に比べれば何のそのであるが、惟規には世界で一番怖いものなのだろう。

それでも、悪いのは中将である。一番迷惑を被ったのは、左少弁藤原為時の家中の人間だ。つまりは惟規と紫式部である。

「堪忍え。まろが悪かりけり」

和泉式部にもちょっと悪いことをした。叔母には痴情のもつれの挙げ句の口論沙汰や喧嘩騒ぎはすでに一度や二度ではないが、だからといって三度目以降は何度でも同じということにはならないだろう。隆家卿は――当然の報いだ。彼の行いは許されるものではない。たとえ動機に八つ当たりが混じっていたとしても、中将は万に一つくらいしか悪くない。ひょっとしたら、少しずつ波に流れていく浜の真砂《まさご》の最後の一粒くらいなら、悪かったかもしれない。

惟規はぎゅっと眉を寄せて、潤んだ瞳で腕の中の中将を見下ろす。何とも言えず引き結ばれた口元に、中将は痛みを堪えながら首を伸ばし、顔を近づけて口づけた。唇が擦れ合い舌を絡めるたびにピリッとした痛みが走り、唇も口の中もかなり切れていることを自覚する。惟規は中将の頬を摑む代わりに首の後ろに腕を回して支え、言葉を熱い吐息に交えた。

「……血の味がするわ」

中将は両手で恋人の顔を挟むように頬に触れ、いっそう深くに舌をねじ込む。惟規は舌だけでなく全身で応え、中将はゆっくりと押し倒された。夜は明け、日は昇っていたが、今の二人には関係なかった。

八　のちのこと【後の事】

　隆家卿の災難は、世間にはいつものことと受け止められ、大した騒ぎにならなかった。惟規《のぶのり》の工作が効いたおかげで中将も足がつかず、隆家卿もさほど引きずらなかったので、彼が和泉式部から夜離《よが》っただけで事件は決着した。叔母には男の一人くらい大したことはないだろう、多分。

　しばらくして、紫式部は新しい本を二冊送ってきた。『紫式部日記』と題されたそれは、『源氏物語』と同じく道長公の意を受けて中宮御所の広報のために執筆された作品で、作り物語である『源氏物語』とはまた違った日記文学だった。中宮御所の華やかさを間接的に讃える内容となっているので、ひょっとしたら『枕草子』をだいぶ意識して書かれたのかもしれない。

　同じ作品の写本を二冊、というのが含みだった。一冊は無論選子《のぶこ》内親王への献上品だが、もう一冊は中将に、とのことだった。

　主君がニヤニヤ笑いながら下げ渡してきたので、どうせろくなことは書かれていないだろうと思いながら受け取り、読んでみた。そこには同じく文壇で活躍する女流歌人を評した箇所や、賀茂斎院と中宮御所を文学界の双璧として比較する行《くだり》があった。ことに後者で、中将は槍玉に挙げられていた。

『斎院に、中将の君といふ人はべるなりと聞きはべる、たよりありて、人のもとに書き交はしたる文を、みそかに人の取りて見せはべりし。いとこそ艶に、われのみ世にはもののゆゑ知り、心深きたぐひはあらじ、すべて世の人は、心も肝もなきやうに思ひてはべるべかめる、見はべりしに、すずろに心やましう、おほやけ腹とか、よからぬ人のいふやうに、にくくこそ思うたまへられしか。文書きにもあれ、「歌などのをかしからむは、わが院よりほかに、誰か見知りたまふ人のあらむ。世にをかしき人の生ひ出でば、わが院のみこそ御覧じ知るべけれ」などぞはべる』

「わぁ、嫌われとるぅ」

ボロカスの糞味噌のけちょんけちょんだった。「我のみ世には物の故知り」とは、あれか、『源氏物語』の記述の細かいところに突っ込みを入れたのが癇に障ったのか。でも、光源氏の最愛の妻という主要登場人物たる紫の上の年齢に齟齬があるのは、指摘が入っても仕方がないところだと思う。

道長公の意を受けた広報戦略としては、斎院御所を下げて中宮御所を上げる必要がある。とはいえまさか選子内親王ご本人を扱き下ろすのは不敬だし、そうできるはずもない。中将ら女房は、世間に流す主君の評判には常に細心の注意を払っていた。だから、仕える女房らのほうを批判した。ついでにだいぶ私情が混ざった、というところだろう。「我が院のみこそ御覧じ知る」とは、選子内親王が「我こそ聞きし事なり」と仰った、木の丸殿の故事だろうか。中将と惟規の関係が露見したあの日の醜聞を、紫式部は誰よりも腹立たしく聞いたはずだ。まさか時を置いてこう返されるとは思わなかったが。

「それにしても、義姉上《あね》、悪口の語彙少ないんやなァ……」

清少納言も和泉式部も、世間の高い評価を否定はしないまでも欠点をあげつらう記載があった。清少納言には「清少納言こそしたり顔にいみじう侍りける人。さばかりさかしだち、真名《まな》書きちらして侍るほども、よく見れば、まだいと足らぬこと多かり」とあり、和泉式部には――同じ中宮御所の女房なのに――「人の詠みたらむ歌難じことわりゐたらむは、いでやさまで心は得じ」とある。論法は中将とも共通しており、要は「腕前は確かだが、鼻高々に自慢するほどのものではないだろうに」という内容だった。酷評するならするでもう少し変化をつければ良いのに、三者とも判で押したようなのは、紫式部は非情に徹することができないというべきか何なのか。自信満々で自らを恃《たの》み誇ることとの強い人間への劣等感があるのだけは伝わってきた。やっぱり、ちょっと可愛い。惟規の姉だけある。

怒りを買う理由には十二分に心当たりのあった中将は、都中にばら撒かれた自身への酷評を甘んじて受け入れ、放っておいた。惟規と逢えていれば中将は幸せだし、それが紫式部への意趣返しにもなる。

と、考えていたのだが、ほどなくしてとんだ落とし穴があった。

「越後《えちご》へ参る？」

年明けの逢瀬で、これからは遠距離恋愛になることを知らされた。

「ああ。父に従いて任国へ下る」

「都にての務めは？　幼子にもあるまいに、何故父上と共に？」

新春の除目《じもく》で、惟規と紫式部の父藤原為時は越後守《かみ》に任ぜられた。彼が任国へ下向するのは良いが、大の男が父親についていくというのは解せない。惟規は同じ床の上で、中将を抱き寄せ声をひそめて耳元で囁いた。

「……今年、御譲位あるべし」

中将は身を強張らせた。政変が、近い。

惟規も除目で従五位下《じゅごいのげ》を賜り、貴族の末席に名を連ねる一方、六位蔵人は自動的に免職となって天皇の宸襟《しんきん》に侍る資格を失った。六位ながら例外的に殿上に上がれる蔵人の名誉を惜しんであえて昇進を辞退する例もよくあるが、惟規は叙爵《じょしゃく》を選んで自ら殿上を去った。それは、彼なりの保身の戦略だという。

今上帝はこのところ体調優れず、ついに譲位を決断されたという。従兄弟の東宮居《い》貞《さだ》親王が即位することになる。東宮も新たに立つ。立太子の候補者は二人いた。故皇后定子腹の第一皇子敦康親王か、中宮彰子腹の第二皇子敦成《あつひら》親王である。敦康親王の叔父隆家卿と、敦成親王の祖父道長公の間に、一悶着あるだろうことは確実だった。

「巻き込まれて失脚するは、我が家は懲り懲りや」

そもそも今上帝は、二十数年前、東宮居貞親王の異母兄である先帝花山《かさん》院の電撃的退位を受けてわずか七歳で即位した。花山帝の六位蔵人として近侍していた藤原為時は、その煽りを食らって失職し、一家は長く憂き目を見た。おかげで為時の子である紫式部は大いに婚期を逃して三十路近くまで独身であったし、惟規の官途も滑り出しから泥濘《ぬかるみ》だった。

花山院の退位は、道長公の父君である藤原兼家公が、自身の孫たる今上帝を皇位に就けんがために仕組んだものだった。同じことが起きる。惟規も為時も吹けば飛ぶ下級貴族だからこそ、今度こそ波乱の巻き添えは避けたい、ということだった。状況は道長公有利だが、隆家卿のあの気性では彼も一歩も引くまい。

「……いつ、帰って来《く》？」

中将とて恋人の失脚は望むところではない。惟規は微笑んだ。

「事が収まらば、直ちに。父は国司なれば任期の明くるまでは帰られねど、我は戻るに何の障りもなければ。文を書くよ」

　中将は恋人の胸元に抱きつき、遠距離恋愛を受け入れた。


　しかし、中将はそれから彼に会うことはなかった。

　惟規が父為時と一緒に越後へ旅立っていくらもしないうちに、中将は年若い少女の訪問を受けた。十二、三歳の、裳着《もぎ》もせず童形の少女――紫式部の娘は、年齢に不似合いな鈍色の汗衫《かざみ》を着て、書状を携《たずさ》えていた。

　中将宛てだというその手紙には、歌が書きつけられていた。

　――都にも恋しきことの多かれば猶《なほ》このたびはいかんとぞ思ふ
　間違いなく惟規の筆跡だった。素直な上の句に比べ、下の句は掛詞《かけことば》だった。「この旅は行かん」と「この度は生かん」――不吉な響きだ。これでは、命の限りを悟って都を恋しがりつつも、黄泉路《よみじ》を行く覚悟を決めたようではないか。

　中将は戦慄《わなな》きながら少女を見る。平静を装った少女は涙も流さなかったが、よくよく見ると瞼が赤く腫れていた。精一杯震えを抑えた声で、少女は告げた。

「叔父上は、旅路にて病を得て……越後に着いて間もなく、身罷《みまか》りたるなり」

　頭が真っ白になった。

　誰が、死んだと？　信じられない。信じたくない。奇妙に何も感じなかった。悲しみも衝撃も、心はすべて白く塗りつぶされて今は何も見えない。ただ、白く覆ったその向こうに地獄のような悲哀が生まれているのだろうことはわかった。それが膜を突き破って溢れ出すまで、さほどの猶予はない。中将は少女の肩に手を置いた。

「……母君、は？　連れて、行って」

うまく言葉が出なかった。少女は少し迷ってからこくりと頷き、立ち上がる。中将は取るものも取り敢えず後に続いた。足元がふわふわして、歩いている気がしない。

少女と一緒に車に乗り込み、主が不在の藤原為時邸を訪ねた。一様に暗い顔をした家人らとすれ違いながら対の屋へ案内される。奥の一室で、紫式部は鈍色の衣を着て、ただ畳の上に座り込んでいた。

「……義姉上」

声を掛けると、紫式部は緩慢に振り返って中将を見上げる。これほど悲愴感に塗《まみ》れた無表情を中将は初めて見た。だが、部屋の隅にあった鏡に映る自分も、似たりよったりの顔をしていた。

「誰が……」

低い声だった。苛立ちも鬱憤も滲まない響きは耳慣れない。隠しきれない頼りなげな風情が、やはり血を分けた姉弟だと否が応でも思い起こさせる。けれども、その片割れはもういない。遠い国へ行ってしまった。彼岸へ、渡ってしまった。

「誰が、あねう――」

最後まで言い切れず、紫式部はわっと泣き崩れた。同時に、中将の心を真っ白に麻痺させていた盾も破られ、感情の渦が押し寄せてくる。立ってもいられず、中将は膝をついた。

「惟規、惟規、惟規、惟規……‼」

それは、紫式部の叫びでもあったし、中将の嘆きでもあった。どちらからともなく抱き合って二人で咽《むせ》び泣く。紫式部の深鈍色の袖をさらに黒く濡らしながら、それを着る資格のない自分の身に中将はまた泣く。惟規とは、正式な結婚をした夫婦ではなく、恋人でしかなかった。中将に、喪に服する資格はない。それが、身を切られるほどに辛かった。

――ああ、だから。

此岸と彼岸に隔てられた時、死を悼むことさえ許されないから、中将は紫野院へ仕えるのだ。だって、言うではないか。賀茂斎院では死を「なおる」と称し、病を「やすみ」と称せと、延喜式でそう決まっている。

惟規は、越後への道中、休んで、治ったのだ。中将は、そう考えるしかない。

だから、と中将は紫式部の深鈍色の衣を強く摑む。彼女も中将を深く抱きしめる。

だから、きっとこれが最初で最後だ。どうしようもなく恋人に似たこの人を、二度とは見られない。胸が張り裂けてしまう。今日だけ、恋人の病死に身も世もなく泣いたら、また心を白く塗りつぶして斎院に閉じこもる。そうでなくては、正気を保てない。彼は中将の半身だった。もう半分が、賀茂斎院に仕える身であることだ。

木の丸御殿ならざる神垣で、名乗りをせず通った人。どれほど恋しくても鈍色を身に着けられぬのなら、いっそのことそれが禁じられる場所にいたほうが、まだしも救われる。あの場所で、喪失を白く塗りつぶして、数々のしきたりに雁字搦めにされて、そうでなくては中将は人の形さえ保てそうにない。

泣くばかりでどれくらいの時が過ぎたのか、紫式部の家人がさる所からの使者の訪問を告げた。家には上がらず手紙だけ渡し、返事も待たずに去ったという。紫式部の娘が、書状を取り次いでおずおずと中将に渡した。

何故、紫式部の家に自分宛ての手紙が来るのだろう。中将がここにいることなど、誰も知らないはずなのに。開くと、それはまた歌だった。今度もまた見知った筆跡である。中将に残されたもう半分、その権化、賀茂斎院選子内親王の直筆だった。

——思へども忌むとて言はぬことなればそなたに向きて音《ね》をのみぞなく
ああ、と中将は歎息する。主君はお見通しだった。病に客死した惟規のことも、旅路に休んで治ったと忌み言葉に縋りつかなければ遠からず発狂してしまいそうな中将のことも。その上で、寄り添ってくれていた。

「哭《な》く、も……忌み言葉なり、というに……」

中将の袖に顔を埋める紫式部にさえ聞こえぬほどの小さな声で呟く。賀茂斎院では涙さえ忌み嫌われて、哭泣《こっきゅう》は塩垂《しおたれ》と言い換えられる。泣くことも許されない神垣が中将の居場所で、格式さえ時折踏み越える破天荒な斎内親王が中将の主だった。

中将は書状を袖に仕舞う。明日には、紫野院へ戻るだろう。あの場所でなければ、死にたくなるほどの喪失感と哀しみに蓋をすることはできない。

だから、と中将はもう一度、腕に力を込めて紫式部を抱きしめる。紫式部も同じ力で抱き返してくる。今日限りは、西方浄土に旅立ってしまった人を想って、彼によく似た人と一緒に慟哭《どうこく》する。

中将と紫式部は、抱き合ったまま、一晩中泣き続けた。

少女の憧れの終わり

──ああ、現実が見えていなかった。

母と抱き合って泣く斎院中将の君を見て、夢からさめた気分だった。

さとってしまった。叔父の恋人が、憧れずにはいられないほど若々しく美しく潑剌としていたのは、それ以外の面を表に出すことがこれまでなかったからだ。よそゆきの顔ならば、誰でもそれなりにきれいであたりまえだ。でも、ずっとそんな顔だけしていられる人生などない。キラキラと輝いていた斎院中将の君にも、悲しくてたまらない日も、日陰に押し込められるしかない場面もある。

彼女のすべてがうわべだけであったわけではない。美しさも、おしゃれな装いも、立ち居ふるまいの見事さも、すぐれた感性も才覚も、何ひとつ偽りではなかった。

ただそれは、宮仕え人として、賀茂斎院の顔として、あえて演出された姿であったことも確かだ。恋人を喪っても、「斎院中将」は公に悲しみに暮れることもできない。ただ文ひとつを形見に、斎院に戻っていった。

叔父の正式な妻でもなく、子どももいなかった彼女には、何も残らなかった。紫式部は多少の形見分けくらいはしようとしたが、遺産と呼べるほどのものではなかった。

それくらいなら、いらない――というのが斎院中将の君の選択だった。最後の最後に、叔父が別れの歌を贈ったのは、血のつながった家族ではなく斎院中将の君だった。それ以上は望まない、と言いきった姿は潔かったが、悲しかった。

「見えぬ舞台の裏側までも、華やかとはかぎらず……」

斎院中将の君がその後、別の男と家庭を持ったという話も聞かない。宮仕えを終えたらどうするのだろう。隠居し、ひっそりと世間から消え、そのときに財産がなければ悲惨に死ぬ以外ないかもしれないのに。

斎院中将の君のように、歌才と人あしらいを武器に宮仕えで出世して、華やかな恋をするのも、一時のことならいいのだろう。けれどもそんな日々には、いつか必ず、いやおうなしに、終わりがやってくる。だから、どこかで見切りをつけて堅実な暮らしのための努力をしなければならない。そうでなくては、その後に何も残らない。よそゆきの華やかな姿は、人生のほんの一時期の一面にすぎず、永遠ではないのだから。

叔父の死に斎院中将の君が流した涙が、夢見心地でふわふわと浮かれていた心を地に降ろした。地に足をつけて、自分の足で立ち、歩いていかなくてはいけないのだ。そもそも子どもも心に憧れた斎院中将の君の姿は、はっとするほど美しく装っていたとはいえ、その本質は汗水垂らして働く女の立ち歩くさまだったではないか。

叔父を亡くし、斎院中将の君とのつながりも切れた日が、少女時代の終わりだった。

弐の次の妻

賢子の婚活

たとえつまらなくても、青春の後の人生を安泰に過ごすには、結婚が必要だ。

窮屈なことではあるけれど、自分が生まれた社会はそのようにできている。それを不幸と嘆いても始まらない。違う国、違う時代に生まれなおすことができない以上は、生まれ落ちた場所で咲くしかない。

女の身で、安定した人生を得るには、結婚がほぼ唯一の正解だった。斎院など神職を奉じる皇族女性であればまた話は違ったかもしれないが、下級貴族の娘に生まれついた時点で言っても詮無いことだった。親は選べない。そのわりには自分はきっと恵まれた部類であるから、不服を言う気もない。

「仕官せば当《まさ》に執金吾《しっきんご》となるべし、妻を娶らば当に陰麗華《いんれいか》を得《う》べし……」

「後漢書《ごかんじょ》か？」

思わず口ずさめば、隣の母が的確に出典を当てた。執金吾は、この国で言うなら左衛門尉《さえもんのじょう》というところで、衛門府の判官《ほうがん》である。宮城の御門を警備するという役目の華やかさのために人気はあるが、たかだか六位か七位の武官であって、貴族のうちにも数えられない者の役割だ。つまりはそれだけ、ささやかな望みということである。

陰麗華とは、この一節を遺した人物と同郷の女の名で、近隣で評判の美人だったという。掃いて捨てるほどいるような生まれの田舎者の男が、その身分としては花形の官職を求め、高嶺の花の美人を妻に望んだ。少しばかり身の程知らずかもしれないが、大それた野望というには足りず、頑張れば手の届くぐらいの高望みであった。

「逆を言わば、夫を通わさば当に光武帝《こうぶてい》を得べし、ということになるんかな、母上？」

「また、大それたることを」

母は苦笑する。妻を娶らば陰麗華、と高嶺の花を望んだ男は、その後に遠い遠い先祖の名において起こした反乱が成功し、執金吾をはるかに通り越して皇帝の位に就いた。一度は滅びた漢帝国を再興した、世祖《せいそ》光武帝劉秀《りゅうしゅう》である。陰麗華は皇后に立てられたが、慎み深く質素倹約を旨とし、何かと血腥《ちなまぐさ》い唐土《もろこし》の歴史の中では屈指の賢后と讃えられている。

地方豪族の娘が皇后に——とまで厚顔無恥な縁談は望まないが、どうせ結婚するなら条件の良いところに嫁ぎたいものだった。そのためには目標は口に出して固め、行動に移すことが必要だ。

「志有る者は事竟《つい》に成る——とは光武帝の言なり、母上」

確固たる志のある者は、必ずそれを成就できる。光武帝は言葉の力を能《よ》く操ることに巧みな人物でもあったらしく、様々な名言を残していた。

「すでに隴《ろう》を得てまた蜀《しょく》を望む、と己が欲の限りなきを嘆きたるも光武帝なるぞ」

自分の漢籍は母仕込みなので、母にはまだまだ敵わない。

それでも、やはり、執金吾よりは上の男と結婚したかった。

一　笹の葉【ささのは】

藤原教通《のりみち》が結婚したのは、寛弘《かんこう》九年四月二十七日、数え十七歳の若き三位中将《さんみのちゅうじょう》であった年の初夏だった。

新婦はわずかに十三歳であった。教通は、半臂《はんぴ》も下襲《したがさね》も隙無く着込み、婚礼衣装の布袴《ほうこ》姿を一糸たりとも崩さずに三日夜《みかよ》の餅を食し、露顕《ところあらわし》の祝宴で酒杯を傾けた。

「めでたい」

父である左大臣道長公も、舅となった四条《しじょう》大納言藤原公任《きんとう》卿も、上機嫌だった。

しかし教通自身は、めでたさも半《なか》ばなり、と冷めた頭で考える。相手が公卿の嫡女、しかも舅から是非にと望まれた縁談というのは、悪い話ではない。しかし、全部が全部良いこと尽くしでもない。御簾の奥に控える新妻の影をちらりと窺う。丸く小さな人影に、教通は舌鼓に紛らわして一つ舌打ちした。

「チッ」

――早よ子が欲しいというに、この有様にては何年掛かることか。

妻は、あまりに幼かった。自分だって若いが、だからといってこれは——と、教通は苛立ちを覚える。四つ年上の嫡兄頼通《よりみち》卿が、皇族の姫と結婚したのは十八歳の時のことだ。あれからすでに三年が経過しているが、兄夫婦に子供はまだいない。それがひょっとしたら好機かもしれないと見て、兄より一年早く結婚することに決めたのに。

兄の正妻は、村上《むらかみ》天皇の皇孫、隆子《たかこ》女王である。一方、自分に持ち込まれた縁談は、数こそ多かったが皇族は望むべくもなかった。結局決まった相手は只人《ただひと》の家柄、公卿とはいえ大臣ではなく権大納言の娘である。同じ父母から生まれた息子でも、藤氏長者の跡取り長男である頼通卿と、五男の教通では、天と地ほどの差があった。

それでも良しとしたのは、嫡兄に先んじて子供を作ることができれば、あるいは家督相続順位を引っくり返す一助になるかもしれないと考えたからだ。兄も義姉もまだ若い今、勇み足かもしれないが、生まれ順ばかりはどうあっても変えられない以上は多少の無理でも賭けてみるしかない。だから、本来なら貴い皇族の妻が欲しかったところ、妥協して婚礼を急いだ。

——それなのに、あの幼さときたら。

御簾越しにも見て取れる丸っこい体型は、女性らしい膨らみなどではない。単に栄養状態がよろしくて、ふくよかに脂肪が付いているだけだ。今日の披露宴に先立つ連夜の訪問で、慣習通りすでに契りは結んでいる。妻の体はまだ凹凸に乏しく、行為には痛いと泣くばかりだった。睦み合いどころか、年端もいかない子供を虐めているようで、ちっとも心地よくなかった。

これでは子供がいつになるやら。すぐに子供ができないなら、この結婚に何の意味が――

「婿殿、一献いかがかな」

教通は瞬時に笑顔を作った。顔を赤らめていつの間にかにじり寄ってきていたのは、舅の公任卿であった。

「喜んで、四条殿」

最上級の愛想をもって、盃を受ける。これが、まだこの男がいる――という内心を腹に押し留めるように飲み干した。

舅は、関白太政大臣《だじょう》の嫡男であり、母も妻も皇族の女王であった。臣下の身に生まれた男としては血族にも姻族にも最大限恵まれており、教通には羨ましいばかりである。だが当人は五十歳を目前にしてまだ大臣にも昇れていない。教通が舅として敬うにはいささか、不満がないではない。

それでも公任卿は、教通の兄の舅より格段に勝っているところがあった。生きて、健在であるという点だ。

兄頼通卿の岳父具平《ともひら》親王は、すでに故人である。三年前、病に倒れ死期を悟り娘の行く末を案じた親王の今際の頼みによって、頼通卿は隆子女王を娶った。貴い皇族の妻を得ることを父道長公も歓迎したが、貴族男性の結婚は基本的に舅の後見が動機である。兄は、それを何も得られず、ただ皇孫の妻という金箔だけを得た。

すでに左大臣の嫡男である以上、後見は父から得られるものだけで十分だということかもしれない。嫡兄は、性格ゆえか立場ゆえか、いつもゆったりと構えていて何かに焦る様子を見たことがなかった。結構——その余裕は、油断だ。追い抜く隙を虎視眈々と狙う弟の思惑など、永遠に知らないでいればいい。

権大納言の姫は教通には不釣り合いな縁談ではないが、格下の相手ではあった。旨みの少ない結婚をそれでも承知した理由は、まさか恋などではない。

「——四条殿。泰山梁木の誉れ高き御身を、まこと岳父と呼びたてまつるが叶うとは、光栄の極みに候。これよりは、第二の父として、不肖の身ながら孝を尽くしたてまつらん。何卒、御指導御鞭撻、御厚誼のほど、宜しく頼み申し候」

「何の何の、婿君こそ我が家の誉れにて、かく謙《へりくだ》られてはこなたこそ汗顔の至り」

顔の汗は羞恥でも照れでもなく、温んできた風と酒の効果だとは思うが、教通はそれをおくびにも出さず頭を下げる。言葉を飾り平身低頭し媚を売ることは容易い、何せ元手が掛からない。兄に対しても、日頃はその沓《くつ》の裏も舐めんばかりに悌順《ていじゅん》を尽くす教通である。

四条大納言公任卿は、名家の出の公卿であり、有能な政治家であり教養高き文化人であり、三后の筆頭である太皇太后遵子《のぶこ》の実弟でもある。教通は満面の笑みを作った。

「されば、義父上《ちちうえ》、なさぬ仲の倅《せがれ》より返杯を」

教通にとって、子供がすぐに望めないのなら、今のところこの結婚の唯一の旨みは公任卿の後見しかなかった。せいぜい尽くしてもらおう。そのための上辺だけの愛想なら、いくらでもくれてやる。

教通は笑顔を貼り付けたまま、公任卿と競うように酒を酌み交わした。すでに三日通って、おそらく徒労に終わると知りながら夫婦の契りを二夜勤め上げた。まだ実りを期待するには青い妻の体を思えば、教通のほうだって今晩くらいは使い物にならなくなってもよかろう。それよりは、舅に気に入られ、どれほどのものを引き出せるか、そちらのほうがよほど重要だった。

「いざ、いま一献」

教通は、表向き胸襟を開き愛想を振りまいて、精一杯公任卿に甘えてみせた。

翌年、義父の後見もあり、教通は権中納言に昇進した。異母兄頼宗《よりむね》を飛び越え、卿相のうちでは最年少の栄達である。舅に媚を売った甲斐はあった。

——されども、まだまだ。

中納言ごときで満足してはいられない。后の身内なら、嫡男でなくてもこの程度は当たり前だ。現に先帝一条院の御代《みよ》、最初の中宮であった藤原定子の実弟である隆家卿が権中納言に昇ったのは十七歳の時だった。一年遅れを取っている、と教通は冷徹に考える。皇后定子の実家中関白家《なかのかんぱくけ》は零落し、隆家卿は今に至るまで十八年間、中納言のままだった。同じ轍を踏みたくはない。まだまだ安泰ではないこの身は、慢心せず上を目指さなくては蹴落とされる。中関白家が、教通の父によって追い落とされたように。

権中納言任官からほどなく教通は従二位《じゅにい》に昇り、舅公任卿の位階に並んだ。もっとも公任卿はその年の暮れには正二位に昇叙したので、同じ位にあったのは一瞬のことだったが、年齢差を考えれば上出来だ。それに、年の暮れには舅に再び水をあけられたことを帳消しにするように、良い報せがあった。

「――懐妊？」

「おそらくは」

冬の寒さの中、息せき切って笑顔でその報せをもたらした男は、公任卿の嫡男、右近衛少将藤原定頼《さだより》であった。教通より歳は一つ上、位は六つ下、まだ公卿にも列していない義兄である。安定した周期の月のものがこの師走《しわす》には来ず、このまま年を越しそう云々と喜色満面の定頼が語るのを聞きつつ、妹の下《しも》の事情にやたら詳しい兄というのはぞっとしないな、と教通は頭の片隅で考えた。教通自身も二人の妹の兄であり、彼女らの入内が既定路線である以上はいずれやがて妊娠の兆しに一喜一憂することになるだろうが――妹が中宮に立った暁には、中宮大夫《だいぶ》や中宮亮《すけ》の役職は異母兄にでも押し付けて逃げよう、と人知れず決意した。教通は繊細なのだ。

そして年が明けて長和《ちょうわ》三年の元日に、他の誰もと同じように教通の妻も一つ年を取って、十五歳になった。それでも新婚の頃とあまり変わらず、あどけなくふっくらとしている。腹だけが、日を追うごとにせり出していった。

――思うたんより、使える女やったな。

教通は妻を見直した。経過は順調で、初産までこれといった心配事も聞かれなかった。瞬く間に時は過ぎて八月に第一子が生まれ、教通は十九歳にして父になった。

「権中納言殿！　いとめでたし、姫君なるぞ！」

宮中の細殿《ほそどの》を清涼殿《せいりょうでん》へ向かって歩いている途中に息を弾ませて駆け寄ってきた定頼に、教通は珍しく本心から湧き出る笑みを堪《こら》えきれず、頷いた。

――娘か。

摂関家の男なら、子はまず息子より娘が良い。后に立て皇子を産ませ天皇の外祖父として権勢を振るうための、后がねの娘がまずは何より欲しかった。

当今《とうぎん》の帝は宝算三十九で、教通の次姉妍子《きよこ》が中宮に立っている。中宮妍子は去年皇女を産みまいらせた。この調子で来年あたりに皇子を産んでくれれば、教通の娘と年齢もちょうど釣り合う。嫡兄頼通に未だ子がない以上、后がねの姫は家督継承にも影響を及ぼしうるほどの、桁外れに強力な手札だった。

「いと嬉し。我が父にも知らせねば。――これ、急ぎ土御門《つちみかど》へ。夕刻には我もそなたへ帰ると伝えよ」

教通は従者に命じて、実家の土御門第《だい》への連絡を命じる。公務が終われば、今日は妻の産所ではなく実家へ戻る算段だった。父に褒めてもらおうというのではないが、四条の家へ祝いの手配くらいはしてくれるだろうし、教通にも労いと酒の一献くらいあるだろう。

上機嫌の教通に対し、定頼は弾んでいた息を落ち着け、眉も下がった。

「何か？　右中弁《うちゅうべん》殿」

公任卿は自身の嫡男の後見も抜かりなく、定頼を右近衛少将から文官に転身させてまで昇進をごり押しした。縁談に見込んだだけの実利を生む手腕はある舅である。

「三条《さんじょう》には、おわしまさぬか？」

三条は、舅が教通の妻のために用意した出産のための仮住まいの場所である。出産は穢れで、宮中に出入りする公卿は産穢に触れると七日間参内《さんだい》が禁じられるため、身内のお産は本邸以外の場所で行わせるのが通例であった。公卿ともなればその本邸は役宅も同然で、部下や一族郎党が多く出入りするので、産婦としても別宅に移ったほうが落ち着いて出産を迎えられる。産所は父や夫の手持ちの別邸であることもあるし、家人《けにん》の邸宅に数ヶ月厄介になることもある。教通の妻は後者で、公任卿の郎党である蔵人 某《なにがし》という者の邸に現在身を寄せていた。

「産穢なれば、七日の間は近くへは参れず」

何を当たり前のことを、と訝しく思う。七日間の自宅待機は、生き馬の目を抜く宮中での出世競争の中に身を置く者には痛すぎる足踏みだ。だから、天皇の御前に侍ることを許される殿上人《てんじょうびと》は、功成り名遂げんと欲して立身出世を志すのであれば、子が生まれても顔合わせはしばらくお預けとして職務に邁進するのが正しい。それなのに、定頼はどこか不満げだった。

「それは、我が妹に会うことは七日は叶わざれども、赤子のみ垣間見など……」

穢はそうむやみに憑《うつ》るものではないから、産穢の主体である産婦と同じ部屋に著座《ちゃくざ》せず、同じ棟で飲食も逗留もしなければ参内は妨げられない。御簾越しの短時間での対面であればどうということはない。

しかし、それに何の意味がある。抱けもしない女の所へ通って、父のことも誰のこともまだわからない赤子を見て、理解しようもない言葉を掛けるなど、時間の無駄だ。とはいえ、義兄の心象を悪くして得なことはない。公任卿は定頼に格別目を掛けており、舅にとっては婿よりも血を分けた嫡男のほうが当然可愛い。教通は周囲を見渡す。ちょうど清涼殿の東側の簀子縁《すのこえん》に差し掛かり、左側に庭の呉竹《くれたけ》の台が見えた。ふと思いつき、教通は階下の従者に命じて笹の枝を一房折らせる。懐紙を取り出し、古歌を書きつけた。

――笹の葉はみ山もさやにさやげども我は妹思《いもも》ふ別れ来ぬれば

「右中弁殿、これを妹御に」

「……万葉集とは、また古めかしい」

笹の葉に寄せて遠く離れる妻を想った柿本人麻呂《かきのもとのひとまろ》の歌を書き付けて定頼に渡すと、義兄の表情はわずかに緩む。定頼は、和歌の名手である公任卿の嫡子だけあって、歌の道に精通していた。

手垢の付いた古い歌の流用でも、人並み以上に妹を可愛がっているらしい義兄を宥めることができたのなら、十分すぎるくらいである。教通は笑みを作って、自分より位の低い小舅に向けた。

「産養《うぶやしない》の宴には顔を出すゆえ、妹御には体を厭うよう伝えたまえ。くれぐれも、右中弁殿までも穢に触るることのなきよう、気をつけたまえよ。さらば、我はこれにて」

教通はそのまま殿上の間に参じた。四位の定頼には資格のない場所なので、清涼殿前で別れた。

二　原心【げんしん】

勤めを終えて土御門第に帰ると、父は微苦笑で迎え入れてくれた。

「歌を右中弁に託《ことづ》けたるは汝にしては上出来。欲を言わば、柿本人麻呂をばそのまま引くよりは、己にて恋歌を自作せば良からましに」

「人麻呂を筆頭に三十六歌仙を選びたまいけるは四条大納言殿、かかる歌の名手が御息女に拙き技を見するは恥ずかしく。なかなかに、歌仙の一に寄《よそ》えてこそ我が心は伝わらめと思えば」

「口ばかりはよう回る。笹の葉の歌は、公任の選びたる三十六人歌合の中にありきや」

ない。公任卿は三十六人の歌仙を選び、彼らの詠歌のうち秀歌のみを選りすぐって『三十六人撰』を編纂したが、笹の葉の恋歌はそれから漏れている。だが、多少無理筋でも理屈が立てば良いのだ。父に見抜かれようと、貴族社会は建前がすべてである。

道長公はてきぱきと指示を出し、産養《うぶやしない》の手筈を整えた。赤子が誕生すると、その健やかな成長と母体の健康を祈念して、三日目、五日目、七日目、九日目の夜に宴を開いて祝うのが慣わしである。

「三日の夜は、本家たる公任より産養あるべきにて、我が家からは五日に。とは申せ、公任には初孫、勝手を知らぬところも多からん」

祝いの酒に米、魚の類と、襁褓《むつき》やら乳母《めのと》の手配はもちろん、公任卿と密に連携を取りつつ至れり尽くせりの世話焼きの段取りが目の前で整えられていく。姉妹たちからも、まだ幼い末妹を除き全員から手厚く祝賀があった。長姉皇太后彰子は、七日目の産養の儀を主催すると決まった。次姉中宮妍子《きよこ》は「ひなづるの白妙衣今日よりは千年《ちとせ》の秋にたちやかさねむ」と歌まで添えて産着《うぶぎ》を贈ってきた。妹の尚侍《ないしのかみ》威子《たけこ》からも産着や襁褓が一通り三条へ送られた。

ありがたかった。特に、三后が公に祝ってくれたことの政治的意義は大きい。残りの一所、太皇太后遵子《のぶこ》は教通の血縁ではないが、新生児とは同じ家に属する。公任卿の実姉である太皇太后は、道長公にもまして公任卿および三条の家と密に連絡を取り、新生児と産婦の様子を聞いては喜びを隠さずやはり数々の贈り物を届けた。

その様子を見ながら、これで正解だった、と教通は一人頷く。この国で最も尊い女性三人からこぞって祝われたことはこの上ない僥倖だ。天皇の第一皇子でもなかなかこうはいかないところ、たかだか権中納言の姫にはできすぎの厚遇である。妻のためにも、今は教通が顔を見せるより父に色々と差配してもらったほうが利があるはずだ。

「忝《かたじけな》く、父上」

「何の。――頼通にも、早く子ができぬものかな」

七日目の宴の最中に、結婚して五年になる嫡兄のことで、父はほんの少しだけ複雑そうな顔をした。父ともども三条には来たものの、妻の寝所へは顔を出さずもっぱら父の傍に侍っていた教通は、気づかぬふりで笑顔を作る。実の親にも内情を取り繕うようになったのはいつからだったか。生まれてからずっとこうだった気もする。昔から、道長公の関心は后がねの姫である長女彰子と、嫡男頼通に注がれており、教通はおまけだった。それでも、異腹の兄弟たちよりは重んじられている。上との差を埋めるべく、脇との差は詰められないよう、物心ついた時からずっと背伸びをして、父の歓心を買おうとしてきた。それはもはや、無意識に染みついた習性だった。

「これほかりは、授かりものにて。思うたるように子が授かるものならば、中宮も男皇子を産みまいらせせまし」

酒を勧めながらそう言うと、父は盃の縁からちらりと横目で教通を見たが、何も言わなかった。去年中宮妍子が皇女を出産した際、皇子の誕生を切望していた道長公の失望は、取り繕っても隠しきれるものではなかった。それというのも、今上帝と道長公の間にはここのところ奇妙な緊張感がないではない。東宮には道長公の孫皇子、すなわち教通の甥の敦成《あつひら》親王が立っている以上、父としても教通としても本音を言うなら今上帝にはさっさと退位していただいて外戚の地位を掌握したいのであった。とはいえ、強引な手は恨みを買うし、いつか足を掬われる。今上帝と道長公の間には情もある。何せ今上帝は、幼少の砌《みぎり》は母方祖父兼家公の邸宅に暮らし、兼家公の五男である道長公とは近しく育った。近親にあたる両者は表向きは協調を選び、道長公の次女が中宮に立った。これで生まれたのが皇子であったら、父は変わらず甥帝を後見しただろう。

だが、生まれたのは皇女であった。今上帝にいくら肩入れしたところで今後の見返りは何も確かではない状況がこれからも続く。この状況を打破するには、中宮妍子にまた頑張ってもらって今度こそ皇子を産んでいただくか、あるいは肚を決めて強引な手に出るか――

「……主上は、当分は御位《みくらい》を降りさせたまわじ」

心を読まれたか、と思った。笑顔で内心を覆い隠すことに関しては右に出る者はいないと思っていたのに、父親の勘というものだろうか。そうでなければ、あまりに飛躍がすぎる。

「さもありなん。主上は宝算三十九、御在位は三年。近頃眼を病ませたまいけりとは聞けども、そう易々と降りさせたまうとは」

「道綱《みちつな》の大納言と、再三奏上したてまつりても、是とは仰せにならざり」

教通は一瞬呆気に取られた。退位を、一度ならず迫った？　父が、すでに？

道綱の大納言とは、父の異母兄である藤原道綱卿のことである。彼は、今上帝の東宮時代には春宮大夫《とうぐう》と東宮傅《ふ》を務め、今上帝の最側近と言ってよい。道長公と違って次代の皇位継承を巡る潜在的な火種も存在しないだけに、今上帝も道綱卿には全幅の信頼を置いている。その彼と一緒に、退位を迫ったとは。

では父はもう、今上帝を早々に見限ったのだ。考えてみれば、今上帝には中宮妍子とは別の后との間にすでに皇子が四人もいる。教通の次姉が皇子を産んだとしても、彼らを飛び越えて若年の皇子に皇統を継がせるとなれば轟々の非難は避けられない。どうしたって、私利私欲のために皇統を恣《ほしいまま》にしようとしていると多かれ少なかれ謗《そし》られることは目に見えている。それならばいっそ、道長公としては、批判を覚悟で孫にあたる現東宮の即位を急いだほうが良い――ということか。

――我は、まだまだ甘し。

嫌でも自覚した。嫡兄を差し置いて后がねの姫を作ったことでほくそ笑んでいるようでは駄目だ。何せ、異母兄頼宗はすでに一昨年女の子を儲けているし、今年には跡取りの男の子も誕生した。教通が出世を望むなら、蹴落とすべきは嫡兄頼通卿だけではないのだ。教通は顔の笑みを貼り付け直した。

「……さらばなおのこと、急《せ》きたまうには及ばざらん。父上は、東宮には我らが四の君か六の君を奉りたまうべく思し召しならん。さらば御子は十年は先、それまでには兄上にも姫君の一人など天も授けたまうべし。兄上も北の方も、未だ二十五にもならざれば」

先帝一条院と皇太后彰子との間に生まれた東宮敦成親王は、御年七歳である。若年ながら、結婚相手は事実上決まっている。教通の実妹、四の君こと威子《たけこ》か、六の君こと嬉子だ。彼女らがいる以上、道長公としては教通のところに生まれた孫娘が成人するまで待つ理由はどこにもない。むしろ、叔父と甥の近縁にもかかわらず今上帝を切り捨てる決断をし、すでに行動に出始めているからには、できるだけ早く次代を儲けたいだろう。

であれば、その次代には、嫡兄頼通卿の子も十分に間に合う時間が残されている。だからだろうか、兄は弟に先を越されてもさほど焦っている様子はない。父も、今は急ぐ理由があるとはいえ、元来そう気が短いほうではない。——そうあってもらわねば、教通には都合が悪いのだ。

教通の言葉に、父は複雑な表情を消して喜色一色で顔面を覆った。

「諾《うべ》なり。悪いな、教通。汝の祝いやというに、詮《せん》なき話を」

「何の。我が慶びはまず兄上の栄えありてこそ。父上の仰せ言は至極当然と存じ候」

それは、嫡男頼通卿への円滑な家督継承を望む父の歓心を買うためだけの、真っ赤な嘘だった。教通の本心などどこにもない。それでも、しばらくは言行一致のはずだ。いずれ好機が巡ってくるまでは、父にも兄にも、這い蹲って臣従する。嫡兄に先んじて姫を得た以上、処世には今まで以上に気を遣わねばならなかった。笑顔に本心を覆い隠して、教通は深く頭を垂れた。

教通は適当なところで赤子の顔だけは見たが、産後の妻と面会したのは、出産から三月《み》が経過し彼女が四条の家に戻った冬の半ばだった。本当はそれより半月前に、義兄からの遠回しな催促をとうとう躱《かわ》しきれずに訪問の打診をしたのだが、その時は丁寧に断られてしまったのである。その際、遣いの女房は、妻は再開した月のものが重くてとても夫をもてなす体調ではないと伝えてきた。それを聞いて、教通はすぐ訪問の日取りを決めた。

――次の子を仕込める。次は男の子が良い。

そう考えたからだった。父が今上帝を切り捨てる方針である以上、后がねの姫の価値は半減した。次姉、中宮妍子の再びの懐妊を期待することは、もはや既定路線ではない。とすると、すでに長姉の皇太后彰子を母として生まれている先帝の皇子二人の皇位継承を後押しすることになるが、彼らは現在七歳と六歳で、教通の娘とはいささか年齢に開きがあった。かといって、次世代に期待するには、教通の娘は早く生まれすぎた。そうすると、今必要なのは、后がねの姫より跡取りの男子だ。こちらは早すぎることはなかった。

しかし、第二子はなかなか授からなかった。年が明けても懐妊の兆しも見えない。

「共に住むか」

教通は妻との同居を決めた。日毎に通う手間が惜しい。三条坊門《ぼうもん》小路の南、東洞院《ひがしのとういん》大路の西にある、父の所有する別宅を借り受け、長和四年の三月八日に引っ越した。土御門第や内裏からは遠くなるが、四条へはぐんと近くなる。

「殿のよろしいように」

妻は従順に二つ返事で四条から移ってきた。

それから一月《ひと》、教通は連夜励んだ。幼いばかりだった妻は十六歳になって、少しは大人びた。ぴんと張っていた肌が柔らかくなり、黒く太かった髪も少し軽さが出て、全体的に熟し始めた。おかげで、お邪魔虫がやってこようと務めは苦ではなかった。

「孫の顔が見とうてな」

喜色満面の公任卿に、上辺だけの笑顔を作って教通は長女を差し出す。若夫婦の新居に、妻の父親など一番煙たい存在だとわからないものだろうか。まだ教通が歓迎される婿であり、道長公が公任卿より格上なればこそ多少は息がつけるが、普通はこれほど鬱陶しい存在もない。

とはいえ、ハイハイで動き回るようになった長女は寝所の邪魔になってきていたので、初孫にめろめろな公任卿に体良く押し付けて、教通はその夜も務めに励んだ。

しかし、教通の努力を嘲笑うかのように事は起きる。四月の半ばに、またもや公任卿は泊まりがけで訪問してきた。三条坊門小路から四条まではせいぜい六町、どう考えても泊まる距離ではない。孫可愛さに目が眩んでいる公任卿もさすがに悪いと思っているのか、その日は手土産持参だった。

「清慎《せいしん》公の日記などを、小野宮《おののみや》より借りてきたり。婿殿の参考になればと」

「――ありがたく」

教通は本心から感謝した。清慎公とは、その昔、村上天皇の御代に関白太政大臣を務め天暦《てんりゃく》の治を支えた、藤原実頼《さねより》公のことである。公任卿の祖父である彼の日記には、聖代の政治実務の理論と実践が書き残されており、政界に身を置く者ならば一目見たいと欲してやまない代物だった。

当然、それだけ貴重な資料は、門外不出の扱いを受ける。清慎公の有職故実の継承者は、孫のうちから特別に養子に迎えられた実資《さねすけ》卿であった。清慎公の小野宮第を伝領したことから今は小野宮殿と称され、権大納言兼右近衛大将の官職にある実資卿は、膨大な知識と気難しい性格で知られ、道長公すら無下にはできない相手である。その彼が清慎公の日記をそうそう他家の若造に見せるはずはないが、実資卿はどうも、従兄弟の公任卿には甘かった。

——只人に婿取らるるも良しと割り切りたるは、これすべて、かかる実利のためや。まとわりつく娘を公任卿の客室に追いやり、妻には寝巻きに着替えてしばらく起きているように命じて、亥の刻まで読み耽った。その後にやっと寝所に向かい、教通の言いつけ通り待っていた妻と子作りに励んだ。

そうまで勤勉に、なすべきことをなし努力を怠らないでいたのに、運というのは無情なものである。夜半に火の手が上がった。

「四条大納言と、姫を！　二人に火傷一つあらば首はないと思えよ！」

どちらも教通の重要な手駒である。今損なうわけにいかない。教通は怒鳴りつつ、寝巻き姿の妻に袍《ほう》を被せてその上から抱き上げ、一目散に邸を出た。恫喝が効いたのかどうか、やがて公任卿が号泣する娘を抱いて、召使いらに庇われつつ出てきた。安心し、ならば火宅に長居は無用とばかりに、妻子と舅を連れて近隣の乳母子《めのとご》の邸に避難した。

真夜中にもかかわらず大勢の人間が駆けつけ、心配と気遣いの声が届けられたが、野次馬《ひやかし》と素見はその十倍も多かった。その上、小野宮の実資卿からは見舞いに代えてたっぷりの嫌味を喰らった。

「年中行事の書冊も、王詠の韻文集も、焼亡敢《あ》えて惜しからず。ただ、清慎公の御日記は……！」

　他に言うことはないのか糞爺、という本心を隠すのに苦労した。肚の内を見せぬことにかけては達人の域だと自負していたのだが、真夜中に火災に遭っては仮面に罅《ひび》も入る。借り物の日記の類はすべて火の中に消えた。古書はよく燃えたことだろう。

　父も駆けつけてきてくれた。

「無事か、教通」

「何とか、この身ばかりは」

「嫁御は？」

　教通の乳母子の家でどうにか最低限の身なりを整えて奥に鎮座していた妻は、道長公の言葉に御簾越しに一礼した。普段なら、妻はそこで何かしら言葉を発するようなことはなく、ただ大人しく控えている。だがこの日は、珍しいことに震える声で言上《ごんじょう》があった。

「殿、ならびに左大臣殿。――我が乳母子が見えませず」

「乳母子？」

　我ながら不機嫌な声だった。焼き出されたことの精神的打撃が、取り繕う力を教通から奪っていた。夫とはいえ、左大臣たる父を他者に劣後させて呼びかけるとは何たる無礼か。そもそも、何の官位もない女の身で、直々に左大臣に話しかけるのも好ましくない。非常時とはいえ妻の礼儀を乱した言動は、教通の癇に障った。

しかし鷹揚な気質の道長公自身は、気にした様子もなく本心から嫁を案じた。

「それはさぞかし胸騒ぐことならん。乳母子は、同じ年頃の者にはべりや？」

「否――否、齢十三の、年若き童女に侍り。我が妹にも等しき者にて、是非にと望みて三条坊門の家にも……」

「ああ、泣きたまうな。名は？　外見は？　――必ず見つけて、手当てなどもして、明日には報せをこなたに参らすゆえ、御身は休みたまえ。これ、誰ぞ火消し共に我が命を届けよ」

父はてきぱきと指示を出し、最後まで嫁を気遣う姿勢を崩さなかった。辞去する際、「教通」と呼ばれたので妻を寝室に残して見送りに出る。

「嫁御は、何時にても、え疎かに扱うまじ。公任の息女やぞ」

「は――畏みて。今宵は我も些か気が立っており……何卒許したまえ」

「……許しを乞う相手がな」

父は何故だか苦笑した。しかしそれ以上咎める気はないようで、手を振った。

「少しは頼通を見習えよ。とはいえ、汝はまだ若い。北の方を如何にもてなすか、これより学んでゆけば良し」

教通は深く頭を下げた。今は、表情を取り繕う自信がなかった。

嫡兄は、隆子女王を唯一の正妻として尊重していた。もはや頼みの実家もなく、子の一人も産んでいないにもかかわらずだ。それを、誰より苦々しく思っているのは父のはずなのに。隆子女王に子ができないなら妾を作って跡取りと后がねの姫を儲けよと、兄に対しては父は矢のような催促だ。最近になって、とうとう痺れを切らしたか、道長公は皇太后彰子に命じて、子飼いの女房から相応しい女を見繕って頼通卿のところへ妾奉公へ出させた。父のみならず姉にまでお膳立てされては、さすがの兄も突っぱねきれず、隆子女王に遠慮しつつもとうとう妾と関係を持った。

その一方で、妻との間にすでに姫を儲けた教通に対し、兄を見習えと父は言う。これは――牽制だ。意識してのことか無意識かは定かではないが、同じ生まれの息子であっても、跡取りの嫡男と一介の息男は父にとっては天と地ほども違う。教通のところに孫がどれほど生まれようと、父にはどうでもいい。何ならできなくてもいい。父が教通の結婚に期待することは、公任卿との良好な関係維持、それだけだ。兄のことは結婚政策の手駒にするなど考えもせず、ひたすらに孫の誕生を待ち望んでいるのに。

車に乗り込み去っていく父の一行の最後の一人が辻を曲がるまで、教通は頭を下げていた。

――頼通を見習えよ。

あの、長男に生まれただけで何もかも与えられ、何の努力も求められず、のほほんと余裕に振る舞う兄を？

冗談ではない。

三　風向き【かざむき】

翌日から、早くも逆風が吹いた。

逆境は、生まれ順だけで間に合っているというのに――まず、鎮火した三条坊門の邸から、黒焦げの死体が発見された。小柄な女と見える背格好と、発見場所がちょうど年若い召使いの寝所であったことから、妻の乳母子であろうと判断された。

「ああ……！」

妻は泣き崩れた。鬱陶しかった。

身分の低い召使いが一人死んだところで、何だというのだ。妹のように可愛がっていたと言うが、公任卿にはもう一人娘がある。実の妹がいるのだから、乳母子の一人にそれほど拘《かかづら》うことはあるまい。それに、愛情を注ぐなら、誰より可愛がるべき稚《いとけな》い己が娘がいるだろうに。自分が望んで連れてきた邸で死なせてしまったことを後悔しているのなら、愚かにも立場を履き違えているとしか言いようがない。下々の役割は、命に代えても主筋を守ることだ。乳母子が焼け死んで、妻も娘も、公任卿も教通も無傷で助かった現状こそ、あるべき帰結というものだ。それでこそ連れて来た甲斐があったと思うところではないか。

泣き暮らす妻からは、涙の他に血も流れた。教通は失望を隠せなかった。

「何のための同居なりしか……！」

わざわざ内裏に近い実家を出て、通勤には不便な三条坊門くんだりに居を構えて一月《ひと》励んだのに、徒労に終わった。新居を手配できるまで妻はまた公任卿の四条の家に戻ることになり、再びの別居通い婚となる。

妻があまりに鬱陶しかったので、教通は手頃な女に手を出すようになった。公任卿の耳に入らぬよう、入っても表立っての非難は受けぬよう、婚姻に何らの影響も及ぼさないような身分の数段低い女ばかりが相手で、貴族男性の嗜みの域を超えぬように気は遣った。それでも見て見ぬ振りもできなかったのか、四条からは娘がしょっちゅう派遣されてきた。

「あ、うー。て、てっ」

まだ言葉も話せない娘に、どうにか父《てて》と呼ばせたい周囲の誰かの努力だけは伝わってきた。滑稽だ。教通の気を引きたいのなら、すべきことは他にあるだろうに。

「誰より子が欲しくて、誰より早う立ち直ってもらいたきは我なり。用意あらば直ちに呼べ、取るものも取りあえず参ろうほどに。しかして、あれはまだ泣き暮らしおるか？」

教通は娘を連れて来た乳母に尋ねた。娘にはもう歯が生えているから、乳は止まっているはずだが、胸の張りが衰えない女だった。

「左衛門督《さえもんのかみ》殿が求めたまわば、上も否と仰せにはならじ」

閨《ねや》の中で組み敷かれながらも、教通をきちんと官職で呼ぶ女だった。手近なところにいた娘の乳母は、苛立ちが募る時期の夜の慰めにはなった。だが、色香を振り撒き教通の求めに応じながら、経産婦のくせに男の生理と心理への理解度は低かった。

「男が何の労苦なく事に及ばれると思うてか。しかも、一月《ひと》が徒労に終わりて後ぞ」

教通は繊細なのだ。いつ何時でも奮い立つような色情狂ではない。妻と結婚して三年、これまでずっと勤勉な夫であった。だが、いつまで経ってもただ受け身な女が相手では、萎えた気分を立て直すのに自分一人ではどうにもならなくなる時もある。鬱屈した気分の時には、何か外部からの切っ掛けが必要だった。

ほどなく、忌々しいことにさらに一条の逆風が吹いて、それが切っ掛けになった。

「姉上より、仰せ言が」

「皇太后が、何と？」

実家に入り浸っていると頼通卿と顔を合わせる機会が増え、その報せを早々に得られたのは不幸中の幸いであった。皇太后彰子からの手紙を手にした嫡兄は、何とも複雑な微苦笑を浮かべ、言いにくそうに告げた。

「……山井《やまのい》の四の君が、懐妊せりと」

一瞬、誰のことかわからず、教通は訝しんだ。山井の四の君というのが皇太后彰子に出仕する女房であり、かつ姉が兄に世話した妾だということに思い当たって、瞬時に笑顔と弾んだ声を作る。

「――兄上！　慶びを申し上げ候、いとめでたきこと限りなく！」

心臓は早鐘を打ち、今にも冷や汗が噴き出そうだったが、根性で堪《こら》える。はにかんで礼を言う兄を前に、焦りが表に出ないように必死で自分を律した。

早急に、四条を訪れなくてはならない。先に姫一人を得ているとはいえ、教通にはまだ跡取りがない。これで兄に男の子ができたら、逆風はさらに強く吹く。

「忝《かたじけな》、教通。されども、まだ男とも女とも知れず。今よりさほどに騒ぎ立てては」

「何の、兄上の御子なればいずれにても、こよなくめでたく候。男子ならば父上待望の嫡孫、女子ならば后がねに候ぞ」

するすると口だけは回る。頼通卿は笑みを濃くした。お人好しの兄がお人好しであるうちに、教通は何としても歩を前に進めねばならなかった。

焦燥に裏打ちされ、教通は再び四条に通うようになった。

「次は、跡取りを産んでくれよ」

「努めます……」

妻の体は、少しばかり皮がたるんでいた。四月の火事以降、皮の下で脂肪が落ちたようだ。元が丸々とした女だったから今でもまだふくよかだが、十三歳の幼かった頃とはまた違った意味で、あまりそそられる体つきではない。だが、たとえ相手が鏡餅だろうと鶏ガラだろうと水袋だろうと腐乱死体だろうと、今はとにかく子供が必要だった。必要性に駆られれば、所詮は自分の肉体、大抵のことは何とかなるものだ。

努力の甲斐あって、長和四年のうちに第二子懐妊の兆しが見えた。

「めでたし。よう体を労りて、無事に子を産まれんよう」

そう伝えさせ、食料や衣などを手配して四条に届けさせた後、教通は夜離《よが》った。何かして腹の子に触っては問題だし、何より実家周りではそれどころではなかった。

山井の四の君の腹は、順調に膨れた。それだけでも気が気でないというのに、十月になって、兄に内親王降嫁の話が持ち上がったのである。

「女二宮《おんなにのみや》を、大将殿などにや預けてまし」

今上帝直々の仰せであった。「大将殿」という呼称に教通は歯嚙みした。女二宮とは、今上帝が皇后藤原娍子《すけこ》との間に設けた第二皇女禔子《ただこ》内親王である。まだ十三歳の——といっても教通の妻も結婚時はその年齢であったが——しかも今上帝が三所ある皇女のうち格別に鍾愛しているという姫宮と頼通卿の縁組は、中宮妍子が産んだ御子が女であったことに対する今上帝からの埋め合わせか歩み寄りの類であろう。それだけでなく、今上帝は左近衛大将の要職を兄に賜わるつもりなのだ。今の近衛大将は左が教通の大叔父に当たる藤原公季《きんすえ》卿、右が藤原実資卿である。いずれも高齢ながら、後者は燃えた日記のことで教通に厭味を言ってくるくらい元気だ。しかし前者は、跡取り息子のための昇進枠を空けるべく、近々その職を退く意向を見せていた。道長公は、わずか二十四歳の頼通卿を次の左大将に就任させることを条件に、公季卿の嫡男の昇進に賛同した。

だが、いくら左大臣の同意が得られても、中央高官の人事は天皇の裁可がなくてはどうにもならない。道長公と緊張関係にある今上帝が、そう易々と頼通卿の左大将就任を認めはしないだろうと、教通は考えていた。それが「大将殿」——何という誤算。

教通は内密の家族会議の機会を持ち、兄の私生活を真摯に案じる弟を演じた。

「この上なくありがたき話なれども……兄上、北の方の御立場は」

内親王には劣るとはいえ隆子女王の出自の高さは、たとえ子がなくとも、そう簡単には離縁を許さない。そうでなくてはならない。許されたら、教通が困るのだ。

今上帝も、従姉妹にあたる隆子女王のことは一応慮《おもんぱか》り、「ただし、妻有るに如何」と降嫁の要望を表明した後に仰せになられた。それに対する父の返答は、全面的な恭順であった。

『仰せ事有るに至りては、左右申すべきにあらず』

　帝をも畏れず執拗に退位を迫った道長公の詭弁である。父は、両手を挙げて賛成なのだ。一方の兄は、眉間に皺を寄せて首を振り、困り果てていた。

「山井の件のみにても、上には申し訳なく存ずるに……」

　教通だって、山井の四の君の腹の中の子のことだけで気が気ではない。だが、父は何ほども気にかけなかった。

「はや、さるべき用意して、その程と仰せ事あらん折、参るばかりぞかし」

　準備を整えて、お呼びが掛かればすぐ通えと言う。成婚したら、身分上、隆子女王は正妻から妾妻に格下げだ。父宮の後ろ盾も子も持たない皇孫女王が、長く連れ添った夫に内親王降嫁の沙汰あって、北の方の地位を追われる——まるで『源氏物語』の紫の上ではないか。冗談ではない。厄介払いもできぬ石女が長く兄の正妻の座に鎮座してこそ、教通が出し抜く隙も生まれるのに。父がその隙を埋めようとするのを、指を咥えて見てはいられない。だが、面と向かって父に歯向かうのは愚策中の愚策だ。兄も、父に反論するなど考えもつかぬ様子だった。

「ともかくも、如何様《いかよう》にも……」

　計らいたまえ、と言い切れずに兄は目に涙を浮かべた。そこまで嫌なら教通としては是非断ってほしいが、父は涙の一滴すら許さなかった。

「男は妻は一人のみやは持たる、痴《しれ》の様や！　今まで子も無かめれば、とてもかくてもただ子を儲けんとこそ思わめ！」

兄は震え上がり、平伏した。教通も改めて己の窮状を自覚した。父はこれほどまでに、兄の子を望んでいる。

――何とかしなくては。

教通は、ただそればかりを考えていた。


内親王の降嫁ともなると諸々の手配に時間が掛かり、今日明日という話でないのは幸いだった。とはいえ、教通はまったく心穏やかでいられなかった。山井の四の君が、ついに兄の子を産んだからである。十一月十七日のことだった。教通の第二子の予定日は、明くる年の三月だ。四ヶ月は、長い。それだけあれば何もかも変わりかねない。

禔子内親王の降嫁話はそれはそれとして、父は嫡孫の誕生を心待ちにしており、一介の妾の出産には相応しからぬことに、産時の色とされる白の道具類や安産の祈禱のための禄《ろく》などを左大臣自ら賜った。それで生まれた子は――

「男《おのこ》におわします！」

その報せに、教通は思わず床を拳で殴った。生母の身分がやや低くても、それは隆子女王なり禔子内親王なりの養子にしてしまえば済む話だ。光源氏の娘も、そうして生母の明石《あかし》の君から引き離されて紫の上に養育された。山井の四の君とやらが明石の君ほど聞き分けが良くない女であったら、何としても手放すまいという姿勢を見せてくれれば、あるいは——という願いも虚しく打ち砕かれる。

「児《ちご》は生まれたまいて、母は失せぬ」

兄の妾は子を産み落として産褥死したらしい。それでは、正式な妻を嫡母とすることに何の支障もない。

「それは気の毒なことや、さぞかし……無念ならん」

いっそ逆なら良かった、という本心をどうにか押し込めた。

——何とかしなくては。何とか。

その一念が神仏か悪鬼に届いたらしく、今年初めて順風が吹いた。兄の第一子は、生まれて三日で母の後を追ったのである。父は残念がり、兄は嘆き悲しんだが、教通は心の底から安堵した。赤子の死を喜ぶ内心を知ったら、人は非道と罵るだろうか。だが、勢いづいたのは教通ばかりではない。頼通卿の跡取りがぬか喜びに終わったとあって、禔子内親王の降嫁に関してしきりに文が寄せられるようになった。差出人は、この国の帝と皇后である。至尊の貴人が歓迎するものを、教通が共に喜んだとて、何を誹《そし》られることがあろうか。

とはいえ、縁談が成立しても教通は困る。冬の風が味方した。寒風が風病を呼び人が多く死ぬ十二月、八日になって今上帝と頼通卿は揃って発病した。

——まさか、こんなことが。

折しもその日は甲申《きのえさる》、結婚と相談事に凶とされる十方暮《じっぽうぐれ》の日だった。

今上帝の病悩は驚くにあたらない。そもそも道長公と微妙な緊張関係にあった今上帝が態度を軟化させ、頼通卿の左近衛大将任官を認め禔子内親王の降嫁を望んだのは、自身の健康状態に不安があったからだ。冬になってその不安は的中した。

だが、まだ二十四歳の兄は、それほど自身の結婚を巡る状況が神経に負担だったのだろうか。ただの風邪かと思われた発熱は三日経っても治らず、悪化の一途を辿った。加持祈禱も効果が見えず、父と母は揃って兄の邸へ泊まりがけで見舞いに向かった。

残された教通は、珍しく内心を声に出して独りごつ。

「さて、これは、もしや……」

嫡男を案じながら教通を置いていったのは、教通まで病を得てはならないと思ったためであろう。伝え聞くしかない兄の病状は、まるで正気の沙汰ではなかった。熱に浮かされて譫言を呟き、誰ぞの怨霊が出たとか、何とか。馬鹿らしい。父ならばともかく、あの優柔不断な兄が死霊に祟られるほど恨みを買っているものか。とはいえ、これは使えるかもしれない。

物事はそう都合良くは運ばず、七日で兄は快癒した。しかし今上帝のほうはそういかなかった。十二月も半ばになっていよいよ心細く思し召されたか、月の明るい夜に帝は中宮妍子をお召しになって、歌を詠まれた。

「心にもあらでうき世に永らえば、恋しかるべき夜半の月かな……」

次姉からその御詠歌を伝え聞いた教通は、まるで辞世の句だと思った。今上帝の、この浮世に永らえる力はもはや尽きかけている。月はこれからただ欠けるばかりだ。

師走の忙しい時期に、教通は一日だけ兄を見舞いに行った。見舞いといっても病穢が及ばぬよう、兄がすっかり平癒してからだ。

「兄上の御快復、まことに嬉しく存じます」

「忝《かたじけな》、教通」

微笑む兄の顔は生気が戻っていたが、かすかにどこかが物憂げだった。

「何か思い悩みたまうことなどあらん」

「隠し事は叶わぬな。——伏せりし間に見たる夢の、心地悪しくてな」

「……怨霊とか」

ここだ、と教通は密かに腹に力を入れる。ここで仕掛けなくてはならない。間違えてはならない、今しくじればすべてが終わる。

兄は伏せた目を一度上げてから、軽くこめかみを押さえて頷いた。

「熱に浮かされたる間に見たるもののゆえ、確《しか》とは覚えず。ただ、男の声がいたく騒がしゅうて。加持の者どもはよしや故帥《そち》の怨霊ならんと申せり」

故帥——儀同三司藤原伊周公は、故一条院皇后藤原定子と、現大宰権帥藤原隆家卿の嫡兄であった。父の嫡兄であった中関白道隆公の嫡子であり、教通らにとっては従兄弟である。本来なら伊周公こそが摂関家の嫡流になるはずであったが、運は道長公に味方し、道隆公の遺児らは追い落とされた。その経緯を踏まえると、道長公の嫡男である兄のところに伊周公が祟って出てもおかしくはないのかもしれないが——

「父上が御存命にて、世にも背きたまわで、如何《いか》で故帥の兄上に祟る道理のあらんや。また兄上御自身の御悩みを、故帥の責と為したまわば、そはあまりに故人に礼を欠く行いと見え候」

「……我自身の、悩み？」

怨霊が本当に現れたのでも、それが誰の霊でも、教通にはどうでもいい。だが兄にはそれを、良心の呵責が見せた舅の霊だと思ってもらわなくてはならない。隆子女王の父宮具平親王は教養高き知識人であり、荒々しい声で恨み言を撒き散らす怨霊とはどうも人物像が重ならないが、そこはそれ、恨みは人を変えるとでも思ってもらおう。『源氏物語』の六条御息所《ろくじょうのみやすんどころ》の例もある。

「……兄上の聞きたまいし物の怪の声は、よしや故中務宮《なかつかさのみや》の御気配にあらざりきや。

まこと宮が兄上を恨みたてまつりたまいてありとは申さねど、北の方をば深く想いたまえばこそいとど乱れたる兄上の御心が、御息女を案じたまう宮の御霊に感応したるとは思われずや。兄上は心優しき御方にて、誰の恨みを買うとも教通には信じられませず。それよりは、北の方の御ために御自らを責めたまいたるがゆえに、心身も弱りて声なき声をも聞きたまいけるかと」

教通の言葉は意図しての誘導ではあったが、実際当たらずとも遠からずだろう。兄はそういう性格だった。愚かで、甘い。その甘さが、教通の活路になる。

頼通卿は、しばしの沈黙の後、ぽつりと呟いた。

「……我は、さほどに御降嫁を厭いたるように見えしか」

――掛かった。

急くな、と教通は自分に言い聞かせる。何も水を逆流させようというのではない。ただ少し、追い風を立ててやるだけだ。ほんの少し、撫ぜる程度でいい。無理に押して怪しまれては何にもならない。

「――兄上の御目に涙の浮かびたるを教通が見たるは、御降嫁の御話ありたる先々月の他は、久しく」

どちらかというと涙もろい性質の兄なので、それはほとんど嘘だった。だが時間の感覚は人それぞれだし、そもそも兄が結婚して実家を出てから教通との接点はめっきり減っている。だからまったくの虚偽というわけでもない。

長い沈黙の後、兄は「忝《かたじけな》し」と感謝の言葉を口にした。続けて、「少し、考えたい。帰ってくれるか」と言われ、教通は従順に引いた。

四　吹毛【すいもう】

頼通卿は禔子《ただこ》内親王の降嫁を正式に断った。

道長公も、さすがに大事な跡取りが怨霊に悩まされ病脳に冒されたとあっては無理強いはできなかった。嫡孫どころか嫡子を喪いかねない経験をして、父は口惜しげではあったが諦めた。

教通にとっては、まずは一難去った。そして長和四年の末に、帝はついに東宮敦成親王への譲位を決意した。禔子内親王の行く先の不安を解消できずじまいにもかかわらずの退位は、それだけ心身の不調が重いことを示している。とはいえ彼もただでは譲らなかった。譲位の交換条件として、皇后娍子《すけこ》所生の第一皇子敦明《あつあきら》親王の立太子を要求したのである。道長公としては——むろん教通としても——本来なら、同じく先帝一条院と皇太后彰子の間の皇子、敦成親王の一歳下の弟宮敦良《あつなが》親王を東宮に立てたいところであった。しかし、これまで陰に陽に圧力を掛けて退位を迫った上に、降嫁の件も反故にした以上は、さらなる無理を押し通せなかった。敦明親王は、新たに即位することになった敦成親王より十四歳も年長であったので、どうせ東宮に立てたところで次の代替わりが来る前に天寿を全うするだろう——そう計算して、道長公は妥協した。

年末年始は譲位の準備であっという間に時が過ぎ、教通は妻のことなど片時も思い出さなかった。というより、その時は女のことなど考える余裕などなかった。

年が明けて長和五年正月、新帝の即位により道長公はついに帝の外祖父となり、教通は天皇の叔父となった。

「九重《ここのえ》の、何と近くなりたることよ。さりとても、いまだ始まりか」

内心が思わず言葉になって漏れ出てしまったことに、教通は自分が浮かれていることを自覚する。摂関家の栄光の道行きは、まず姉妹が后に立ち皇子を産んで、その子が即位することから始まる。天皇の外祖父になる前に、まずは叔父として外戚の立場を得ておかなければ、己が娘を入内させることさえ至難の業だ。父道長公は、新たに太上天皇となった先帝三条院の御代にも、先々帝一条院の御代にも、天皇の叔父として傍に侍り信任を得ていたのだ。

ついこの間までの父の立場に今は教通たちが立っており、新帝の若年を考えればこの状態はしばらく続く。父にしてからが念願の天皇の祖父となったのは今年、五十歳を超えてからで、后の父となったのも三十五歳の時だ。教通は今年二十一歳、あと十数年ある。その間に、周到に準備を整えておかなくてはならない。その準備には——女が必要だった。教通は兄と違い、山井だろうが川井だろうが、女房階級の女に手を出すことに何の罪悪感も覚えなかった。

妻が大きな腹を抱えている間、教通は宮中の女官を口説いた。手駒は多ければ多いほど良い。

「御腹の大きなる北の方を顧みず、御心の好き好きしことかく甚だしとは。恨まれたまうぞえ」

「笑いながら言うことか？　小式部《こしきぶ》」

睦み合う相手は、妻より一つ歳上の美女で、小式部内侍《こしきぶのないし》といった。身分の低い宮仕えの官女だが、かの和泉式部に生き写しの娘で、美貌も歌才も男あしらいも母に勝るとも劣らない。

「あの女に、恨み言のひとつも言う気位があるものか。似非《えせ》なる妻や」

四条大納言公任卿の嫡女といえば、后がねでもおかしくない。父納言は道長公に遠慮して入内を諦めたが、その見返りが嫡男でもない教通では不満のひとつも言いたくなるところだろうに、公任卿の婿傅《かしず》きは手厚く、妻はいつも控えめで腰が低かった。自分で自分を卑下すれば、他人にも低く扱われるのが当然だ。その謙譲心が、教通には何とも興醒めだった。舅の後見と子を産む力以外に、何の価値もない女だ。

小式部内侍は、歌も上手ければ頭の回転も速く、話していて楽しい。閨でも、夫任せの妻と違い、いちいち男心を引く振る舞いを心得ている。何より、掌侍《ないしのじょう》として宮中に出仕する彼女は内裏の事情に明るく、情報源として非常に有用だった。

妻には子供を産んでもらえばいい。それ以上は期待しない。他のところは、小式部内侍なり長女の乳母なり、別の女に満たしてもらう。

とはいえ、小式部内侍ともすぐにそちらのほうはお預けになった。関係して早々に、彼女の生理が止まってしまったのである。

——あちゃあ。

小式部内侍は、いくら宮中で人気を取っても、所詮は受領《ずりょう》階級の娘だ。子供が生まれたところで、女だったとしても入内させようもなく、男であっても出家させるしかない。それでも、まだ妊娠初期にもかかわらず、教通は懐妊の祝いや妊婦に必要なあれこれを滞りなく手配して和泉式部の家に届けさせた。赤子の健やかな誕生を願ったというより、口止めだ。さすがに、臨月を迎えた妻の手前、四条へは聞こえが悪い。

そうこうしているうちに、妻は早々に第二子を産んだ。予定では三月末か四月頃のはずだったのだが、二月のうちに産気づき、早産で生まれた。出産自体はするすると済んだようだが、子供のほうは小さく、絶対安静だという。その上——

「また女と？　今度こそは男をと思いたるに」

教通は失望を隠せなかった。教通の二人の甥、新帝と敦良親王はそれぞれ九歳と八歳である。入内《じゅだい》させるなら、今年三歳の長女でぎりぎりだ。これ以上歳が離れては、入内はともかく第一皇子を産ませることが難しくなる。かといって、未だ影も形もない次世代との縁組には、次女は早く生まれすぎた。

幻滅が四条まで伝わらないよう、教通は当たり障りない祝いと労《ねぎら》いの品を届けさせ、またしばらく放っておいた。それでも妻は恨み言のひとつも書いてよこさなかった。殊勝な態度である。生まれ以外にこれといった取り柄のない女としては、それが天邪鬼な教通の気を引くのに一番の手だと、知っているのかいないのか。そのために今度は気まぐれを起こして、月のものの再開を待たずに教通は四条を訪れた。

「父上に候《さぶらう》ぞ」

妻の言葉に、長女はよちよち歩きで寄ってきた。幼いながらすでに美貌の片鱗が見える愛らしい顔立ちで、まあ上出来な部類だ。一方の次女はまだ人間だか猿だかわからない段階で、顔も赤黒く、血色が悪く、不機嫌そうにぐずっていた。

「小さいな?」

腕に抱きつつ言ってみれば、妻は頭を下げた。

「その子は、生まれてより身体が弱く、よう熱を出だしまして。本日御目見えが叶いたるは僥倖に存ず。一昨日に病穢の明けたるばかりにて、良き時に訪いたまいたり」

不出来な子だ。后がねの要件は、父母の出自の良さだけではない。高位の皇位継承権者との釣り合いの取れる生まれ年に、何より皇子を産める健やかさがなくてはならない。後ろ二つが、次女はすでに不適格だ。先日病気をした際、公任卿は一日掛かりで経を上げさせ、二人目の孫娘の快復を祈ったという。次女は、それくらい危うい存在だった。

その次女は声を上げて泣きだした。耳障りだが迫力のない泣き声に辟易し、教通は赤子を妻に返す。妻が抱いてやると少しだけ大人しくなった。

「よう泣くこと。夜泣きせぬ夜はなしというに、乳もさほど飲まんとよう流す涙のあることよ」

ということは、今夜泊まっていけばこの夜泣きに悩まされるのか。妻の身体はまだ再びの妊娠に向けた準備ができていない。何の利もない夜になる。それでも、これも務めのうちだ。溜め息を押し殺していると、妻は娘二人を乳母に託して下がらせた。退出する長女の乳母の背を見送ってから、その目を伏せてぽつりと呟く。

「……橘《たちばな》の御方《おんかた》は、息災におわしますか?」

教通は硬直する。橘の御方とは、橘氏の出である小式部内侍をおいて他にない。何か嫌味の一つでも言われるかと思ったが、妻は両手をついて深々と頭を下げた。

「此度《こたび》は殿の御嫡男を産みまいらすこと叶わず、まことに申し訳なく存じます。かくなる上は、橘の御方が玉のようなる男の子を産み参らせんことを。父には知られぬよういたしておりますゆえ、今は表立っては難《かた》けれど、叶う限りのことはして差し上げたく存じます」

その言葉に、教通は何故か苛立った。舅の公任卿に隠して女遊びができるなら、これ以上の良い話はないというのに。

「――何を、痴《おこ》なることを。男児なりとて、受領の娘が母にては跡取りなど」

「……こなたに、引き取ってもよろしゅう侍り。殿が望みたまうならば、折を見て父には話を通して、四条にて後見を」

教通は立ち上がった。顔を上げた妻を見下ろして、いつの間にかずいぶんと大人びていることに気づく。結婚当初は幼いばかりだった妻は十七歳になり、一切の子供らしさを失っていた。肌や髪が艶をくたびれているのは出産の影響で一時的なものかもしれないが、表情が憂いを帯びて化粧の下から滲み出していた。

――興醒めや。

「……それは、礼を言うわ。さらば、今日は泊まらずこれにて罷《まか》らん」

「よろしいかと存じます。この身はいまだ次の子を孕むには不足なれば、合わす顔のなきところを、今日おわしたることはまことに忝《かたじけな》く――」

言葉の途中で顎を摑んで目を合わせる。妻は目を見開いた。黒い瞳は悲愴感を湛《たた》えていた。いつからこんな目をするようになったのか、教通は知らなかった。

「………顔は、合わせたり」

それだけ絞り出して、しかしそれ以上は目を合わせていられなかった。苛つく。聞き分けが良すぎる。教通にこれ以上なく都合のいい話だというのに、どうしてか気に食わなかった。

その夜は当初の予定を変更して四条には泊まらず、さりとて土御門第に帰るでなく小式部内侍の元を訪れるでなく、別の女に声を掛けてその家に逗留した。


同じ年に小式部内侍が産んだのは、次女とは正反対の、健康な男の子だった。

——初めての息子か。

何の感慨もなかった。それよりもまだ母親のほうが魅力的だった。産穢が明けてすぐ気の利いた歌を送って寄越し、つい気を引かれて訪ねてみれば、出産直後とは思えない美貌で、最先端の化粧に小粋な着物、洒落た香りの薫物《たきもの》で出迎えられた。ねびた妻とは違って、若々しく美しい自分を演出するのに長けた女だった。

子ではなく、女を求めての関係だったから、月のもののことなど考えずに繁く通った。一方の四条では次女の病穢が頻繁に発生したので、下手に病気をうつされるわけにもいかず、ますます足が遠のいた。公任卿の手前、月に一度は集中的に通ったが、妻の赤不浄の時期には文さえ送らなかった。

それでも、小式部内侍の元に、教通の名で身に覚えのない贈り物が届けられるたびに、何とも言えない気分になる。それらは、公任卿に隠れて手配されたことが丸わかりなほどささやかで、いくら公卿の姫でも父から独立した自身の財産などわびしいものだと思い知る。しかしそれでも粗末なものではなく、襁褓や産着や乳母の手配など、女ならではの気遣いに溢れた実用的なものだった。

幸いと言うべきか何と言うべきか、宮中での公務も多忙を極めたので、教通は何かから逃げるように休みもなく参内して職務に没頭した。実際、教通は何としてでも出世しなくてはならなかった。足を止めれば、引き離されて置いていかれる。

新帝即位から丸一年を経て、頼通の実家ではついに世代交代が開始された。

「――摂政殿下」

「今まで通り兄上で良いぞ、教通」

幼帝の摂政を務めていた父は左大臣ともども公職を退き、代わって兄が内大臣に昇叙し二十六歳にして摂政宣下を受けた。公と称されるようになった兄に、教通は臣下の礼を取る。そうして目を伏せ顔を隠さずには、沸き起こる嫉妬を隠しきれなかった。

「禁中の警護は任せたり、新大将殿」

「――畏まりて」

大臣に昇った兄は、左近衛大将の要職を惜しげもなく脱ぎ捨てていった。そのお零れに与る形で、後任には教通が任じられた。年齢から考えれば大抜擢といっていい。だが、それを上回る兄の栄達を目にしては、嬉しさなど微塵も感じられない。一年半前、先帝が兄を「大将殿」と呼んだ時には、あれほど羨ましかったのに。

教通は胸を押さえる。

――まだ、兄上には子がない。

それだけが唯一の慰めだった。頼通公は二十六歳、隆子女王は二十三歳、結婚して八年になる。もう、義姉が子を産めないことはほぼ確実だろう。かといって、山井の件での具平親王の亡霊だか何だかが堪《こた》えたらしく、兄が新しく妾を持つ様子もない。世の女性は、頼通公の妻への誠意を称賛した。教通も心から応援した。ずっとそのままでいてほしい。今は、教通が兄に勝るところは、それしかないのだから。

「父上。主上の御元服を急がれては」

教通はそう父に進言した。「その心は」と問われ、用意していた答えを返す。

「威子は来年二十歳、尚 侍《ないしのかみ》任官より早五年。いつまでもこのままには置いておけますまい」

教通は妹を口実に使った。三つ年下の実妹が奉ずる尚侍は、元は後宮の女官を統括する長官職である。その職務の重要性から后妃に立ってもおかしくないような高貴の貴族女性のみが任官され、職務の性質上天皇に近侍することから、いつしか妃嬪《ひひん》の登竜門という位置づけになった。今では内侍司《ないしのつかさ》長官の実務は次官以下が担い、尚侍には実務能力は一切求められない。現に、威子が尚侍になったのは彼女がまだ成人もしていない十四歳の時のことで、教通の結婚と同じ年の任官だった。

明らかに威子の立后を予定した人事の発令時には、相手ももう定まっていた。当時の東宮、今上の帝その人である。この五年間、尚侍威子より九歳年少の彼の成人を、教通たちはただ待っていた。

今上帝は今年十歳、まだ元服には早い。だが、ここは多少無理を押し通しても成人してもらわないと、威子を入内させることができない。父は微笑んだ。

「教通。汝は、己が大姫を入内させたしと思いたるにはあらずや」

「――摂政殿下の手前、滅相も」

父の声までも朗らかなのが、かえって不気味だった。だからこそ今、身の振りを間違えてはならない。

もちろん、出世を志すなら長女を入内させ第一皇子を産んでもらうのが一番だし、その長女がいまだ四歳の幼児である以上は今上帝の元服を急ぐ理由はない。だが、まだまだ健勝ながら兄の大臣昇進と摂政就任を早々に実現させた父の意図するところは、教通や庶子らへの牽制でもあることは明らかだ。ここは、どれほど惜しくとも、見《けん》に回って恭順を表明すべき局面だった。

今上帝が元服し晴れて威子を后に迎えれば、実兄の教通の立場はより強固なものになる。だが、それはそっくりそのまま頼通公にも当てはまる。それでも、今はそれを選ぶしかなかった。

見返りは見込めないこともない。まずは何よりも、父と兄の歓心を買える。

「――よろしい」

案の定、父は頷いた。

五　ケガレ【気涸れ】

　それからほどなくして上皇が崩御し、状況は一気に動いた。父院を亡くした二十四歳の東宮敦明親王は、十歳の今上帝を前に、望み薄な帝位への細い道を降りることを決意した。東宮を自ら辞退し、代わりに道長の娘――教通の異母妹――寛子《ひろこ》に婿入りすることで道長公の軍門に下り、今後の自身と王子女らの何不自由ない暮らしを選んだのである。

　新東宮には、新帝の実弟、道長公の二番目の孫である敦良親王が立った。教通は春宮大夫を拝命し、甥にあたる皇太弟の家政の一切を取り仕切ることになった。上皇の崩御と相前後して改元があったが、その途端の目も回る忙しさに、教通は体が二つか三つに割れるかと思った。かくして、寛仁《かんにん》元年は瞬く間に暮れていった。

　そして明けて寛仁二年の正月早々に、教通の進言通り今上帝はわずか十一歳で元服した。それからさほどの間を置かず尚侍《ないしのかみ》威子は春のうちに入内し、初夏にまず女御宣下を受けた。

同じ頃、四条の妻が再び懐妊した。妹の立后の準備で多忙を極めた教通は、三度目の正直で嫡男誕生への期待を妊娠祝いと共に四条に言付《ことづ》け、もっけの幸いとばかりに間遠になった。生まれるまでは、四条方面に気を配る余裕などない。それより優先順位の高い事項が目白押しである。

その筆頭、威子の中宮冊立は、入内から半年ほどして実現した。父の喜びようは凄まじく、土御門殿では盛大な祝宴が開かれた。

「一家三后とは前代未聞、比類なき慶事なり」

世の人はそう言った。中宮威子、皇太后妍子、太皇太后彰子はいずれも教通の実姉妹である。三后すべてを己が娘で占めたのは皇室の長い歴史を紐解いても道長公が初例であった。父もさすがに浮かれて、ひどく酔った。酩酊した頭で月を見上げ、調子に乗った歌を詠んだ。

「この世をば我が世とぞ思う、望月の欠けたることもなしと思えば！」

一同と声を合わせて唱和しながらも、教通は次の手を考えていた。

父の前代未聞の栄光は、教通の栄誉でもあることには違いない。ただし、すべて兄と分け合ってのものでもある。自分だけが何かを掴み取るには、やっとここが出発点だった。

威子の中宮叙位には、誰も気づいていない、もう一つの側面がある。尚侍の地位が空いたのだ。誰が、次代の后妃候補として、その穴を埋めるだろう。

「父上。我が大姫は五つ、小姫も三つになりぬれば、着袴《ちゃっこ》を執り行わんと思い候」

「子の育つは早いな。よろしい、土御門の我が邸にて行え。大姫の腰紐は我が結ばん」

「――忝《かたじけな》く！」

子供の成長を祝って、三歳から七歳くらいの間に、初めて袴を着用させる儀式がある。式典は盛大に行われて招待客も多く招かれ、名家の子女のお披露目の機能を持つ。子供の袴の腰紐は、父親か、一族の中で高位の者が結ぶ慣わしであった。父が直々にその役割を引き受けてくれたのは、長女の存在がありながらなお今上帝の元服と威子の立后を後押しした教通への返礼でもあった。

着袴の日、四条から呼び寄せた娘二人は、可愛らしい女の子に成長していた。特に長女は、髪も背中まで伸び、見知らぬ大人に囲まれても物怖じせず愛嬌を振りまいていた。対照的に次女は人見知りして乳母の着物の裾に隠れるばかりであったので、二人の幼い主賓のうち周囲の関心はもっぱら長女に注がれた。しかし当人は、ぷうっと頬を膨らませて祖父に駆け寄り、直訴した。

「父《てて》も母も、誰も誰も我をのみこそ思うたまえれ。小姫君をば思いたまわぬぞかし」

道長公は大笑いし、二人の孫娘を抱き上げた。

「何故、然《さ》はあるにか。かばかりうつくしき人を。――教通。大姫鼎肩も、程々にな」

教通は苦笑して恐縮してみせた。このところ四条からは足が遠のきがちであったし、生まれてたった二年で接点も少ない次女には、長女よりも関心が薄いのは確かだ。次女は病弱で、手駒として今ひとつ頼りないとあってはなおのことだった。

長女の袴の腰紐は父が、次女は兄が結んだ。教通が、娘二人の存在にもかかわらず、兄を出し抜こうとするのではなく威子の立后を後押ししたことは、誰よりも頼通公に対する阿諛《あゆ》だった。その甲斐はあったということだろう。

袴着《はかまぎ》の宴の最中に、教通は父と兄から返礼を引き出すことに成功した。

「我が太娘に、何卒御匣殿別当《みくしげどのべっとう》の官職《つかさ》を賜りたく」

今上帝の元服を進言した時から、これが目当てだった。父と兄は、少し意外そうに瞬いた。

「……尚侍に、と言わるるかと思いたるに」

一般的な次善策としては、そうだろう。だが教通は、ここはまだ遠慮して従順に徹するべきだと計算した。

「これはまた、異《い》なることを仰せや。新尚侍は、嬉子をおいて他にあらんや」

十一歳下の末妹の名を出せば、まず父が笑った。父は末娘を格別に可愛がっている。威子にもまして、自分の娘を嬉子より優先させることは得策ではなかった。少なくとも、今は。

御匣殿別当は、天皇の衣服の裁縫を司る御匣殿の長官職である。職掌上、天皇に近侍しそのあられもない御姿を拝謁することが多く、尚侍とそっくり同じ経緯を辿って准后妃化した。事実、中宮威子は立后前には尚侍と御匣殿別当を兼任していた。

最初から、教通の狙いはこれだった。威子が立后すれば、尚侍と御匣殿別当の座が空く。それを我が娘二人で埋めようとすれば、父と兄の警戒を呼ぶ。だが、先んじて威子の早期の立后を後押しし、さらに後任の尚侍には嬉子を推薦すれば、さすがに父も兄も教通に何らかの返礼をせずにはおれない。

兄はそれでもまだ何かを躊躇うような複雑な表情をしていたが、父は笑顔で頷いた。

「諾《うべ》なり。よろしい。かほどに仰々しく着袴の儀を執り行いて、何らの叙位も司召《つかさめし》も無きこそ聞き苦しけれ。――頼通。御匣殿人事を、滞りなく差配せよ」

「……畏まりまして」

「忝く存じます、摂政殿下！」

大袈裟に喜んでみせながら、ただ一つの誤算は、と教通は考える。不自然なほど若年で今上帝を元服させたのは、威子の立后の他に、頼通公を摂政職から引きずり降ろすことが狙いだった。摂政は幼帝に代わり政務を執る役職であるから、天皇が成人すれば自動的に免職になるかと思ったのだが、どういうわけか兄はまだその職にある。父は、必要な時には一人の天皇に皇后を二所立てるような無理さえ押し通す人間だと知っていたはずなのに、甘く見ていた。

それでも、長いことではないはずだ。現在十一歳の今上帝が心身共に成長し元服が形ばかりでなくなれば、いくら何でも摂政であり続けることはできない。その時が来るまでに、爪は研いでおかなくてはならなかった。


激務の傍らついに後宮政治に足を踏み入れた教通の神経は休まることがなく、とうとう一度体調を崩した。娘たちの袴着の翌月、寛仁二年の十二月半ばに、父は法華八講を催した。四日掛かりの盛大な法会の二日目に、教通は吐き気が止まらなくなった。

「父上。まことに失礼なれど、中座致します……」

眉を顰めた父の返事を聞かずに寝室に引っ込むほど、気分が悪かった。

「いつ何時も立ち居振る舞いに隙なくおわします左大将殿が、珍しきことや」

耳鳴りがして、背中に聞いた声が誰のものか聞き分けられない。

「我が、様子を見てまいる。方々は、続けて法華経を念じたまえ」

公任卿の声だけは識別できた。舅に抱えられるようにして自室に戻り、寝込んだ。

熱に喘ぎながらしばらく気を失うように寝て、どれくらいの時間が経ったのか、「殿」と御簾の向こうから響いた女の声に目を覚ました。

「――上。何をしておるか」

妻がいた。公任卿は何を考えている？　彼女は臨月だ。出歩くなど以ての外、しかも病人の見舞いなど常軌を逸している。これで出産に障りがあったら、しかも腹の中の子が男の子だったら、恨むどころの話ではない。

「父には止められたれど、一目……この目で、殿の御無事を確認したく、無理を申して参りはべれり」

「莫迦な」

教通は一刀両断に付した。久々の妻は、少し背が伸びたようだった。続けて、もう十九歳の女の身長が伸びるはずはないと思い直し、痩せたのだと悟る。元が丸々とした少女だっただけに、中肉中背でちょうど良いぐらいになっていた。腹だけが、いつにもまして大きくせり出している。

「帰れ！　子に何かあらば、只にては済まさじ」

怒鳴るとくらりと頭痛がして、教通は枕に沈んだ。妻は、「御身、御自愛くださるよう」と述べ、一礼して辞去する。家人から、妻が持ってきた見舞いの品の目録を聞いた。薬と、米や魚や滋養のある食べ物――そんなものは、天下に名高い道長公の本邸のほうがよほど揃っているとわからないものか。娘が描いたという絵手紙は開く気もせずに枕元へ放り投げ、教通は苛立ちながら掛け衣を引っ被った。褥の上で、思わず呟きが漏れる。

「……まったく、己の役割と責務をわかれぬ女や」

教通だって人の子だから、熱を出して臥せっている時くらいは、女の腕に抱かれて慰められたいと思いもする。だが、その相手は断じて懐妊中の妻ではなかった。

しかし、思い浮かべた女はつれない。小式部内侍は梨の礫だった。身体が弱っていると恨み言のひとつも言いたくなるというもので、「など訪《と》わざりつるぞ」と文で責めてみると、機知に富んだ歌が返ってきた。

『死ぬばかり嘆きにこそは歎きしかいきて訪《と》ふべき身にはあらねば』

死ぬほど心配しておりましたが、妾の身ではとうてい生身での訪問は許されなくて――との内容だ。もっともである。こんな時でも「行きて」と「生きて」の掛詞《かけことば》を仕込むとは、あれは生粋の歌人だ。

歌が気に入ったので、治ってから通った。とはいえ、次女と庶子が相前後して生まれた時の何ともバツの悪い状況を思うと、妻の顔もできるだけ立てておく必要があったので、盗人のように隠れての逢瀬をたまさかに持つのが精一杯だった。

そして、臨月の妻は待望の男の子を出産した。玉のような健康な赤子は真夜中の丑の刻に産声を上げ、即座に沐浴が行われた。日が昇って報せを受けた父は、直ちに絹百疋《ぴき》を贈ってくれた。

「――良うし得たり！」

さすがにその時ばかりは、教通は妻を手放しで褒めた。

跡継ぎを儲けたことで、やっと教通の中で妻は重きを置くべき女になった。よその女遊びも多少控えめにした。小式部内侍にもう一人子供を、今度は娘を産ませた程度だ。ただ、一番酷い時ではなく収まりかけた時に限ってうるさく言われるという間の合わなさが世の常でもある。

「嫡男は格別に思《おぼ》し候わん。されば、今ほどは、妹を同じ家に迎えてもよろしからずや、大将殿。離れては、心惑わすことも多ければ」

年が明けて教通にそう進言してきたのは、例によって義兄定頼であった。定頼も、教通の嫡男と同い年の長男を儲けたと聞いた。それですっかり家庭に染まったらしい。

「……我が妻は、心を悩ましたりと？」

「と、申さば我が妹に怒られ候。相手が誰とさえ、我には言わんとせぬ妹にて」

つくづく、殊勝な女である。殊勝すぎて、少し苛立つ。

定頼にしたって、女遊びはなかなかにお盛んだ。生まれが良く甘い顔立ちで歌が得意な彼を、宮中の女たちは放っておかない。ただ子供が生まれたから一時的に家庭的になっているだけだろう。

とはいえ、そこを突くつもりはなかった。どれだけ美人で歌が巧かろうと、所詮卑しい受領階級の女房務めの女だ。

──潮時か。

小式部内侍とは、お互いに他の楽しみを見つけつつ、たまに思い出した時にだけ触れ合うぐらいがこれからはちょうどいいのかもしれない。それに、教通に負けず劣らず生来好色な性質《たち》の定頼に、恩を売りつつ公任卿への口止めもできる良い手がある。

「……定頼殿は、かの紫式部の娘と、親交がありとか」

「え、あ、それはその。我も彼も歌を好みてあるゆえ、折に触れて詠み交わしなど」

確かに、定頼の歌才は教通など及びもつかない。だがそれはこの際、百歩譲って置いておこう。紫式部の娘は、越後弁《えちごのべん》の名で最近太皇太后彰子に出仕を始めた。さすがに血筋で、優れた女流歌人だという。年は、教通の妻や小式部内侍とほぼ同じだった。

「かの和泉式部とも、歌のやり取りをしたまうと聞いたり」

「う、歌はすこぶる良く詠む女にて。年も上なれば、かの女とは色めいたることは」

ということとは越後弁とはあるらしい、それは重畳。その手の女が好みなら、都合よく押し付けられる。

「──その娘の掌侍《ないしのじょう》とは、面識は？」

妾を共有すると、義兄は一転、何もうるさいことを言ってこなくなった。

定頼と小式部内侍は、すこぶるよろしくやっているようで、それに別に嫉妬は覚えなかったが、腹立たしいのは教通のほうは振られてしまったことだ。妾を交換するつもりだったのに、紫式部の娘は、仮にも左大将を、惜しげもなく袖にしたのである。

「我の何が気に食わぬか？」

「捨てられて泣き暮らす未来が見ゆるため、とても申し侍らん」

「頭弁《とうのべん》ならば添い遂げらるると？」

まさかそこまで大それた夢を抱いているわけではあるまい。教通ほどでなくとも、定頼は十分に高位の貴公子で、越後弁の身分では決して妾以上にはなれない。

「いさ」と越後弁はとぼけてみせた。

「……頭弁の君の場合は、いずれ来る別れの後も、歌と思い出のみあれば後悔はせじと思われて候。しかして、大将殿との行く末には、後悔《のちくい》のみぞ見えはべる」

「今、ここにて、我の機嫌を損ねては、それこそ後悔せんとは思わずや」

左近衛大将には、一介の女房などいつでも潰せるくらいの権力がある。だというのに、越後弁は澄ました顔で、とある歌を口ずさんだ。

「人にまだ折られぬものを誰かこのすきものぞとは口ならしけん」

それは、『紫式部日記』の中に書き残された歌で、ある男に戯れに口説かれた紫式部が、自分はそんな尻軽女ではないと撥ね付けた返歌だった。それに先立ち、梅の実に寄《よそ》えて、「酸き物」と「好き者」を掛けつつ「すきものと名にし立てれば見る人の折らで過ぐるはあらじとぞ思う」と誘いを掛けたのは、誰あろう教通の父であった。

「……蛙の子は、蛙か」

「互いに」

道長公は、教通の父だけあって人並み以上に女好きであった。加えて、女性の使用人への褒美と性的関係の区別は、京にあっては曖昧である。今は太皇太后に昇った長姉彰子がまだ素腹の幼い中宮であった折、その陣営の評判を高めるのに最も貢献したのは紫式部だった。道長公からの誘いかけは、その報奨として、お抱え者として何くれとなく生活の面倒を見てやろうという申し出でもある。だが紫式部はどうもお堅い女で、それを断った。父は特段気を悪くすることもなく、それならそれで別の形で報いた。その一つが、娘の越後弁の採用と厚遇である。彼女は現在、太皇太后御所で、若いながらに古参の女房らと並んでそれなりに幅を利かせている。それでも、父にも優先順位というものがあるから、教通が本気で口説きに掛かれば父も本気で阻止するようなこともあるまい。本来であれば、たった一時の寵でも、越後弁にはもったいないばかりの話である。

だが、越後弁は首を縦に振らなかった。

「悔ゆるは我のみにはあらざらん。御存知にはべりや、大将殿？　後悔は、女の顔をしておるとか。大将殿の誘惑に、心動かさるること露ほどもなしと申せば偽りとならん。されども、大将殿の御声を聞くたびに、我には四条の御方の顔が浮かばれて。大将殿には見えざるならば、げにいつごろや、後悔《のちくや》しき大将とも聞こえつべき」

好き放題言ってくれる。だが、かつての父への返歌を持ち出された手前、強引に迫る気にはなれなかった。しかしせめて一矢報いなくては気が済まないので、教通は紫式部の台詞をたった一言引用した。

「めざましう」

越後弁は一瞬動きを止め、ニヤリと微笑んだ。それは、先ほどの歌に続いて、紫式部が道長公に言い募った非難の言葉であった。だが、「めざまし」という言葉は、紫式部が意図したような「目に余る」という意味もあるが、「思いの外、やるものだ」という褒め言葉でもある。どちらの意で伝わるかは、どうでも良かった。教通も別に、こうと内心を定めたわけではない。きっと、どちらでもある。

笑顔のまま、越後弁は軽く一礼して踵を返し、去っていった。

以来、宮中に出仕する彼女とは接点は少なくなかったが、ついに艶めいた関係は生まれなかった。

妻は、それからも教通の子を産み続けた。

嫡男は年の暮れに生まれたので、翌年の懐妊は期待していなかった。翌寛仁三年にはとうとう父が出家を果たし、家の中がごたついたせいもあり、嫡男の次の子までは少し間が空いた。それでも嫡男の誕生の二年後には妻の腹は再び膨れだし、年明けて二十二歳になった妻は次男を出産した。結構なことだ。子供の死亡率は高く、長男だけでは心許ない。父にとっての教通の存在意義もそれだ。今のところ頼通公はピンピンしているが――まあ、はっきりと言葉にはしないでおこう。

次男の誕生後、教通は内大臣に昇進し、ついに公と呼ばれる地位を得た。その祝いでもないだろうに、妻は同じ年のうちにもう一人産んだ。今度は女の子で、教通は拳を握る。長女と、七つ下の三女――后がねの姫は、長く後宮政策に関わるためには年齢に開きをもって複数あるのが一番いいのだ。現に、教通の実姉妹四人のうち、一番上と下の年齢差は実に十九歳である。父の運には到底及ばないが、嫡兄頼通が三十路を迎えてなお子供がいないことを思えば上出来だ。

次男と三女の翌年、治安《じあん》二年に、三男が生まれた。

さらに翌治安三年にも妻の腹は大きくなり、明けて四年の正月早々に、最後の男の子を産んだ。四男誕生の報せは、妻の訃報と共にもたらされた。

「――御子は、無事なれど。母親は、後産の血があまりに多うて……」

消え入りそうな声で、脇息にもたれかかって起き上がれもしない様子の公任卿は、やっとそれだけ絞り出して突っ伏してしまう。傍らで、定頼が父大納言を支えていたが、こちらは涙を堪《こら》えきれず頬を濡らしていた。

御簾の奥に横たえられたぴくりとも動かない妻は、見知らぬ女のようだった。

結婚当初、妻は十三歳の白く丸い頬の持ち主で、まだまだ子供だった。目の前の女の頬はこけ、肌は土気色で、つい数日前に二十五歳になったばかりだというのに深い皺が刻まれている。

太く黒々と艶のあった髪は、長じるにつれて細くなっていき、今は真っ白だった。いつから髪に白いものが混じるようになったのか、教通は知らなかった。思えば控えめな妻は、寝所では常に明かりを消させていた。

ふっくらとした少女だったはずの妻は、教通の妻として、腹を膨らませぬ年はほとんどなかった。その一方で体の他の部位ががりがりにやせ細っていることに、教通はたった今気づいた。空っぽになった腹の上で組まれた指は節くれ立ち、まるで枯れ枝だった。

御簾を払って、同じ間に入ろうとすると、定頼から声が掛かる。

「内大臣殿、死穢が」

嫌味か、と思って振り向いたが、定頼の涙に濡れた目には何の含むところも読み取れなかった。

「――葬送の儀は、四条にて執り行いまいらす。内大臣殿をゆめ煩わせぬように、と……妹の、遺言なれば」

「何を……」

「今や御身は大臣に昇らせたまいて、我が父よりも重大なる役目を負いたまえば、主上の宸襟より長く遠のきたまうはよろしからざらん、と……」

妻は、子供の世話も四条大納言に託したのだという。公任卿は、詩歌も管弦も随一の腕前で、当代随一の文化人である。子供の教育には、文化方面は嗜み程度の教通よりよほど良い人材であったが、妻の意図はそれだけではなかった。

――子らは、父上が傅《かしず》き育《はぐく》みたてまつれ。何よりも父君を一に、慕い敬うべく教え込みたまえ。我が背の君の、誇りの子となるよう。

教通に子育ての負担を掛けぬように、というのが最大の理由だ。それでも教通から子供を引き離すことは望まず、父親を敬うよう教育してくれと頼み込んで逝った。

「父上……！　母上、起きてこず」

裾にまとわりついてきた三女は、四歳になったばかりだったが、年の暮れの生まれだということを差し引いても小さく、幼い。教通の裾を引いた途端、すでに瞳から溢れ出ていた涙は決壊し、びえええええええ、と泣き出した。

「三の君、父上の御召し物を汚してはならじ。こなたへ」

赤子を抱きながら、慌てて手を伸ばすのは長女だ。もう十一歳になり、ずいぶんな美少女に育っていたが、今は目を赤く腫らして洟《はな》をすすっている。教通の愛人だった乳母にいくら言われても、新生児の末弟を離そうとしなかった。

次女から三男までは、やはり目に涙を浮かべて、身を寄せ合って抱き合い、少し距離を取って不安げに教通の様子を窺っている。

袴ごとがっちりと教通の直衣を摑む三女の頭を撫でてから、軽く振り払った。

「ち、父上……」

袴にしがみついていられては、腰を下ろすこともできない。教通は膝をついた。

「内大臣殿、穢れが」

定頼の言葉を無視して、教通は同じ高さになった三女の肩を抱き寄せる。同じ空間にいても著座しなければ触穢は部分的なものだが、腰を下ろしてしまってはもうどうしようもない。だが、それがどうした。どうせ妻が没したとなれば三ヶ月の喪に服さねばならないのだ。妾として扱うならともかくも——

——いきて訪ふべき身にはあらねば

まさか、妻はそう思っていたわけではあるまい。れっきとした公卿の姫、后がねの嫡女を、多少歌が巧みなだけの受領階級の女と同じように教通が扱うとは、まさか。

それなのに何故、定頼が触穢を気にする。何故……

「——ああ、父上！」

振り返れば、義兄はもう教通を見ていない。大きく体勢を崩した公任卿を、定頼が脇から支えていた。定頼の腕の中からこちらを見た公任卿の目は、これ以上ないほどの喪失感に昏く沈んでいた。濁ったそこに、教通を責めるような色は見て取れない。そもそも焦点すら合わない舅の瞳は、教通などに向けられていなかった。

三女以外の子供たちは、教通の機嫌を損ねまいとするかのように、涙を堪えて隅で

大人しくしている。まだ何もわからない末子を長女が一生懸命にあやし、次女と長男がよちよち歩きの次男と三男を抱き寄せて、良い子にしているよう言い含めている。

母親が恋しい年頃で今にも泣き叫びたいところだろうに、父の顔色ばかりを窺う子供たちの様子に何とも言えなくなって、教通は妻に視線を戻す。横たわる骨と皮だけの遺体は、まるで老婆だった。思えば、一人子を産むたびに、妻は生気を失い駆け足で老いていった気がする。それを、今の今まで、何とも思っていなかった。

「――まだ……」

まだ、娘が后に立ってもいないのに。教通は、必ず后の父となる。ならば后の母はこの女しかないのに、何故身動きもしない。子を産んだのは、天皇の外祖母となるためであって、死ぬためではなかったはずなのに。

数え十三歳で結婚して、二十五歳になった途端に妻の生涯は終わった。人生の半分は教通の妻として、子を産むことだけを期待されて、それに応え続けた。妊娠と出産

を繰り返し、七度目でついに力尽きた妻は、何を思っていたのだろう。生まれが良く、婿傅きができる父の娘で、子を産むための器——ただそれだけの存在価値しか見出されず、だがそれに文句も言わずに黙って与えられた役目に殉じた。何を思っていたとしても、もはやそれを知る術は永遠に失われてしまった。

人生で最初で最大の喪失を、こうして教通は味わった。

六　バチ【罰】

それから一周忌までの一年のことは、正確に鮮明に覚えてはいるのに、どこか他人事のように感情の記憶がない。喪服を着て過ごし、晴れがましい場に出るのは避け、それでもどうしても顔を出す必要がある所へは忍んで通った。

「無理はすなよ、教通」

何も無理などしていないのに、父は顔を合わせるたびにそう言った。

「汝のそういう顔は、初めて見るな」

兄の言葉は不可解だった。教通はいつも通り、基本的には澄ました顔で、愛想よくすべきところでは笑顔を作っていた。何も変わらない。

考えるべきことも、すべきことも、山ほどあった。何せ、父は諦め悪く、兄は気概が足りず、頼通公は結局また妾を持ち、その腹が膨れだした。山井の一件から十年近く経過していたのに、兄は結局、隆子女王への貞節を貫くことはできなかった。

——我が正妻の座は、空きたり。

教通は、それを空けたままにしておくほどの間抜けではない。――そうであったなら、あの女は、ひょっとしたら死ななかったかもしれない。だが今となってはどうしようもないことだ。ここで亡妻への哀惜だの何だのに囚われて歩みを止めれば、それこそいい面の皮である。それが教通だけならばまだ考えたかもしれないが、そうなったら、もろともに馬鹿を見るのは――

教通は首を振る。内大臣の正妻の座を欲する相手には困らなかった。

「それにつけても、女二宮のことを思えば……嗚呼、内大臣《うちのおとど》こそ」

その嘆きと切望は、先帝三条院の皇后娍子《すけこ》のものだった。かつて兄との縁談が取り沙汰されたこともある次女禔子《ただこ》内親王の将来を案じて、今度は教通に縁談を持ちかけてきた。以前の兄との縁談は、死期を悟った父帝の親心から出たものだったが、母后の動機も同じだった。老境に差し掛かった彼女はこのところ体調が優れず、遺される子のことが心配でならなかったのである。

教通は一も二もなく承諾した。昔、兄が愚かにも辞退した強力な手駒が自分のものになる。内親王の降嫁は大変な名誉である。箔付けとして大変よろしい。兄の正妻は皇孫女王でせいぜい銀箔だが、まだ二十代前半の内親王は正真正銘の金箔だった。

とはいえ、降嫁は二度三度と延期された。頼通公が三十四歳にしてやっと得た子は男児で、実家は盛大なお祭り騒ぎになり、教通の再婚は一度棚上げとなった。妻の一周忌を終えたばかりの教通は、内心面白くはなかったが、それでも女の子でないことに安堵する。跡取りは無論大事だが、何より后がねの姫がなくては外戚の地位を得ることはできない。兄はまだ、何よりも重要な手駒は得ていない。

しかし、降嫁を前に皇后娍子が崩御して、教通の婚礼は再び延期になった。さらに、皇太弟敦良親王の子を妊娠した末妹の尚侍《ないしのかみ》嬉子が産褥死して、三度《みたび》延期になった。それでも教通は諦めず、妻の死から丸二年経ってついに婚礼にこぎつけた。

婚儀の前には、一波乱あった。万寿《まんじゅ》三年の年明け早々に、公任卿が出家したのである。その報せを受けて、教通は公任卿が剃髪した長谷《ながたに》の山寺へ駆けた。そこは亡き妻の四十九日の法要を営んだ場所でもあって、教通の再婚が公任卿に俗世を捨てさせる最後の一押しになったことは明らかだった。

「何故《など》こう――あさましく頼もしげなかりける御心かな」

新年の挨拶も何もなく恨み言のように言い募ると、公任卿はフッと自嘲するように諦観の滲む微笑みを浮かべた。

「女二宮の御降嫁は、良き話と覚え候。我は今やかく世を背きたる身、何の義理立ても不要にはべり。独り身の寂しさを、三十路ばかりにて選びたまうことはなからん」

何かを言おうとして、言えなかった。

――責めても、くれぬか。

公任卿の声は凪いでいた。激しい悲嘆は去り、泣いて泣いて涙も涸れた後の、もはや取り返しのつかない空隙《くうげき》が生む穏やかさがそこにあった。

けれども、教通は同じ道を往くわけにはいかない。都に戻って禔子内親王と婚礼を挙げた。禔子内親王は二十四歳、教通は三十一歳になっていた。

初夜の閨房で、半臂《はんぴ》も下襲《したがさね》もしっかりと着込んだ婚礼衣装の布袴《ほうこ》姿を一糸たりとも崩さず、寝室で教通は若く貴い姫宮に告げた。

「我が北の方として重んじたてまつる。さりとても、我にはすでに子は数多《あまた》あり、また大きければ、子の母は求めはべらず。求むるはただ皇女《ひめみこ》の妻があること。それさえ果たしたまわば、暮らしに一切の不便なく、欲したまうものはすべて与えん」

最晩年の妻と同じ年頃の禔子内親王は、どちらかといえば結婚当初の妻に似て、少女のようなあどけなさを持つおっとりした姫宮だった。貴く生まれ、何の苦労もなく愛されて育った姫の無邪気さを、十三歳の妻も確かに持っていた。しかし時を経るにつれて、彼女は変わった。肉が落ち肌や髪が萎えたという外見だけの話ではなく、内面も、無邪気な少女から可愛げがないほど弁《わきま》えた女になった。それを成長と世間は呼ぶのかもしれないし、教通もそう思っていた。だが今なら違うとわかる。あれは――不幸になった、と言うのだ。

禔子内親王は、両親を亡くし皇統の嫡流を外れ、それでもまだ幸せのうちにあって、穏やかに首を傾げた。

「――妻たるもの、和子を産みまいらすが務めと心得て参りたるに。また、北の方を亡くされたる殿御の後妻となるからには、御子らの継母として心配るべきと……」

「我には不要に候」

言い切ると、禔子内親王に仕える女房らは気色ばんだが、本人は鷹揚に微笑むばかりだった。妻は四男三女を遺した。年の離れた后がねの姫複数、跡取り息子、その控え、さらに出家させて寺社勢力との繋ぎとする要員――もう、すべて手中にある。教通の重要な手駒の子らの母は、亡妻だけでよかった。継母も、家の中には要らない。せいぜい、娘が入内でもする時に、対外的な箔付けとして後ろに控えていてくれれば、それ以上のことは望まない。

「承知」

楽ができそう、と言わんばかりに禔子内親王は朗らかに笑った。

そして実際、彼女は過不足なく期待通りの役割を務め上げてくれた。衣食住に不自由させなければ、夫婦の営みがなくとも何の不満も言わず、隠れて男を作るといった醜聞とも無縁だった。

同じ邸内で暮らすことになった継子たちとも、関係は険悪ということもなく、さりとて母親面して親しく交流することもない。子供たちの母親の座を奪って思い出を拭い去るような真似は決してしなかった。

　やがて時が移り、父が没し、教通はやっと隠していた牙を兄に対して剝き、娘という大事な駒を動かした。天皇崩御あって皇太弟敦良親王が即位し、ついに教通の長女が入内して女御宣下を賜ることになった。入内に際して禔子内親王は教通ともども娘に付き添い、内親王の母代を後ろに従えた娘の参内はまさに鳴り物入りの婚儀であった。最高級の囃子を奏でる稀代の名楽器が、禔子内親王だ。

「御満足いただけたりや、殿」

「――この上なく」

　最初の妻より格上の継室に教通が求めていたのは、ただこの時のための鳴り物、箔付けだった。子でも、愛情でもない――そんなものが生まれてしまえば、あの女は立場がない。

　美しく着飾り、誰よりも煌《きら》びやかな女御となった長女を見つめながら、教通は人知れず袖の中で拳を握る。敦良親王の即位と同年に、関白頼通公は四十七歳にしてやっと妾との間に女子を得た。これから、嫡兄との争いは激化する。だが決して負けはしない。

　宮中に、見知った顔を見つけた。

「越後弁……」

思わず呟く。紫式部の娘だ。今の彼女は、弁乳母《べんのめのと》とも呼ばれている。新帝は東宮時代に、教通の末妹の尚侍嬉子との間に長男を儲けた。その乳母に任じられたのが越後弁だ。嬉子は産後の肥立ち悪く逝去したので、弁乳母は今や皇太子親仁《ちかひと》親王の唯一の母として、絶大な影響力を有している。

彼女は恭しく一礼した。

「内大臣殿。このたびは、御息女の入内、げにめでたく、慶びを申し上げまいらす」

——この女は、今誘いを掛ければ乗るか？

若い頃、教通は彼女に振られた。あの時には、一時の遊び相手としてしか見ていなかった。だが、東宮の乳母は十分に愛人として囲う価値がある。そうしても、禔子内親王と違い、越後弁の生まれでは逆立ちしたって初めの妻の立つ瀬を奪うことはない。

——されども、敵となるか、味方となるか。

教通の長女が皇子を産めば、越後弁とは利害が対立する。一方で、教通にはまだ次女も三女もおり、彼女らを東宮妃とするには越後弁の協力は不可欠だ。どう転んでも損のないように、越後弁の扱いはよく見極める必要があった。何せ、頭の回る女だ。

『後悔《のちくい》の大将殿』

かつて言われた言葉が脳裏に甦る。後悔などしていない、とは言わない。だが、本当に心の底から悔やんだことは、まだない。その絶望は、后の父となり人臣の頂《いただき》に立つ野望を諦めた時に初めてやってくる。山里の朗詠谷に隠遁した公任卿の姿が、教通に本物の後悔を教えた。そこへは、まだ行かない。行ってたまるか。

教通は、必ず摂関の地位に昇り、藤氏長者として人臣の最高位を極める。その足掛かりに、己の娘を皇后に立ててみせる。そして、何人妻を娶り妾を抱えようと、后の母はただ一人。

そうでなければ、あの女は、一体何のために死んだのだ。

賢子の婚活離脱

堅実に、結婚して子を産み、良妻賢母たることを目指したこともあった。それが、人生の安寧のためには必要だと思ったから。やがて皇帝になる人を夫に——とまでの高望みは本気ではなかったけれども、せめて血筋の良い出世魚をと夢見た。

けれども、それもまた地獄の道往きだと、ある貴婦人の人生を見て知った。公卿の姫に生まれ摂関家の貴公子を婿取った人の不幸は、伝え聞くだけでいたたまれなかった。大納言の嫡女でも、夫が格上ならば誠実さなど期待できないのだ。口説かれたのは自分だから、よくわかっている。まして自分の生まれでは、格上の夫など得たら、どれほど蔑《ないがし》ろにされるかわかったものではない。

そしてもうひとつ学んだのは、出産は文字通り命懸けだということだ。生か死かの博奕は、回数を重ねればいつかは負ける。七人も産めば、女は簡単に死ぬ。

死んでさえ夫は自分に操を立ててくれはせず、自分より身分の高い妻とさっさと再婚してしまうのが現実なら、家庭に入る道もやはり選べなかった。

三界に家無くとも

賢子の野望

――仕官せば当《まさ》に執金吾《しつきんご》となるべし、妻を娶らば当に陰麗華《いんれいか》を得べし。

光武帝劉秀はよく言ったものだった。結婚だけでは、小市民の幸福さえ約束されない。配偶者などいらないとは思わないが、職を得て社会に居場所を作らなくては、心も体もただ磨り減らすばかりだ。そうしていつか、赤子と悪露《おろ》と一緒に命までも放《ひ》り出してしまい。夫は操を立ててもくれない。それは、あまりぞっとしない。

仕官せば執金吾。だから、宮中に職を得た。劉秀には、劉の国姓があった。自分には母の七光りがあった。

けれどもそこには、同じように女だてらに手か頭に職を付けながら、良い縁談も自分で掴み取ろうという競争相手がひしめいていた。彼女らを出し抜くには、何が必要だろうか。

「妻を娶らば陰麗華……裏を返せば、婿を取らば劉秀」

夫が名誉も命も守ってくれないのなら、通常の結婚に固執する必要はない。陰麗華は、劉秀に見初められて皇后まで昇った。知り合った頃の彼は、漢の高祖劉邦《りゅうほう》の血を引いてはいたものの、時代はすでに劉邦が項羽を打ち破ってから二百年が経過し、劉秀は第六代皇帝である景帝の六世孫で、その血筋は嫡流を外れて久しかった。それだけ遡れば、自分の祖先にだって大臣はいるし、国母までも輩出した。劉秀もまた、皇室に連なる者ではあったが、その程度の劉氏は当時数百人はいたはずだ。

その劉秀が、自身より嫡流に近い親戚を、己の嫡兄さえ押しのけて皇帝の座に就いたのは、戦乱の世だったからだ。偉大なる漢帝国は、王莽《おうもう》の簒奪により一度滅んだ。執金吾を望んでいた青年は兵を率いて反乱を指揮し、王莽の軍勢を打ち破り、漢を再興した。

「今は、戦乱の世にはあらず……」

だから、陰麗華のように、夫が皇位に昇ってくれることを期待するのはおよそ現実的ではないだろう。

――けれども、たとえば、たった一人、落胤を産むくらいなら？

陰麗華のように皇后の地位までは望まない。そもそも彼女は、初め皇后ではなかった。劉秀の即位時、まだ皇子を産んでいないことを理由に、別の妻に皇后の座を譲ったのである。陰麗華にはそれでも、息子を産めば、最初の皇后を廃させその所生の第一皇子を廃太子にさせるだけの寵愛があった。そこまでも、自分は別に望まない。

下級貴族の末子である自分が皇子を産んだところで、その子は認知さえされない。生母の身分が低いから親王宣下を受けられないとか、出家させられるとか、そんな次元にさえも至れずにどこか適当な臣下に養子に出される。——それが、狙い目かもしれなかった。

天皇の醜聞など一度で十分なはずだ。一人子を産めば、周囲は必死で引き離しに掛かるだろう。落胤が養子に出されるだけでなく、生母も適当な男と縁付けられて厄介払いだ。とはいえ、仮にも天皇の子とその生母なら、生活は保証される。お飾りの夫も、拝領妻を蔑ろにはしないだろう。出産で命を危険に晒すのは、一度か二度で済む。

ほんの一時の気まぐれでいい、子供さえできれば。帝といえど、あるいはその前段階の東宮といえど、一人の男だ。気の迷いを起こすことはあるだろう。その時に側にいられたら、あるいは——それが、太皇太后に出仕した理由の一端だった。荒唐無稽で大それた望みだということは自分でもわかっていたから、まさか本気で狙っていたわけではなかったが、万に一つの間違いが起きたら物にするつもりではあった。

しかし思ったようにはいかなかった。長く宮中に出入りする中で星の数ほど見た、自分と同じようなことを考える女の中で、他の追随を許さぬほど格別に光り輝く姫がいた。

「式部卿《しきぶきょう》と呼び候え」

元子《もとこ》女王は、岩蔵《いわくら》式部卿宮敦儀《あつのり》親王の息女であり、皇孫女王という貴い身分の姫君であった。身分に合わぬ女房務めを選び、父宮のかつての官職を侍《さぶらい》名《な》に選んで中宮付きの女房となったが、時流を失った宮仕えの皇族にありがちな我が身を嘆くようなところがまったくなかった。生まれだけの箔付け要員としてお飾りに甘んじることもなく、見事に宮中を渡り歩いていた。

女流漢詩人として名高かった高内侍《こうのないし》を曽祖母に持つ彼女は漢文の素養も抜群で、『史記』から『白氏文集』まで良く諳んじていた。『後漢書』も例外ではなかった。「仕官せば当《まさ》に御匣殿、尚侍、女御、后となるべし、婿を取らば当に光武帝を得べし」

彼女の生まれでは、それは決して夢ではない。

自分では、皇子を産んだところで行く先は后妃ではなく近臣に下げ渡されるだけだ。しかし式部卿の君こと元子女王は、男児を産みさえすれば、それを足掛かりに第一皇子を廃太子に追いやってでも皇后の位に昇るだろう——陰皇后のように。嫡流を外れた女王に、后の位は高望みではある。しかしそれは、劉秀が執金吾と陰麗華を望んだ程度のことであって、背伸びすれば手が届く範囲にはあった。

何より元子女王は、若く美しく才気に溢れるだけでなく、争いを厭わず運命を強引に自分へ引き寄せる覇気と闘争心があった。世の中のさがな者と呼ばれた、不世出の武人貴族の孫娘だけある。まこと、血は争えない。

自分より若く、自分より生まれが高く、逆境をものともしない毅《つよ》さで、手と頭に職を付け皇后の位を狙っていた元子女王には、何もかも敵わなかった。

――後生、畏るべし。

自分と同じように、己で人生を切り拓こうとする女が、自分にはとうに失われた武器を持って、かつての自分よりよほど高みを目指している。それを目の当たりにして感じたのは、憧れでも感心でもなく、脅威に対する戦慄だった。

一　いどみ【挑み】

元子女王は、三条天皇の皇孫として生まれた。

産声を上げた時に祖父院はすでにこの世の人ではなく、嫡流を外れた女王の誕生は世間にさして注目されず、元子女王は母方で伸び伸びと育った。

七つになる前に母が亡くなった。愛妃を喪った父宮は現世に希望を失い、出家して仏門に入ってしまった。今は郊外の閑静な岩蔵の地で、母の菩提を弔って誦経《ずきょう》の日々を送っている。

そんな状況であるから、元子女王は母方祖父の家で育てられた。女たらしの祖父は子も孫も多かったが、第一子の長女にあたる母への鍾愛は格別で、母に瓜二つという元子女王もそれはそれは可愛がられた。初孫でも跡取りでもないのに衣食住すべて一流品で揃えられ、最高級の教育を受け、時には羽目を外して遊ぶのでさえ何の不自由もなく、何もかもを与えられて育った。

しかし、早くに亡くした母を思えば、祖父の後見もいつまであるかわかったものではない――いや、殺しても死にそうにない男ではあるのだが。でも髪は年々白いものが増えるのに量は減っているし。やがて年頃になり祖父の腰結《こしゆい》で裳着《もぎ》を行い成人すると、元子女王は自分の人生設計を考え始めた。薄くなった頭でも生え際は後退せず踏みとどまっている祖父であるが、その往生際の悪さゆえかどうか、国防の要所である筑紫《つくし》へ赴任すべく辞令が下った。

「――ゆえに、我は出仕します！」

高らかに宣言した元子女王に、祖父大宰権帥《だざいのごんのそち》藤原隆家卿は何とも言えない微苦笑を浮かべた。

「まだ何も言うとらんぞ。何が『ゆえに』か」

確かに何も言われていないが、祖父は単純な男なので、言葉にせずとも色々丸見えなのである。

「近々筑紫へ下向さるべし。我を具《ぐ》したまうべく思し召しならん、目に入れても痛くない最愛の孫娘なれば。されど堪忍、祖父君《おおぢぎみ》。元子は西国の田舎になど参りとうはなし！　単身にておわしませ！」

きっぱりと言い切った元子女王に、隆家卿は苦笑するばかりだった。祖父にとって、手塩にかけて育てた本朝歴代三位の美少女である元子と離れるのは魂を引き裂かれんばかりの苦しみだろうが、可愛い可愛い孫のためにここは単身赴任していただくしかない。なお祖父によれば歴代一位は元子女王の母で、二位は祖父の実姉、すなわち元子女王の大伯母である一条院皇后定子とのことである。故人には勝てない。

「……そなたが都を好むならば、無理に連れて行かんとは思わじ。さりとて、何も出仕することはなからん。そなたの叔母にも叔父にも、これまでにもましてそなたに傅《かしず》くよう言いつけてゆく」

「叔母上は、言われずとも面倒を後見してくれん。祖父君にもまして、我を育《はぐく》みたまいける母代《ははしろ》は叔母上やもの」

元子女王の亡き母には、両親を同じくする妹と弟が一人ずついた。ことに叔母は、母とは非常に仲の良い姉妹だったので、母の死の間際に元子女王の養育を直々に託されたという。祖父はもちろん孫娘の養育にかかる費用は惜しまなかったし、顔を合わせれば猫可愛がりしてくれたが、それだけに躾のしの字もなく甘やかされ放題だった。また粗忽者の祖父は細かなところには気が回らない。一方の叔母は、情に厚く責任感の強い性格から、元子女王にも自身の子と別け隔てなく目を配り、時には口うるさいことも言いながら最高級の教育を施してくれた。おかげで元子女王は当代随一の漢才歌才楽才、染め物に縫い物、およそ女の嗜みは何でもござれである。加えて両親譲りの美貌！　母は言うに及ばず、父宮もなかなかの美男子であった。

長元《ちょうげん》十年の日の本に、およそ元子女王より后に相応しい存在などあろうか。ない。

生まれ、容姿、才能、度胸、どれを取っても国中の女が及ぶべくもない。何なら后と言わず女帝でもいい。

しかし、その元子女王にも足りないものがあった。無論、自身に欠けるところなど一つもあろうはずがない。だが、自分ではどうにもならない周囲の環境ばかりは、天が公平性を期すために多少の配剤を行ったというか何というか。元子女王は、ほんの少しばかり、本当にちょびっとだけ、後見が弱かった。

后妃になるには、実家が太いほうが有利である。というより、後ろ盾がなければ入内など到底望めない。元子女王は、血筋には何の問題もないが、父親が出家しているのだけは痛かった。父方の祖父は故人であるし、母方の祖父はといえば性格がどうも政治家向きではなく、中央政界に見切りを付けて半ば隠遁しているに等しい。それでもただでは起きない隆家卿は京では一目置かれる存在であり、それだけに一部からは警戒される身でもあり、その両者の思惑が絡み合った結果、遠く筑紫で外交と国防を統括する大宰権帥に任命された。祖父は、二十年ほど前にも同じ役職に就いており、その際は大陸から襲い掛かった海賊軍団を撃退するという武功を立てている。その実績を買われてまたぞろきな臭くなってきた大陸と海洋の押さえとして再任されたのか、あるいは政敵に疎まれての厄介払いか——多分両方だろう。身内から見ても、側にいられると多少暑苦しく鬱陶しい男であることは確かだ。

そうすると、元子女王の後見は中央政界に何の重きもなさない男二人、かくなる上は自分で道を切り拓くしかない。入内ができなくても、一皮剝けば男と女、要はそういう関係になってしまえばいいのである。そして帝の鶴の一言さえあれば、生まれ自体はわりと良い元子女王のこと、何とでもなる。

既成事実を作るには、どうしたって物理的な接触が必要だ。つまり一つ屋根の下まで接近しないと始まらない。それには何も入内のみが唯一の手段ではない。

「結論、宮仕え！」

——と、明言すれば苦笑を返したのは母代わりの叔母であった。

「まこと、元子姫は父上の御孫におわします」

「まあ、顔以外は？」

首を傾げて頷いてみる。肝が太いのは祖父似だと、散々言われてきた。元子女王にしてみれば、世間の人間は——特に女性が——軟弱にすぎるきらいがあり、並の胆力の持ち主は祖父くらいしかお目に掛かったことがない。つまりはそれが、二人して並外れて気骨があるということなのかもしれない。

薄ら寒そうに身を縮こまらせたのは、叔父の頭弁経輔《とうのべんつねすけ》であった。

「勘弁してくれや……こんなのが二人も三人もおってたまるかいな」

ゴン、と鈍い音が響いて叔父は沈んだ。祖父の鉄拳が炸裂したのである。三十余年もの間、色々な意味で名高い隆家卿の息子を務めておきながら懲りない人だ——と思うが、せめてもの情けで言わないでおいた。

「叔父上、そやから家を出でて行《い》くと言うとるんやないか。これぞ利害一致、さらば力添えを賜《たまわ》れ」

「目の届かぬ所、それも宮中にて、醜聞など起こされてはと思うと、まだ目の届くところにおるほうがええわ……」

「ほう、さようか？　さらば経輔、わぬしも中宮職の次官を兼ねよ。口は利いておく」

祖父の言葉に叔父は「げっ」と呻いた。雉も鳴かずば射られまいに、と思いつつ、元子女王は祖父に満面の笑みを向ける。

「任せたまえ、祖父君！　必ずや中宮の寝首を掻——もとい、女御から帝を寝取ってみせん！　いと易きこと！」

「おう、存分にやって来よ」

かかる次第で、元子女王は、先日入内したばかりでもう立后の沙汰が噂される、女御娘子《もとこ》女王へ女房出仕する運びとなったのである。

宮中に上がる前に、元子女王は岩蔵の地に父宮を訪ねて同じ台詞を吐いた。

「あのー……中宮は異腹とはいえ我が妹なれば、寝首掻かれたらば父は困るぞ」

「いやん、叔母宮のことにはあらず。関白殿の養女として入内なされたる、嫄子女王のことやて」

今上帝にはすでに中宮禎子《さだこ》内親王という嫡妻がある。后腹の内親王で、一皇子二皇女を産みまいらせているが、それだけ揃っても安泰な立場ではないから後宮は世知辛い。一帝二后はすでに珍しいことではなく、近く禎子内親王は皇后に移動し、女御嫄子が中宮に立つことが確定していた。時の最高権力者、関白藤原頼通公の意思である。

ピピピピン、と箏《そう》の琴を爪弾きながら元子女王は父宮悟覚《ごかく》入道親王にへらりと笑ってみせる。俗名を敦儀《あつのり》といった父は、先々帝三条院の第二皇子であった。母は皇后藤原娍子《すけこ》、もっとも祖母后は十二年も前に崩御したので元子女王の記憶にはない。それでも、箏の名手で聞こえた彼女の腕前は、孫娘の元子女王に受け継がれていた。別に遺伝ではなく、親子間の指導と鍛錬の賜物である。

「指運びを直しなされ。その音は小指にて引っ掛くるのみにてよろし、次の音をこそ高らかに響かせるのや。譜の通りに弾けば良しというものにはあらず、流れの中に相応しき滅《め》り張《は》りをよく考えて波とせよ」

「諾《を》」

言われた通りに運指を組み替えると、最初こそ慣れずに戸惑ったが、数回繰り返しているとそのほうが後に続けるのに至極具合が良いことに気づく。祖父の邸では楽《がく》の心得は誰も彼も良く見積もって人並みなので、元子女王は定期的に岩蔵を訪れては父宮の手解きを受けていた。顔を見せれば喜んでくれるし、おやつも出してくれるし。

「我は叔母宮の御所ならで、新中宮の女御に仕えまつる」

「何と。今中宮への口利きをこの父に頼みに来たるとばかり。何故？」

「何故って、父上。良く考えてみたまえよ。我と中宮と、いずれのほうが美形？」

「――元子。比ぶるは酷なり、そなたは神武以来《このかた》の絶世の佳人たる母君に生き写しや」

故人には勝てない第二弾。普通、お世辞にも美しいと言えない醜女《しこめ》でさえ、父親の目には世界一の美女に映るのが父の愛というものではなかろうか。それを、世に比類なき絶世の美少女である元子女王をして、父も祖父も永遠の一位を許してはくれないのだから、考えようによっては酷い。母は魔性の女だったのかもしれない。出家前の父宮は、その身分と顔と立ち居振る舞いが非常に女性受けしたので、望めば女など入れ食い状態だったはずだが、ついに愛人や妾の一人も持たなかったくらいには母にべた惚れだった。死別後は剃髪してしまったのだから筋金入りだ。それから十年近く、いまだに毎日愛妃を想って経を上げ、飽きもせず故人を懐かしんでは縁《ゆかり》の者と語らうことだけを楽しみにしている。つまり――のろけだすと、とんでもなく長い。

「そも、そなたの母君は――」

「世に二人となき女人、魚は泳ぐを忘れて沈み雁《かり》は飛ぶを忘れて落ち月も花も恥じらい身を隠し閉づるほどの美貌、さては天女か仙人か、心映えもいとおかしゅう、健康と寿命の他は欠けたることとのなき珠玉！」

ピチン、ピチピチ、ベンベン！　と箏を掻き鳴らし、もう何万回聞かされたかわからない讃辞を暗唱し、節をつけて伴奏と一緒に早々に終わらせた。父宮の口上を放っておいたら、日が暮れるどころか三日目の夜が明ける。

「――さよう」

言葉を奪われた父宮は相槌を返すしかない。元子女王は被せ気味に続ける。

「さればよ、父上。我が近くに侍らば、主上の御関心が我に移るは必定。異腹とはいえ叔母宮、それは我も心が痛めば、せめて女御の方にと思いて」

悟覚入道親王はぱちぱちと目を瞬かせた。父宮が娘の弁論を咀嚼している間に、元子女王はその様子を観察する。四十を過ぎ、剃髪し、そのような締まらない表情をしても、なお父宮は美男子である。それを骨抜きにしたのだから、母はやはり只者ではない。父宮の評には多分に誇張が含まれてはいたが、その真心に嘘はなかった。実際のところは、母にも足りないものは色々あったと思う。たとえば、良識ある父親とか。祖父を都の人は何と呼ぶか。――「性無者《さがなもの》」である。

「…………いや、目の前にあらずとも、寝取られたらば我が中宮に面目なからんは変わらじ！　それやのうても今月中宮に立ったばかりというに、はや来月には皇后に押しやられ新中宮冊立の運びとなりて、妹宮の御心はいかほどか」

元子女王は瞬きを堪《こら》え涙を張り、父宮に向かって精一杯可愛い顔を作ってみたのだが、さすがに誤魔化しきれなかった。確かに、禎子内親王を取り巻く状況は厳しい。皇子を儲けた后腹の内親王中宮にこの扱いは、あまりと言えばあまりである。誇りを傷つけられた禎子内親王は、自ら内裏を去ることも辞さない構えだという。好都合、と思いながら、元子女王はもう少しだけ目を開いたまま涙を一粒零した。

「そやかて、父上。我とて、女の子やもの。背の君にはこの世に一の殿方をと、夢を見ることは許されませぬか……？　我とて花も盛りの年頃なれば宮中に憧れもあり、されども祖父君の邸に閉じ籠れと仰せに？　無下なり、父上、片親きりの御妹宮が、実の娘より大事と……⁉」

悟覚入道親王は目に見えて慌てだした。何度も食らっている手のはずだが、父宮は一粒種の娘に甘い。グダグダに甘い。

「泣きたまうな、元子。よろし、好きなようになされ。父の望みはただそなたの幸せのみや。それがまことにそなたの欲するところなら、否やは申さぬ。今中宮には、父より取りなしておく。そら、涙を拭きたまえ。唐菓子など召せ」

父の同意と根回しと、おやつを元子女王は得た。首尾は上々。菓子は美味であった。

二　でゐ【出居】

元子女王の縁遠い叔母禎子内親王は、噂通り中宮に立ってわずか一月《ひと》でその座を追われ、皇后に移動した。

新たに中宮に立った媄子女王は、実は元子女王の又従姉妹にあたる。祖父隆家卿の姉、故皇后藤原定子は、一条天皇との間に第一皇子敦康親王を儲けた。若くして薨《こう》じた敦康親王の唯一の遺児が、媄子女王である。

「帥殿《そちどの》の御孫とか。縁ありての御出仕、名も同じ響きなれば、よろしゅう」

「岩蔵式部卿が一子に候。式部卿の侍名にて仕えまいらす。御見知りおきを」

女は宮中では実名を呼ばれることはなく、父の官職や縁《ゆかり》の地名などに由来した伺候名を名乗る。名の響きが主君と同じだから憚《はばか》ったのではない。同輩の女房らは、元子女王の世界一魅力的な笑みにもかかわらず、何か不穏なものを感じ取ったかのように少しざわついたが、中宮媄子自身は屈託なく笑った。簡単そうで嬉しい。

それにしても、と元子女王は考える。中宮媄子は——感じの悪い容貌ではないが、元子女王のように人目を引く美貌ではない。元子女王は母に生き写しと言われ、その母は自身の父親をすっ飛ばして何故か伯母の故皇后定子にそっくりだったという。なお間にいるはずの祖父隆家卿は非常に男性的な容貌で、たおやかな美しさとは対極にある。美少女を産んだ祖母が浮気を疑われなかったのは、ひとえに母が父方——ただし父こと隆家卿自身を除く——の美貌の持ち主だったからと聞く。

元子女王は故一条院皇后定子を直には知らないが、その唯一の孫である中宮嫄子は、元子女王にも亡き母にもこれといって似たところがない。すると彼女は母親似なのだろう。母宮は、故中務卿具平親王の次女で、関白頼通公の正妻隆子女王の実妹だった。

——そう、容貌からも、後見からも、中宮嫄子は関白頼通公の家中にこそあれ、中関白家にはあらず。

中関白とは、元子女王の曽祖父藤原道隆公の異称である。正妻腹の長男であった彼とその子孫こそが、摂関の嫡流であるはずだった。現に、彼の長女定子は皇后に立った。だが、そこまでだった。

道隆公が病で没すると、権力は嫡子伊周公でなく弟の道長公に流れた。伊周公も道長公に先んじて四十になる前に薨じ、残された嫡男道雅《みちまさ》卿も実弟隆家卿も、もはや権力の中枢からは遠ざけられていた。

それでも、何故か、祖父隆家卿は宮中で大いに警戒される存在ではある。権力闘争の中の駆け引きがまるで通用せず、枠の外からぶん殴ってくるような恐ろしさが祖父にはある、らしい。孫の目から見るとただの好色爺なのだが、人はいくつもの面を持っているものだ。実際、中宮嫄子の父宮敦康親王の生前は、第一皇子たる彼をこそ皇位に、後見には叔父の隆家卿を、という声もそこそこあったと聞く。

関白頼通公には去年妾との間に生まれたばかりの娘しか後宮の手駒がなく、一方で実弟の内大臣教通公のところには正妻腹の年頃の娘がある。弟に出し抜かれるわけにはいかない頼通公は苦肉の策として義理の姪を担ぎ出したが、縁の薄さからくる頼りなさはどうしようもない。それでも弟を牽制するため、かつて父道長公に追い落とされた中関白家との協調路線を選んだ。その一つが元子女王の女房出仕であり、また別の一つが隆家卿の嫡男、元子女王の叔父、蔵人頭《くろうどのとう》藤原経輔の中宮亮《すけ》任官である。

頼通公は、本来、祖父を中宮の家政機関の長である中宮大夫に任じたかったのではないかと元子女王は考える。一方で内大臣教通公にとっては、嫡兄ともども隆家卿は邪魔な存在だろう。その思惑が働いてか、祖父は六十手前になって大宰権帥に再任された。当人にとっても、甥の敦康親王は身近な存在だったが、関白夫婦に抱え込まれたその娘には別に、というところだろう。祖父の、二世代下の女の子への愛情と関心は、もっぱら元子女王が独占している。

『存分にやって来よ』

孫娘が宮中を引っ掻き回すことを期待して、祖父はすたこらと筑紫へずらかった。従兄弟の関白頼通公は、元子女王よりよほど隆家卿との付き合いは長いだろうに、そういう気性を読めなかったのか、大いに腑に落ちない。たかだか后妃の後見の地位などを欲しがる男ではないということは、人生経験わずか十五年にも満たない元子女王でも知っている。他家出身の后に取り入るくらいなら、祖父はいっそ自分の娘を妃に立てるために無理を通す。そもそも両親の結婚にしてからが、今上帝がまだ皇太弟であり王子も得ていなかった時に、皇位継承順位暫定第二位であった敦儀親王を婿取って当時まだ存命だった道長公を大いに怒らせたという曰《いわ》く付きだ。元子女王が男だったら、祖父は本気で外戚の地位を狙いにいったかもしれない。

——今からでも、遅くなくてよ。

祖父がかつて何を目論み今は何を諦めていようと、それはそれとして元子女王は自らの手で己の人生を切り拓くと決意して、九重に在る。決意を新たに、袖の中で拳を握った。

一方で、上臈女房としての仕事はきっちりと行った。

出仕にも色々あり、実際に手を動かして労働に勤しむのもいれば、優雅なお話し相手のような存在もいる。労働力にならない後者を雇い入れるのは何のためかといえば、要は妨害工作だ。名目だけとはいえ女房勤めの身になってしまえば、それは労働者階級に落ちたと見做され、もはや貴婦人とは呼べない。少なくとも后の座は望めなくなる。実際、それを見越して、落ちぶれた皇族の姫や傍系の姪などを名目だけ女房出仕させることを、故御堂関白道長公は好んだ。元子女王の出仕も、関白頼通公の狙いはまさにそれだろう。

わかっていてなお乗ったのは、そんなもの、既成事実を作ってしまえば吹っ飛ばせるからである。ああ世が世なら我こそ后に立つべきというのに落ちぶれて女房勤めとは情けなや、などと自己憐憫に浸る悠長さは持ち合わせていない。世間の常識は蹴っ飛ばすためにあり、物理的に距離を詰めて押し倒し妊娠してしまえばこちらのものである。最後の最後は常識より道理より拳が勝つ、と祖父が教えてくれた。足技も可、らしい。唐土《もろこし》のように纏足《てんそく》の慣習がなくて万々歳である。待っとれ今上帝、とこの世で誰よりも尊い貴人を飼い慣らすための馬程度にしか見ていないまま、こちらは待つばかりで暇だった。動いていないと退屈でたまらないのは、祖父に似てしまったらしい。それでなくとも中宮嫄子の女房らは、仕事が、悪い。審美眼をいずこに置いてきやってか、と襟を摑んで揺さぶりつつ小半刻問い詰めたい。

「み、く、し、げ、ど、の？」

元子女王は満面の笑顔を作って、同僚の御匣殿《みくしげどの》に詰め寄った。だいたい宮中では、天皇にしろ后妃にしろ東宮にしろ、お召し物を統括する専任の女房がおり、これを御匣殿といった。職務の内容から、不可避的に主君に近侍し、何なら裸体を目にすることもあるので、よほど信の置ける者でなければ任命されない。そのため、取り次ぎ秘書官である宣旨《せんじ》や内向きの統括を担う内侍と並んで、非常な名誉とされる。

競争の激しい職なのにこの仕上がりはどういうことだ、と元子女王は中宮御匣殿に笑顔で圧を掛けた。御匣殿は、故参議《さんぎ》源頼定《みなもとのよりさだ》卿と、何の因果か元子女王と同じ名前の、故一条院女御藤原元子の間の娘である。一条院の最愛の女は皇后定子だったというが、定子に次いで召しが多かったのは承香殿《しょうきょうでん》女御元子であったと伝わる。それほどの寵愛を受けたが、皇子女を産めず、一条天皇の崩御後は頼定卿と密通した。事が露見すると、女御元子の父左大臣藤原顕光《あきみつ》公は長女を勘当したという。そんな情熱的な恋の果ての愛の結晶は、服飾に関する感性に乏しかった。

「し、式部卿の君、何か」

父宮に由来する伺候名を、元子女王は複数の理由から気に入っている。「式部」だけならばやれ紫式部だ和泉式部だ小式部内侍だと、枚挙に暇《いとま》がないほどありふれた女房名である。伺候名というのは父または夫の官職に因んで付けられるのが慣例となっており、女房出仕するような女は大概が文人の家系で身内に式部省の役人がいることが多いからだ。しかし、式部省の役人といっても上から下まであり、長官である式部卿は親王をもって任ずるという不文律があった。すなわち式部卿と称されることは、高貴の皇族と近縁であることの証左なのである。実際、元子女王は皇孫であり、皇曾孫の御匣殿より一段生まれが高い。そのせいか、御匣殿はすでに萎縮しきっていた。

「何か、とは我こそ問いたけれ。この衣の色は何事ぞ。夏は目前にして、新しく仕立てつる衣の染めが、何故濃紫《こむらさき》か！」

今年一月に入内し三月に立后した中宮娍子の宮は慌ただしい。四月はすぐそこで、暦は春から夏へ移り変わろうとしている。暑さ寒さに言うほどの違いは感じられないが、仕来《しきた》りはカチリと切り替わる。夏の衣を大急ぎで仕立てねばならない。

季節ごとに相応しい色がある。どっしりと重く落ち着いた紫は、どうしたって春夏の軽やかさには合わない。それが何故、桜の季節に染め上げられてくるのか。そのあたりを統括するはずの御匣殿は、震え上がって涙を浮かべた。

「ちゅ、中宮に……藤襲《ふじがさね》をと……関白殿が、染料を……」

「ははん、さすがに養い親、生《な》さぬ仲を取り繕わんと必死なこと！　高価なる紫の染料を惜しまずに、いと可笑し！　しかして、藤襲は薄色《うすいろ》と見紛うばかりの淡き紫なるべきところ、この濃紫は何ぞ！」

中宮娍子は、両親ともに皇族であって、本人も皇族以外の何者でもない。しかし、彼女は関白頼通公の手駒である。妥協の産物であっても彼女は関白の養女として内裏に在り、一部の公文書には「藤原」娍子と記載されていた。

それを念押しするように、関白頼通公は藤を連想させる装束を仕立てよと命じてきた。紫の染料は非常に高価で、紫色の衣装はそれだけで富と権威の象徴でもあった。

しかし、それはあくまで諸々の決まりごとから逸脱しない範囲であって、花開き風薫る季節に重苦しい紫など着たらいい笑い物である。

――別にそれでもええか？

中宮娍子が評判を落として元子女王に損はない。むしろ――と一瞬考えたが、やはり駄目だ、と頭を振って考え直す。季節外れの色味の衣を着た女が側にいるなどという事態に、元子女王の美意識は耐えられない。

「あ、淡紫《あわむらさき》に……染めさせんとしたるに、紫の扱いは難《かた》くて……」

御匣殿はとうとうぽろりと涙を零した。そういうのは、これと狙った男の前でやるものだ。情熱的な密通事件の果てに生まれたくせに、涙のひとつも上手く扱えないようで何とする。紫の染料は確かに、上手く色を出すのが非常に難しいが、天下の九重で甘ったれたことを言うものではない。

「染め師の首を斬りや！　嗚呼、かくまでに濃き紫は、白を裏地に当てんともまた白の裏地にせんとも、如何ともし難し！　さりとて秋まで待つというのも……」

ぶるりと震え上がってぶわりと涙を溢れさせてしまった御匣殿を前に、元子女王は溜め息を吐く。捨ててしまうことができれば楽だが、藤襲を中宮娍子に仕立てよとは関白頼通公の命、それも彼の政治的思惑が如実に絡んだ事項である。中宮御匣殿別当の職にあるのが自分ならば喧嘩を売るに吝《やぶさ》かではないが、矢面がこれでは盾にもならない。

濃紫として見るなら、染めは見事だ。難しい紫の染料で、色ムラもなく均一に仕上げている。元子女王は布地を抓《つま》んで力を入れ、ビッと端を破り取った。

「し、式部卿の君、何を――」

掌ほどもない断片を御匣殿の頭の上に掲げ、手を離す。ひらひらと舞った。

「――中宮に見せ、この色は春夏には見苦しきことの多かれば、手放すべしと啓上せよ。直ちに代わりの衣を仕立てまいらすゆえ、しばしの猶予を請え」

「さ、されども、藤襲は関白殿の仰せ言なれば――」

「無論、薄紫を染め上げてみせん」

元子女王が言い切ると、御匣殿はぱちくりと瞬く。

「……誰が？　染め師は、これより薄くは斑《まだら》にならんと――」

「ハッ」

元子女王は鼻で笑った。もともと、染色とは濃い色より薄い色のほうが容易い。ただし薄いは薄いなりの問題がある――色ムラだ。だが、それがどうした。

「心配無用、見とけや」

　染色は、裁縫や薫物と並ぶ、高貴の女の嗜みである。そして、元子女王の亡き母は天下に並ぶ者のない染め物の名手であった。その技を惜しみに惜しんで、父宮の装束の他は滅多に腕を振るわなかったので、世にはあまり知られていない。だが、その才は娘に受け継がれていた。関白お抱えの染め師とて恐るるに足らず。

　また、元子女王は裁縫も玄人裸足の腕前である。こちらは叔母の仕込みだった。祖父の娘と思えないほど思慮深く教養高い叔母は、母親を亡くした姪がそれで将来困ることのないようにと、厳しく躾けた。

　元子女王は染殿《そめどの》と縫殿《ぬいどの》に渡りをつけ、布と染色の手配を行うと早々に染めにかかった。本来なら糸から染めたいが、時間がないので白地の布を染め上げるしかない。幸いにして、関白頼通公が手配した布は余剰がたっぷりあった。――というより、わざわざ一人分を裁断して送るなどという面倒なことは普通はしないので、衣を数枚仕立てただけの現状、無傷の反物がまだたっぷり残っている。関白が直々に贈ってきた高価な紫の染料を使用する以上失敗は許されないが、元子女王は一切の緊張もなく色味の違う淡紫の布を数種類染め上げた。藤襲は白から淡紫の衣を重ね着してその色の移り変わりを楽しむものであるだけに、それぞれの衣の染め分けには気を遣う。四月ともなれば衣は薄く、下の色が透けることまで計算に入れて、袖口に美しい色調変化を作りだすのは常人には骨だが、元子女王は一発で決めた。

「良し、完っ璧！」

こういう時に褒めてくれる祖父も父も叔母もいないので、自画自賛した。極楽浄土の母も誇らしく思ってくれるだろう。

染めた衣を頭上に掲げて仕上がりを確認しながら、元子女王は数度瞬く。

「それにしても……無紋とはなあ」

襲色目を作り出す衣は、その上に袿《うちき》なり唐衣《からぎぬ》なりを羽織るので、人目に付く面積はそれほど大きくない。袖口と裾、襟周りだけだ。だから、織り目や紋様に凝る必要はないといえばない。元より、関白頼通公の御堂流は、父道長公の代から、贅沢奢侈《しゃし》を良しとせず倹約の美徳を重んじる家風であった。

「言うて、天下の中宮ぞ」

とはいっても、この国の女の頂点、中宮の位にある者の衣装までも無紋なのはいくら何でも寂しい気がする。まして着用者はうら若い乙女だ。だいたい、大部分が覆われてしまう衣に織り込まれた華やかな紋様こそ、粋というものではないか。天下の藤氏長者の家においては、質素倹約といっても結局清貧とはほど遠い。それなりの格式というものがあるし、そもそも無地でも最も高価で手間の掛かる紫の染めを指定しているあたり、節約など振りだけだ。

阿呆らしい、と元子女王は溜め息を吐く。祖父隆家卿は洒落好みというほどではないが派手好きで、その愛娘はどんな華美な衣装も霞むほど艶やかな美貌の持ち主であったから、母の着物は目も眩むほど煌びやかだった。それはそのまま元子女王に継承されている。そんな育ちだと、関白家の好みはいかにも地味で無粋だった。そもそも隆家卿は、つましさとは対局にある存在だ。祖母が贅を尽くして仕立てた愛妻装束に、その価値を知っていようといまいと一日でかぎ裂きを作ってくる男である。

「……ま、隙があって我に悪いことはなかれども」

それだけ呟いて、元子女王は装束一揃いを畳み、中宮嫄子の御在所へ向かった。

元子女王の染め上げた藤襲は、いたく中宮嫄子のお気に召した。

「いといみじう美し……！　式部卿の君は、世に比類なき名手におわしますな」

「光栄に存ず」

中宮嫄子は、さすがに育ちの良さから高貴な顔立ちで、言葉遣いや立ち居振る舞いも優美だった。その彼女に、白から淡紫に格調高く綾なす上品な藤襲はよく似合ってはいた。ただし——

——地っ味ぃー……

どうも、ぱっと人目を引く華やかさに欠ける女性であった。これでも世間一般には十分に美しいのだろうが、何せ元子女王は鏡で自分の顔を見慣れているのである。

「春夏に濃紫を主上の御目に掛くる無粋をせで済むは、これすべて式部卿の君の功。さらば、この濃紫は式部卿の君に」

「忝《かたじけな》く」

秋までの唐櫃《からびつ》の肥やしを、褒美の名目で押し付けられたが、元子女王は二つ返事で受け取った。どうとでもやりようはあるのだ。

——袖と裾を少し切って、小さくして。紅色の衣と合わせて、裏地に使えば薔薇《そうび》の重ねになる。

元子女王は、手持ちの紅の綾織の衣と重ねて唐衣を縫った。表が紅、裏が紫の組み合わせは薔薇と呼ばれ、夏の色味である。夏の表地にはほぼ禁忌の濃紫も、裏地なら何とか許容される例はあった。唐衣は重ねた十二単の一番上に着る衣で、袖口の襲色目よりこちらのほうがよほど人目を引く。襟を返して着る唐衣の、襟元に出た裏地の紫が無地なのは寂しいので、緑色の糸で竹の葉と流水紋を刺繍した。

羽織ってみると、それは華やかな顔立ちをしている元子女王さえ、素っぴんではどうかすると負けかねないほど鮮やかだった。念入りに白粉《おしろい》を塗り、口紅も真紅に玉虫色を乗せて輝かせる。けぶるように描くのが常識の眉も、輪郭は常道通りにぼかしたが黛《まゆずみ》はいつもより濃く暗い色を選んだ。

その出で立ちで中宮娍子の前に出ると、彼女は目を輝かせた。

「何と、艶《あで》やかな……！」

自分も着てみたい、と所望された。女房の装束を強請《ねだ》るなど、中宮の矜恃はないのだろうか。別に献上するに吝かではないが、使用人としては諫めるべきところである。

ちらり、と元子女王は御匣殿に視線をやり、目が合うと顎で中宮を指し示した。

御匣殿は、泣きそうになりながら、それでも自分の職務は全うした。中宮の衣装に関わる万事は、彼女の責任なのである。

「お、畏れながら、中宮。中宮が唐衣を、それも刺繍のあるものを召したまうはよろしからざれば、ここは何卒」

唐衣は女性の最正装であり、官女や女房が宮中に出仕する場合に着用が義務付けられる。一方、主筋の中宮は、その身分からいって、天皇の御前での儀礼・典礼の類でなければ着用しない。周囲が正装する中で略装を許されるのが高位の証である以上、女として最上位である中宮は、滅多なことでは唐衣を着るべきではないのである。

そして、裏地を返した襟の無紋の寂しさに元子女王が施した刺繍も、やはり中宮には相応しくなかった。そもそも、衣の装飾は染めと織りによるべきものだ。織りの中でも手間の掛かるものは着用する身分が限られ、女房身分では華やかな二陪織《ふたえおり》などを普段使いにするのは憚られる。しかしそれで引き下がれないのが女心に乙女心、飽くなき美への執念と自己顕示欲。宮中で貴公子との接点も多い女房らは、身分上許されないお洒落は工夫で乗り切った。すなわち、刺繡である。

要は、刺繡を施した唐衣は、いくら見た目に華やかでも、やはり使用人身分の装いであって、下臈の浅知恵から生まれた邪道の域を出ない。中宮が刺繡入りの衣装を着用するのは、自ら権威を否定するようなものである――というのを、深窓に育った中宮媄子は今ひとつ理解していないようだった。

――可愛らしいこと。

その天真爛漫さは嫌いではない。少し、手を差し伸べてみようか。ただし、これは助け舟である一方、善意で舗装された地獄の道行きの案内でもある。振り払うだけの賢さを、中宮媄子が兼ね備えているかどうか。なければ、どのみち生き馬の目を抜く宮中に彼女の未来はない。

「御匣殿の言うとおり、これは女房装束ゆえ、中宮には相応しからず。御所望とあらば、同じ意匠の袿など、仕立てて奉りはべらん。」――ただ、薔薇の袿は、目に鮮やかな分、衣の襲を選ぶもの。それにてもよろしければ」

中宮媄子は一も二もなく頷いた。罠であったのに、頷いてしまった。

――さて、如何に転ぶかな。

そう考えつつ、言質を取った元子女王はひとまず御前を下がり、蔵人頭と左中弁と中宮亮を兼ねる人物を呼んだ。中宮の家政機関である中宮職の長官は中宮大夫だが、日用品の手配など日々の雑務の統括はもっぱら次官の中宮亮が担っている。

「亮殿、すけどのー」

返事がないのでもう一度呼ぶ。

「すけどのー、経輔殿ー」

「名を呼ぶなっ！」

「おるんやないか、叔父上」

孫娘が可愛い祖父の意向で、激務の蔵人頭と中宮亮を兼職し忙殺されている叔父に、元子女王は必殺のおねだりを繰り出した。

「生糸と染料を賜《た》べ。関白によろしゅう。詳細はこの紙に」

「はぁ⁉」

祖父や父なら二つ返事なのだが、叔父は手強かった。この姪の魅力が通じないとは、審美眼が節穴である。祖父が筑紫に旅立った途端にこれだ。親の目のあるとないとでこうも態度が違うとは、まったく三十二歳にもなって子供みたいだ。

「中宮が新しく袿を御所望や。関白から貰ってきてー」

関白頼通公には祖父のせいで家ごと良く思われていないのだとか、そもそも関白の家は清貧を良しとする家風だから女の着道楽には厳しいのだとか、多忙を極める蔵人頭の公務を身内の口利きのために後回しにできるかとか、色々言われたが罵詈雑言は馬耳東風で通した。最終的には襟首を引っ摑んで「あ？」と凄んでみせれば叔父は降参した。皇孫の姫には型破りなガンの付け方は祖父直伝である、これに叔父は弱い。弱すぎるくらいに。

叔父が愚痴愚痴言いながらそれでも関白頼通公に頼んで持ってきた最高級の生糸を、元子女王は紫と紅に染め上げげ、御匣殿に投げて渡した。

「織りはよろしく」

ムラのない鮮やかな染色まではしてやったのだから、手間暇の掛かる二陪織は人に任せた。裁縫も任せた。意匠だけは描いてやった。絵心もある自分の才能がいっそ恐ろしい。容姿と才能に恵まれ教育と愛情に不自由しない育ちだと、人はここまで才色兼備になれるのである。

御匣殿はまたも泣きそうになりながら、どうにかこうにか縫い物の手配を整えて装束を仕立てた。出来上がりはまずまずで、型通り図面通りのちゃんとしたものだった。いつも自信なさげな御匣殿は、青息吐息でも言われたことをきっちりこなすくらいはできるらしい。

——ただ、残念ながら、それのみにては宮中は生き抜けず。

それに気づいている者は少なかった。ただ、彼は気づくだろう。元子女王は、ほくそ笑みながらその夜を待った。そして、それは遠からずやってきた。

薔薇の袿の仕立ての後、元子女王は初めて今上帝と中宮嫄子の夜伽の局に呼ばれた。関白頼通公の実の甥である今上帝にとって、中宮との同衾は公務と政策のうちである。公務である以上、房事も秘されることはない。互いにお付きの女房が几帳のすぐ向こうに控え、首尾を確認することになっていた。元子女王は若さからこれまで夜伽番を仰せつかることはなかったが、功を上げたので希望すれば聞き入れられた。

宝算二十九にしてすでに四児の父である今上帝は、初夜でもないというのに未だ右も左もわからない様子で固まっている中宮嫄子の緊張を優しく解きほぐしていた。

「薔薇の合わせに竹葉《ちくよう》と流水紋とは、まさに春を経て熟したる竹葉のごとく瑞々しく、夏に入りて開きたる薔薇のごとく麗しき中宮のことならん」

「主上……」

中宮嫄子はただはにかんで俯くばかりだった、多分。元子女王からは几帳に阻まれて見えないが、伝わる息遣いと衣擦れから察するにそんな感じがした。袖の中で拳を握る。雄々しい声の今上帝は、その意匠を読み解くだけの才があった。

「さりとて藤花に長春花は、必ずしも互いを活かす取り合わせとは思われず。されば、かように」

今上帝は、長春花の別名を持つ薔薇の合わせの袿と、薄紫から白に至る五衣《いつつぎぬ》の襲を、竹葉と流水紋の襟首からもろともに摑んで引き剝がした。あれ、とか弱く甘やかな声が上がり、そのまま二人は情事になだれ込む。

——わ、濃厚。

几帳の向こうで動く影、衣と肌の擦り合う音、漏れ出る言葉にならない声。年配の女房らは慣れた様子で礼儀正しく寝たふりを決め込んでいたが、花の十四歳、思春期真っ最中の元子女王は完全に目が冴えてしまった。父も祖父も叔母も叔父も、さすがにこういうことは教えてくれなかった。独学で何とかしようと、夜こっそり女のもとに通う祖父の一行に、小舎人童《こどねりわらわ》の変装をしてついて行ったことがあるのだが、すぐに発覚して見学はできずじまいだったのである。座学では限界があるので、元子女王はこの機会にしっかり見学、もとい聴学に勤しむことにした。

中宮娍子はすっかりなすがままで、人形のようだった。彼女に他の異性経験はないだろうが、それにしても二十二歳になっているのだから、もう少し何とかならないものだろうか。七歳の差は、小さいとは言わないが、それほど大きく深い溝でもないだろう。それなのに、まるで大人と子供である。

男性側の生理は元子女王にはわからないが、これは楽しいのかしらん、と他人事ながら考える。荒い息を吐きながら、非常に規則的な動きで、忘我の態の中宮娍子の身体を腕で支えつつ事に及ぶ今上帝は、何というか、まさに仕事でもしているようだった。合間合間に繰り出される中宮娍子を気遣う言葉は、愛情というより礼儀で、接待のように聞こえた。熱く上気する肌を燃やすのは、劣情だけでなく義務感が混ざっている。それでも苦痛そうではないから、行為自体はお嫌いではないのだろうが――

――天皇というのも、因果な職業やな。

不敬なことを考えながら、元子女王はただ聞き入る。控えの女房らは、一人また一人と寝たふりから本当に寝入ってしまった。やがて行為を終えられた今上帝も、衣を引っ被って規則正しい寝息を立て始めた。一人、徹夜が苦にならない十四歳は思考に耽《ふけ》る。

――さて、これを如何にして寝取るかな。

あれこれ算段を巡らしていたら夜が明けた。夜更けまで情事に勤しんでいたはずの今上帝は、二刻にも満たない睡眠の後にもそもそと起きだす。大きく欠伸《あくび》をしたような息の音が響いてから、「誰ぞ」と声が掛かった。

帝側の女房が進み出て、てきぱきと着替えや手水《ちょうず》の準備をする。元子女王は几帳の綻《ほころ》びからそっと様子を覗《うかが》い、中宮娍子が目を覚ます気配もなく寝息を立てているのを確認すると、立ち上がって蔀戸を開けた。四月の朝とはいえ蔀戸を閉めきっていて は室内は暗いが、一度上げると初夏の朝日は御簾越しにも明るかった。

帝の身支度の邪魔にならないよう、そろりと中宮娍子に近づく。「中宮」と声を掛けて肩を軽く揺すったが、彼女は夢から覚める気配もなかった。

「良い。そのまま、自ずから目覚めたまうまで大殿籠《おおとのごも》らせよ」

「畏まりまして」

　元子女王が応えると、帝はぴくりと眉を上げて見下ろしてきた。帝の女房らもざわつく。だが、元子女王は平然と一礼してみせた。

　脱ぎ散らかされていた淡紫の衣を手に取り、手早く畳んで恭しく差し出す。相手は今上帝ではなく、パッと見て最も年配の、位の高そうな女房だった。

　しばしの沈黙ののち、今上帝は顎で元子女王の腕の中の衣を指す。それを受けて年嵩の女房は薄紫の衣を受け取った。空いた元子女王の手に、今上帝は御自ら御召し物の衣を一枚放り投げる。「忝《かたじけな》く存ず」と御礼を申し上げれば、今上帝は真っ直ぐ元子女王に向き直った。

「……汝が、岩蔵式部卿宮の息女か」

「如何にも、さように侍り。見知り置かせたまいたるなりとは、光栄の極みに存じ候」

「別に、知らざりき。ただ、中宮の侍女に位を賜りし覚えはなければ」

　天皇とは、勅許がない限り、五位以上の者でなければ口を利くことさえ許されない。女性への叙位は極めて例外的な場合にしか行われないので、内裏に出仕する女房でも直接の会話は許されないのが建前だった。

しかしながら、当人への叙位がなくとも蔭位《おんい》というものがあり、家柄によっては五位の待遇を受ける。具体的には、皇族であれば実際に位を賜らずとも従五位下《じゅごいのげ》格として扱われ、天皇への直答が許されるのだった。

中宮娍子に仕える女房は、御匣殿をはじめ源氏か、あるいは藤原氏、他に平氏もいたと思うが、皇族は元子女王の他にいなかった。こちら側に女叙位を受けた者がいない以上、今上帝の勅許を待たず直接返事をすることのできる女は元子女王しかいない。

帝は、まだ眠りの中にいる中宮娍子を包む袿と、元子女王の着用する唐衣を交互に見比べた。それにしてもこの状況で爆睡とは、中宮娍子は案外大物かもしれない。

「——中宮の袿は、汝が仕立てたりや」

「否、宮の御匣殿が滞りなく差配したまいて。我はただ糸を染め、意匠の提案をなしたるのみなれば、褒美は御匣殿へ」

しれっと言ってみせると、帝は興味と不快が七対三くらいで混じり合った視線を向けてきた。朝日が差し込んできて眩しかったが、目を逸らさずに受け止めて見つめ返す。視界の下端で、自分の紅の唐衣がチラチラと存在感を主張していた。

しばし見つめ合った後、帝はフッと不敵に微笑まれた。不快が霧消し、興味が満ちて声にも滲んだ。

「——試みに詩句をもって相招去《あいしょうきょ》せん、もし風情あらばあるいは来たるべし」

唐突に引用されたそれは、白居易《はくきょい》の漢詩の一節だった。試しに詩歌で客を招待してみよう、粋に詠めたなら訪ねてくる者もあるだろう――元子女王は続けた。

「明日、草花まさに更に好《よ》かるべし」

明朝の花は今日よりもっと美しいだろうから。白楽天がそう詠んだのである。今上帝は最後の一節を諳んじた。

「心に期す、ともに卯時《ぼうじ》の盃に酔わんことを」

卯《う》の刻は朝方であり、明日の朝酒を一緒に飲もうという、あからさますぎるくらいの誘いだった。元子女王は自分の唐衣の襟を摑んで引き下ろす。流れる髪がなければ、すぐ下の表着《うわぎ》の肩部分が露わになっていたところだ。

肘あたりまで落ちた唐衣の、返した襟に刺繡した竹と流水紋を、今上帝に見せつけるように腕を前に出す。表の紅の薔薇重ねと相まったその意匠は、今上帝が前戯の一環で中宮娍子に語った白居易の一節そのままだった。彼女は理解していなかったが、帝はその後ろに籠められた計算まで読み取って、乗った。

着付けを済ませた帝は、中宮娍子とその女房らを置いて引き上げていく。元子女王は、交わされた後朝《きぬぎぬ》の衣の下で、爪が掌に食い込むほどに拳を握った。

これで、今宵は彼と初夜だ。

三　そひふし【添ひ臥し】

日がずいぶん高くなってやっと目を覚ました中宮娘子の身支度をし、食事を取らせる。頰を上気させて、まだ夢見心地の彼女は、見慣れぬ衣に不思議そうな顔をした。

「これは……？」

「畏れ多くも、主上の御衣に候。中宮の召したまいけるも、一枚奉りて候」

「後朝《きぬぎぬ》……」

夜を共にした男女は、衣を一枚交換する。これを後朝といった。しばしぼうっとした後で、ふふ、と中宮娘子は笑う。笑っている間に、後朝の歌が帝から届けられた。

『階《きざはし》のもとの薔薇《そうび》の初花は今朝うちとけて匂ひぬるかな』

中宮娘子は初めて恋を知った少女のようにはにかんだ。なるほど、初花とは言い得て妙である。元子女王は満面の笑みで礼を言われた。

「薔薇の袿を仕立ててもろうて、まことに良かりけり。式部卿の君には、心より忝く」

「何の、礼には及びはべらず」

ここで良心の呵責を感じるほど小心者ではないので、元子女王も笑顔で応じた。返歌を作る段になって、中宮娍子は御製を矯《た》めつ眇《すが》めつ考え込む。

「主上は、『源氏物語』をも良く読ませたまうなり。こは、賢木の帖と見ゆ」

正解ではある。『源氏物語』の賢木帖には、「階のもとの薔薇、けしきばかり咲きて、春秋の花盛りよりもしめやかにをかしきほどなるに、うちとけ遊びたまふ」という一節から始まる行《くだり》があり、そこで光源氏は親友の三位中将から「それもがと今朝開けたる初花に劣らぬ君が匂ひをぞ見る」と容色を褒め称える歌を贈られるのだ。今上帝の後朝の歌は、明らかにそれを踏まえたものであった。紫式部は母后の女房であったし、彼女の娘は第一皇子の乳母に抜擢されているぐらいだから、帝が『源氏物語』に慣れ親しんでいるのは当然といえば当然であった。

中宮娍子は賢木帖を踏まえて返歌を詠むよう、元子女王ら女房に命じた。自分で作る気はないのやな、と思ったが、偉い人はそういうものである。でなければ、歌が得意であることが女房の就職に有利であったりはしない。紫式部しかりその娘の越後弁しかり、である。清少納言すら、歌は不得手だと言いながらいざ詠ませるとそれなりのものは作った。女房を上回る歌の腕前を持った、一条院皇后定子のほうが型破りなのである。その歌才が実の孫である中宮娍子には受け継がれない一方、姪孫である元子女王のほうが歌も巧みなのは皮肉というか何というか。祖父隆家卿は、素行にそぐわず、姉定子に劣らぬ歌詠みであった。摩訶不思議というしかない。
元子女王は、他の女房らと相談しながら、さらさらと歌を作った。
――紅《あか》く咲く朝《あした》の花は暮《ゆうべ》には夏の雨にぞ萎れまうしき
『源氏物語』の「時ならで今朝咲く花は夏の雨に萎れにけらし匂ふほどなく」との光源氏の返歌を踏まえて詠んだ歌は、中宮娍子の了承を得て今上帝に届けられた。使者には元子女王が選ばれた。身分と見た目が理由だ。見栄の張り合いの宮中では、遣いの女房も生まれが高く容姿が良いのが選ばれる。
一旦退出し、腹ごしらえと髪の手入れと着替えと化粧を済ませてから、後朝の返歌をお届けに上がる。徹夜明けでも足取りは軽かった。思わず詩を口ずさむ。
「甕《もたい》の頭《ほとり》の竹葉は春を経て熟し
階《はし》の底《もと》の薔薇は夏に入りて開く
火に似て浅く深く紅は架を圧し
飴の如き気味　緑は台に粘る
試みに詩句を将《もっ》て相招《あいしょうきょ》 去せん
もし風情有らば或《ある》いは来たるべし
明日早花応《そうかまさ》に更に好かるべし
心に期す　同《とも》に卯時《ぼうじ》の盃に酔わんことを……」

『白氏文集《はくしもんじゅう》』にある著名な漢詩は、薔薇を肴に催された酒宴を題に取る。紫式部も明らかにこれをよく知っていて賢木帖に引用したと見えた。元子女王の仕立てた唐衣はまさにこの詩を意識したものであったし、さすがに今上帝はあっさりと読み解いた。しかしどうも、中宮媓子は『源氏物語』までは思い至っても、下敷きにされた白居易の詩や、そこから連想されるものまでは考えが及ばなかったようだ。漢詩にも造詣の深かったという皇后定子の孫とも思えない。元子女王は、容姿も歌才も漢才も、亡き大伯母に引けを取らないのに。

中宮媓子は、裏を読むということを覚えたほうがいい。詩歌も物語も、人の心も。

歌を届けると、とある局に通され、待つように言われた。菓子の類も出されたので、遠慮なくつまみつつどっしり腰を下ろして寛いだ。

袖元の五衣をちょいちょいと引っ張って、間隔を整える。五枚すべて表地は白、裏地は手首側から白、白、黄、青、淡青と微妙に色を変えており、元子女王の袖口を控えめに彩っていた。卯花《うのはな》と呼ばれる、夏の襲色目である。その上に着た唐衣もまた、白の表地に青の裏地を縫い合わせた卯花の合わせで作られていた。昨夜の艶やかな薔薇とは対照的に、楚々とした色合いの衣装だ。第一印象はいっそ派手なくらいパッと華やかにして目と気を引いたら、二回目は清楚な愛らしさで心を摑むのが恋の手練手管というものだ。

初夏の長い日が暮れる。そして、待ち人がやってきた。

「――まだ宵の口やというに、卯刻の酒を貰わんとてか？」

卯花尽くしの装いを、今上帝は笑った。元子女王は深く一礼する。言うまでもなく今日の装いは、白居易の詩の結びを踏まえたものだった。薔薇を肴に朝の卯の刻まで飲み明かそう、とは、昨夜の薔薇の唐衣と合わせて、暗号にもならないあからさまな誘いだった。

「畏れながら御意を測りかねます。我は中宮の御文を持ち参じたるものにて、他意はない、とは言わない。ありすぎるほどあるからである。それにこれは多分罠だ。事実、今上帝はハッと嘲笑にも似た息を吐いて、腰を下ろした。顔を上げて良いと言われたのでその通りにすると、彫りの深い男性的な顔立ちが、眉間の皺によってますます険しくなっていた。

「内心は如何に厚顔無恥なりとも、外面を取り繕うのみは能うか。小賢しい。よろしい、思い上がりも思い違いも朕《ちん》の喜ばざるところなれば、単刀直入に問わん」

そのわりには気のある素振りをしてみせたのは今上帝も同じだと思うが、この国ではこの御方が法であり律であり正義なので、何も言わないでおいた。

「我が中宮に、薔薇と藤を着さすとは何事か？　返答によっては首が飛ぶぞ」

よし、大成功。薔薇の合わせの袿に藤襲の五衣は、めでたく今上帝の不興を買った。

本人に直接言わないだけ今上帝は大人だし、その裏の企みを暴こうという程度には、中宮娍子は大切にされている。ただし、それは愛情などではない。あるのは、中宮娍子の後ろに控える関白頼通公への政治的配慮だ。父宮が母に向ける果てなき恋慕の念をよく知る元子女王には、恋愛とそうでない思惑の区別は容易かった。

薔薇の合わせも藤襲も、この季節には相応しい色味である。だが、薔薇と藤はどちらも主役級の花で、互いに補い合う関係ではない以上、並べるのは如何にも無粋である。それは、色味だけ似せた布地の上であっても変わらない。まして薔薇の紅は、その色味が華やかであるだけに、白と薄紫の藤襲を下に敷けば藤を霞ませてしまう。関白頼通公が色味を指定してまで仕立てさせたという経緯を踏まえると、その袿は関白の後見を受ける中宮娍子を踏みつけにしているも同然だった。

たとえ中宮娍子本人が望んだとしても、誰かが止めるべき装いだった。だから今朝方、今上帝は下問なされたのだ。誰が仕立てたのか、と。元子女王は嘘は言わず、御匣殿がその職務を全うしたと答えた。だが重ねて白居易を引いた帝にはお見通しだったのだろう。言外の確認を、元子女王は肯定した。そして今ここにいる。

「道理を知らずして見過ぐしたるならばともかく、汝はすべて承知の上なりたるべし。されば、かの装いを止めざりしは何としたることぞ」

「畏れ多くも、言上は致せり。我が薔薇の唐衣は、中宮には相応しからずと。さらにまた、同じ合わせにて袿など仕立てたるとも、薔薇の紅は下の襲色目を選ぶものなれば、まことによろしく思し召しかと。しかして貴き中宮がなおも是と仰せられたれば、宮仕えの身にてはそれ以上の否やはえ申しはべらず。申さば、それこそ不敬に候え」

それに何と言っても、中宮の衣装の最終責任者は御匣殿である。やたらと口を出すのは越権行為だ。元子女王は皇族の生まれだけに、秩序を乱すようなことは慎まなければならない。――とは、わざわざ言わないでおいた。あまり人に責任を押し付けるような物言いは、正しくても心象が悪いものだ。明け方の一度で十分だった。

「女房の務めは、主たる中宮を扶《たす》け、粉骨砕身して中宮に傅《かしず》くことなり。出し抜かんとは心得違いも甚だし、そうは思わぬか」

「御意。さればこそ、我はこなたに参上しはべりき」

元子女王は、笑顔を作った。母譲りの美貌に一番似合う、自信に満ち溢れた微笑みだと実家の人間は評した。この顔をすると十回に九回は父宮が涙ぐむ。あとの一回は祖父がわしゃわしゃと乱暴に頭を撫でてくる。それでも髪の艶は失われない。

怪訝な顔をしつつも、元子女王の美貌に圧倒されたのか息を呑んで言葉を発せない様子の帝に、滔々《とうとう》と奏上した。

「貴き御方は、何もかも御自らなさる必要は侍らじ。人を使い走らすことこそ御本分に候。装束の仕立ても、御返歌も、その御歌を届け参ずることも――閨に侍ることも、御子を産みまいらすことも」

今上帝の表情が一際険しくなり、ガッと左手だけで顎を摑まれた。太く骨張った親指の先が唇に触れる。

「薔薇は階下にあれども藤架を圧し、か」

卯花仕立ての五つ唐衣を着た元子女王の今日の装いの中で、袴の他は紅をさした頰と唇だけが艶やかに紅《あか》かった。今上帝は口紅を拭い取ろうとでもいうようにぐっと親指を押し付けながら、右手で懐から文を取り出す。先ほど元子女王が持ち参じて天皇付きの女房に渡したものである。「紅《あか》く咲く朝《あした》の花は暮《ゆうべ》には夏の雨にぞ萎れまうしき」——広げられなくても書かれている内容は一言一句覚えていた。だが、今上帝が口にしたのは、本歌となった『源氏物語』の作中歌のほうだった。

「時ならで今朝咲く花は夏の雨に萎れにけらし匂うほどなく——薔薇の如何に美しかれども、夕には萎るる花を、何故朕が愛づると？」

光源氏は、自分の容色を薔薇の花に喩えて讃えられると、夏の雨にすぐ萎れたみすぼらしい存在だと謙遜の歌で返した。それを踏まえて、元子女王は中宮嫄子の代詠で、朝に咲いた花は夕方には夏の雨の涙に萎れてしまうからその前にどうかまた来て、という返歌を作った。一方で、自身を薔薇に擬《なぞら》えた以上は、その卑下は自分にも降り掛かってしまう。中宮嫄子ではあるまいし、そこに考慮が至らなかったわけはない。だから、白居易の詩にも光源氏の歌にもない「暮」の語をあえて詠み込んだのだ。

朝と夕の対比、そして朝に紅色を紐付ければ、『和漢朗詠集』を読んだことのある者なら必ず連想する言葉がある。今上帝は親指を元子女王の唇から頰へ動かした。自分の顔の上では今、紅が頰骨の上まで塗り拡げられているだろう、と思い、今上帝がその名高き詩文集の下巻のおしまいまでしっかり読み込んでいることを悟る。思わず笑みが溢れた。今は出家した四条大納言藤原公任卿が編纂し、自身の長女と現内大臣藤原教通公との結婚の際に引き出物として招待客に配ったのが『和漢朗詠集』だ。和歌や漢詩の粋を詰め込んだ詩歌集は稀代の良書と名高く、公任卿が隠居する洛北の長谷は同書にちなんで「朗詠谷」とも称される。その『和漢朗詠集』の末尾に近い部分には、無常を詠んだ漢詩が収録されていた。

「朝《あした》には紅顔《こうがん》ありて世の路に誇れども、暮《ゆうべ》には白骨となりて郊原《こうげん》に朽ちぬ……」

顎を摑まれながら発した声は、震えてはいなかった。擦れた口紅は、今どれほど自分の頰を彩っているだろうか。

「そは、人の世の常、誰も彼も同じことに候。さてもなお、人は求め合い明日を夢見るものに侍り。中宮も皇后も故尚侍《ないしのかみ》も、等しく暮には萎る花々におわします。しかしてなおも、あるいはしかるゆえに、愛でさせたまう主上が、この薔薇を愛でずにおわしませたまうとは、露とも思えで」

「ほう、よくも抜かす。何故、朕が寵愛を汝如きに授くと？」

だって、父宮も祖父も言っていた。何千回、何万回と繰り返し。

「我を直に見ば、恋に落ちぬ男のあるべうもなし。君が代の限りなきと同じほどに、それは疑いなきことに候」

この美貌に抗える男などいるはずがない。口角をいっそう上げて笑みを深くしてみせたが、対照的に今上帝は目を細めてますます冷たい視線が身に突き刺さる。

「君が代が限りなしとは、抜け抜けと。叢《むらが》れる蘭も茂《しげか》らんと欲すれば秋風これを吹き破る、今や天《あま》つ日嗣《ひつぎ》も藤原なくしては何するものぞ。されば、関白の後見を受くる中宮ならば格別、女房勤めの一介の女王など！」

「あら」

ずいぶん卑屈なことを仰せになる。祖父はもちろん、俗世を捨て見た目には穏やかな父宮さえ、こんなことは言わない。人生の華のひとつは、喧嘩だろうに。

「かく情けなきことを、な仰せたまいそ。藤架が日輪を塞《せ》きたるを苦しからずと、まことに思し召しならば、卯時の酒に共に酔わんとはこれ如何に。世の女という女、花という花を恣《ほしいまま》にせさせたまえる御身が、藤ならぬ藤のみにて御満足と？」

今上帝は押し黙る。元子女王は続ける。

「薔薇の早花は、御手に手折らるるを待ち望みてここに候。すべては御心のままに」

しばし睨み合いの沈黙が続いた。誰も動かない。その緊張を解いたのは、今上帝のほうだった。

「――紅花か」

クッ、と笑いが漏れた。不機嫌の仮面が罅《ひび》割れ、素顔が剝き出しになる。右手からはらりと文が落ち、空いた指は元子女王の裳の小腰を引き緋袴に手を掛けた。

「最近まで濃紫の袴を着たるような顔をして、生意気に。――良からん。皇后も中宮も、また東宮も二宮《にのみや》もある今、泡沫《うたかた》の寵を得たるとて何ほどのこともなさざらんに。虚しき試みを、なおも望むならばしてみるが良い」

押し倒されながら、虚しいのは貴方だろう、と元子女王は考えた。藤原氏のしがらみに雁字搦めで、歳のわりに子供のような中宮をあやすように遇して、彼自身はきっと恋すらままならない。

憐れむのは不敬だから、それ以上思いを致すのはやめておいた。ただ、元子女王は虚しさなど感じたことはなく、これからもきっとない。それだけ知っていればいい。あとは何も考えず、大きな手が袴を下ろし素肌を暴くのに任せる。袴の下から露わになるのは、ぴっちぴちの十四歳の瑞々しい生足である。袴の色は、子供なら濃紫だが、さすがにもう紅色を着ける年頃だった。

紅に咲き誇る薔薇の早花は、その夜手折られて、花びらが散った。

四　よくしん【欲心】

めちゃくちゃ痛かった。

人間の身体って凄い。『古事記』に云う「成り成りて成り余れるところ」とやらの暴力的なまでの迫力にはさすがに腰が引けそうになったし、それを何だかんだでどうにかこうにか受け入れることができた我が身の柔軟性と弾力性にはただ拍手である。

へばりきっていたので、明け方の卯の刻の酒は口移しで飲ませてもらった。

「生意気な口を利くくせに、口ほどにもない」

うるせえクソジジイ、と言えたら良かったのだが、如何せん相手は天皇である。それでも、笑ってもらえたから良しとしよう。礼儀のうちの微笑みではなく、本心から楽しげで少しばかり意地悪な笑みだった。

破瓜《はか》の痛みと慣れぬ酒とでヘロヘロだったが、辰の刻には気合いだけで立って身なりを整え御前を辞去した。

その日から、時折お召しを受けるようになった。呼ばれれば着飾って御寝所に参じ、そのたびに口喧嘩なのだか漢詩和歌講義なのだかわからない睦言を交わし、お情けを頂いて、卯の刻には一緒に酒を頂く。繰り返していれば当然、中宮娍子の耳に入った。

「何故、かようなことを？」

ぽろぽろと大粒の涙を溢されたので、面食らった。

「何故、と仰せられても。主上の命とあらば従うより他はなく」

「式部卿の君は、我の女房やないか。我がために、袿をも仕立て助言も——それはすべて、主上に近づくための嘘なりきや」

「滅相も……」

子供向けの作り話でもあるまいし、世の中そんなに単純なものではない。それなのに中宮娍子はいつまでも少女のようだった。彼女のその性質に、今上帝は何かしらの慰めを見出して、足繁く渡る。それだけでも僥倖だというのに何が不満なのか。

元子女王は、八つ年上の主君に、諭すように啓上する。

「中宮。そも、中宮の御身に月の障りある時など、事ありて夜御殿《よんのおとど》に侍らせたまうこと能わざる時は、女房を名代に立つるが慣いに候」

貴人女性に仕える女房のうち、見目と出自の良い若い女の役割の半分はそれだ。そのようにして家女房から生まれる子の例は枚挙に暇がない。正妻以外に見向きもしなかった父宮のような男は例外中の例外で、大概の身分のある男は祖父のようにあちらこちらに女を作ってくるものだから、貴族の奥方はせめて夫を自分の陣営に留めておこうと子飼いの女房に名代を務めさせるのだ。そうすればたとえ子が生まれても自分の家政権限の及ぶ範囲であるから管理下に置けるし、妻としての威厳も保てる。

元子女王は、若く美しく生まれの高い女房としての務めを存分に果たした。誰かに喧嘩を売っても成り上がってやろうという時に、足元を掬われるような隙など作るものか。体裁だけは、文句のつけようがないようにばっちり整えてこその悪巧みである。

「今や后宮《きさいのみや》は一所にはおわしまさず。我は皇后の姪にも候。その我が、中宮に仕えまつる身にて、主上の御召しを畏れ多くも拒みたてまつり、しかしてよしや主上が皇后が御許へ参らせたまえば、それこそ中宮には不利となるべけれと思いて、御名代を務めはべりき」

板挟みの苦しい立場ゆえにこそ、中宮への人一倍の忠誠を示すためにはこうするしかなかった。別に忠誠などないけれども。何なら皇后禎子内親王への義理もそれほどないけれども。父宮には悪いが、会ったこともない異腹の叔母などそんなものである。

果たして中宮娍子は何も言えなくなってしまった。ただ彼女は、おっとりとしてそれほど頭の回転が速いほうではなくとも、心のほうはそれなりに賢いようで、まだ何か納得していない様子で「されども……」と逆接の接続詞だけ紡いで言い淀む。元子女王は唇の前に人差し指を立て、小声で畳み掛けた。

「よう考えさせたまえ、中宮。ここのみの話に候。そも、主上がこなたへ繁く通わせたまいて、御身に御情けを賜りますは何事を思し召してのことに侍らんや？　東宮も二宮もおわしまして御壮健にあらせたまいても、なお宮筋の御腹の御子を欲したまうが故に他ならず候。二宮は宮腹におわしませど、東宮の故母君は関白殿の御妹、藤氏の出に侍りき」

十割口から出任せで、御心の内など知る由もないが、多分当たらずとも遠からずというところだと思う。今上帝は、すでに二皇子があるにもかかわらず、皇后禎子内親王の不興を買うことを承知で嫄子の入内と立后を認めた。それが関白頼通公への義理立てだけなら、本当に事に及ぶ必要はない。この少女のような中宮嫄子のこと、むしろ甘酸っぱいおままごとのような恋愛ごっこだけで十分だ。第一、関白頼通公にしてからが、本当に中宮嫄子に皇子が誕生することを望んでいるかどうか。彼には待望の娘が誕生したのだから、国母にと望むのはそちらの、現在まだ二歳の娘のほうであって、中宮嫄子にはそれまでの繋ぎとしての役割しか期待していないだろう。中宮嫄子は、結局、藤原氏ではない。関白の養女となりその後見を受けて形ばかりは藤原氏の息女と見做されても、流れる血は塗り替えられない。

しかしながら、今上帝は、中宮嫄子に子を産ませる気が十分にあるようだった。頼通公との良好な関係維持を口実にしながら、その実、彼が企図しているのは何だろうか。自分の代で藤原摂関家から独立するのはおよそ現実的ではなくとも、次代に、またその次の代に、望みを繋ぐために文字通り胤を撒いているのだとしたら。その場合、二皇子だけでは心許なかった。頼通公の甥にあたる東宮親仁親王は条件に合わず、二宮こと第二皇子尊仁《たかひと》親王はまだ五歳。七つまでは神の内、成人を迎えられず常世に還る命は本当に多い。

その理屈が通るならば、名代は、中宮嫄子と同じく皇族の元子女王でなくてはならないのである。たとえ仮初の間に合わせであっても、今上帝に奉るべき花は、薔薇でも菊でも何でもいいが、藤であってはならなかった。

元子女王よりよほど、板挟みなのは中宮嫄子のはずだ。その立場に今さら思い至ったのか、彼女は白粉の上からでもわかるほど顔を青くした。

養父たる関白頼通公に義理立てするなら、皇子を産まないほうがいい。産んでしまえば後々、関白に排斥されるおそれが極めて高い。今上帝と関白の関係維持のために寵愛を受けつつも、夜伽のほうは程々に留めておくことこそが最良だった。とはいえまだ三十歳にもなっていない今上帝をおままごとだけでは引き止められるものではない。結局、どちらにも良い顔をして丸く収めるなら、元子女王を名代に立てる以外に方法はないのである。すべては、中宮嫄子の難しい立場を慮っての行動であった——とは、我ながら良くできた詭弁だった。皇族に生まれておいて良かった、下町の庶民娘になど生まれようものなら女詐欺師一直線である。

「……すべて、我がためにと申すや？」

その問いに頷くのは簡単だったが、わざとらしくても信頼は得られない。

「さて、そこまで殊勝なことはえ申しはべらじ。ただ、中宮御所に職を得たる身なるうちは、役目に恥じぬ行いを致します。中宮が望ませたまわば、関白の意に背きたてまつりて主上の御渡りをいや繁く賜るべく働きかけたてまつることも厭わず候。それのみは、信じさせたまえ」

実際、いざという時には逃げ切れるように、言い訳の立たぬことはするつもりはなかった。中宮娍子が関白頼通公の傀儡から脱却し、自らの意思で国母を望むなら、それはそれで張り合いがあるので歓迎するところでもある。

中宮娍子は、咀嚼するような間を置いてから、涙に頬を濡らしたままにこりと微笑んだ。それはほとんど笑みになっていない不格好なものだったが、それでも、自然に浮かんだものではなく自分の意思による笑顔を、元子女王は初めて見た。彼女はそれを今、初めて習得したのだろう。

――先が、楽しみ。

心躍らせながら、元子女王は板についた満面の笑みを作って、深く一礼した。

五　ひかくし【日隠し】

それから主従関係は一変した。

お互いに本心を隠したり滲ませたりしつつ、表面上はにこやかに、主従でありながら友人のように親しく振る舞う。元子女王のほうはあまり変わらなかったが、中宮嫄子は年相応の女になった。不思議なもので、心にも言葉にも化粧をして付き合うようになってからのほうが、よほど気心が知れて楽しかった。

中宮嫄子は意地を見せ、懐妊した。関白頼通公も、内心で何を思っていたかは知らないが、表向きはたいそうお慶びだったし、裏に何が潜んでいようとそれが顕在化することはなかった。生まれたのが皇女だったからである。関白頼通公は、祝いの品から乳母の手配まで、何不自由なく整えてくれた。中宮嫄子は少し残念そうに見えたが、それは元子女王の邪推というものかもしれない。少なくとも元子女王は、生まれたのが皇女で、心の底から安堵した。今上帝には三人目の娘だが、第一皇女は斎宮の任のため伊勢に、第二皇女は同じく斎院として賀茂にあり、離れ離れである。そのためか、今上帝は中宮嫄子腹の第三皇女をそれは可愛がった。それを間近に知るくらいには、元子女王も頻繁にお召しを受けた。中宮嫄子の懐妊から産後の肥立ちの時期まで、夜御殿《よんのおとど》を独占したのは元子女王だった。

中宮嫄子は、初産の翌年にも懐妊した。彼女が、自分は決してその前途を祝福される存在ではないのだと気づいて開き直ったのを世の人も神も察知したのだろうか、内裏の外でも様々な思惑が蠢きだした。そして事件は起こる。伊勢の託宣が下った。

「藤氏の后おわしまさぬ、悪しきことなり」

伊勢大明神の命に、都は上を下への大騒ぎになった。今上帝は眉を顰めた。時の伊勢斎宮は帝の第一皇女良子《ながこ》内親王、母后は皇后禎子内親王である。良子内親王自身に、藤原氏の后を望む理由は何ひとつない。御自ら任じた実の娘が相手では、ただでさえ恣意による偽託宣は疑いにくいところ、内容までもが疑念を差し挟むことを許さない。

関白頼通公の息女はいまだ年少である。喜ぶのは関白頼通公の実弟、内大臣藤原教通公であった。彼の長女生子《なりこ》は、中宮嫄子より二つ年長なのである。

俄《にわか》に勢いづいた教通公は、生子の入内の話を進めた。一方で、仮にも関白藤原頼通公の養女として立后された中宮嫄子としては、藤氏の后がいないと言われてしまっては立場がない。その意地なのか、万全の態勢で出産に備えるべく、通常より早く宿下がりを決め、早々に内裏を退出した。今上帝は、励ましと労りの言葉をこれでもかというほど優しく投げかけたが、その目にも声にも寂しさのようなものはなかった。

「すでに二人。中宮は、汝よりは運が強しと見ゆ」

「今さら？　我は先刻承知に候。同じ皇孫なりとても、二十歳を越すまであの無邪気さ。ただ我が身ひとつを頼みにて、逆風を切って己が足にて九重に参じたる我とは、異なりておわしますは明々白々に候」

　中宮娘子の名代として残された元子女王が今上帝の腕を枕にそう返すと、帝は苦笑に愉快さを半分ほど混ぜて破顔した。

「汝はそういうところがな。この先に嵐を呼ぶことにならんとも、溺れてみたくなる」

「至極、当然に侍り。我に恋せぬ男君のあるべうもなければ」

「――汝は、誰ぞに恋をなし得や」

　責めるようでもなく発せられた問いに、元子女王は咄嗟に気の利いた応えを返せなかった。今上帝のほうも返答を期待してはいなかったようで、すぐに話題を移す。

「東宮が参る」

　第一皇子、皇太子親仁親王との謁見の予定が入っているとのことだった。その刻限までには下がれ、の御意を受けた元子女王は、口づけをひとつ奉ってから起き上がり、身なりを整えて辞去する。気怠い気分のまま、急ぐ用もなし、広い御所をゆっくり歩いていると、その東宮の一行と出くわした。

元子女王は儀礼通りに脇に退避し、やり過ごす。今年十五歳の東宮は、すでに元服して冠を着用なさっていた。その後ろに控える高位の女房らしき女から、いやに冷たく刺々しい視線を感じて、元子女王はちらりと見つめ返す。身なりと年齢、そして東宮との距離感から、おそらくは東宮の乳母であろうと当たりをつける。怜悧で、教養の高さが顔に滲み出ているような乳母の身許は、誰かに照会するまでもない。越後弁こと藤原賢子《かたいこ》──かの紫式部の一人娘だ。

「──これは、式部卿の君」

「越後弁」

声を掛けられたので、堂々と顔を上げて名を呼び返す。越後弁は、一瞬怯んだように身震いした。氷のような目に滲むのは侮蔑ではない。これは、警戒か。

声を上げたことで、酒気を帯びた息が自分から漏れるのを感じた。おそらく、越後弁にも匂っただろう。眉間に皺が寄るのが見えた。

「……聞き得たり、園の中《うち》に花の艶なるを養うを」

今上帝と元子女王との関係は、まだ公にできるようなものではない。現状の元子女王はあくまで、越後弁の言葉通り、帝の囲い者でしかない。それでも二人の関係は、こうして東宮御所までも届いている。

──まァた、『和漢朗詠集』か。

生子姫の入内が取り沙汰される中、今は長谷の山荘に隠遁する彼女の外祖父公任卿が編纂した詩歌集をネタに言い争うのも妙な気分だ。朗詠谷で仏事に専念しているはずの御本人が知れば、何を思うやら。

元子女王は笑みを作る。この著名な漢詩は、目の前の女の母のお気に入りであったらしく、紫式部は『源氏物語』の宿木《やどりぎ》帖で、作中の帝の台詞として続きを引用した。元子女王も、それに倣《なら》う。

「君に請う、一枝の春を折ることを許せ」

その言葉に、東宮親仁親王は振り返ってわずかに頬を染めた。春宮とも称される地位にある人には、それは艶めいた誘いかけにも聞こえるだろう。一方の越後弁はますます表情を硬くする。彼女には、東宮その人を挫き蹴落とす意思表明にも聞こえただろう。売られた喧嘩は、三倍の値で買い戻してもらう。それが、祖父に教え込まれた信条だった。

「……妬《ねた》き業《わざ》かな」

やはり『源氏物語』の帝の台詞を引用しながら吐き捨てて、越後弁は東宮を促す。通り過ぎていく後ろ姿を見送りながら、睨まれるのは道理、と一人納得する。東宮親仁親王は、すでに外戚争いの火種だ。母御息所も外祖父道長公もすでに亡く、伯父の関白頼通公と内大臣教通公は血の近さでいえば互角である。世間は、まだ即位してもいない彼の次を早くも見据えている。実父である今上帝にしてからが、皇后禎子内親王との間に第二皇子を儲けたのみならず、中宮嫄子を懐妊させ、元子女王にも寵愛を賜っている。

すでに従姉妹にあたる先帝の第一皇女章子《あきこ》内親王と結婚している東宮は、皇子女のうち藤原氏に最も近い生まれだが、その次を考えた時、そこにまだ藤の蔓は見えない。関白に阿《おもね》りながらも、今上帝は巧妙に立ち回っている。おそらくはまだ誰も気づいていないほど、それは密《ひそ》やかだ。

中宮嫄子の二度目の懐妊で、今上帝はきっと誰よりも皇子を望んでいる。表向きは関白の養女である彼女が産む皇子ならば、表立っては関白は歓迎せざるを得ないからである。そうまで慎重に振る舞っていたのに、彼は元子女王に手を出した。大っぴらにはされていない関係だが、越後弁が警戒心を抱くほどには広まっている。人の口に戸は立てられない。

それほど魅力的だったのだろう。元子女王自身も、差し出された選択肢も。藤氏の傀儡に過ぎぬ身で、それでも次代にあるいはさらにその次の代に望みを繋ぐだけでなく、自ら喧嘩という花を束の間でも手にしてみることが。けれども――

――汝は、誰ぞに恋をなし得や。

痛いところを突かれた。さすがに、自分の倍近く生きてきただけある。

何となく、終わりの予感がした。そして、それは正しかった。

「火が――！　火事なり、主上の一刻も早い御避難を！」

伊勢の託宣を受けて内大臣教通公の息女生子の入内がほぼ決まりかけていたころ、内裏に火事が起こった。幸いにして今上帝以下貴人に怪我はなかったが、仮御所への転居を余儀なくされた。

仮御所と定められた京極殿《きょうごくどの》に元子女王は帯同する理由がなく、やむなく中宮嫄子の宿下がり先へ向かった。

「良う参りたり。主上の御身は大事なく？」

「恙《つつが》無く京極殿へ渡らせたまいけり。さても、内大臣の大姫君の入内は今しばらく棚上げに」

中宮嫄子は大きなお腹を撫でつつ、はんなりと笑った。

それから二《ふた》月あまりして、彼女は出産した。生まれたのは、またしても皇女であった。誰かの失望と誰かの安堵が、都中に満ちた。状況は変わらないかに見えた。

「式部卿の君。沐浴がしたく、取り計ろうてくれませぬか」

額に汗を浮かべての出産の後、いい加減に垢を落としたいと言われたので、元子女王は湯浴みの手配を整えた。沐浴は暦や運気を見て禊を行い準備を万端整えて臨むものであるので、色々と仕事が多いのである。

出産から十日目にやっと手筈が整い、中宮娍子は湯殿へ向かった。それが、すべての終わりだった。

沐浴の世話はさすがに皇孫の仕事ではないので、元子女王は湯殿へはご一緒せず、庇の内側の控えの間で待機していた。一息ついていると、突然雷が鳴った。間を置かず、雨垂れが地を打つ音が屋内だというのに響き渡る。急変した天気に驚いていると、湯殿の方角から悲鳴が上がった。

「中宮――！」

駆けつけた時には、中宮娍子は、もう絶命していた。

六　ところさり【所去り】

　車内にも染み込むほどの豪雨の中、一路京極殿まで車を駆けさせ、濡れ鼠のような姿で元子女王は今上帝に急報を奏上した。今上帝はしばし絶句なさった後、元子女王を労い、着替えと待機を命じる。

　言われた通りに身なりを整えて待っていると、バタバタと慌ただしい喧騒の時を経て、今上帝に再びのお目通りが叶った。

「伊勢祭主が、申すにはな。中宮は、藤氏ならざるに藤氏として立后されたるがゆえに、神罰下れりと」

「痴《おこ》なること。直ちに首を跳ねられては如何」

　痛々しい苦笑と共に、今上帝は両手で元子女王の肩を抱いた。手は震えて両肩に振動が伝わる。声もまた震えていて、「終わりや」と小さく揺れた呟きを耳が拾った。

「楽しかりけり、元子。汝の野心は腹立たしかれども、それにも勝りて胸のすく思いなりけり。されども、これが仕舞いぞ」

元より、と今上帝は続ける。

「元より朕は、ただ望まれたるように生くる身にて、望むように生くる汝とは異なり。なすべきと関白の申せしことをなし、寵すべしと関白の申せし女に渡り――何ひとつ、ただ己の心のみに従いて欲したるを得たるためしはなし。

さりとても、鮮やかに裏をかき栄耀栄華を望む汝は眩《まばゆ》かりけり。朕が今少し己を忘るることの能《あた》う性分なりせば、この目はすでに眩《くら》みたらまし。それをば、もしや恋と云うらん」

彼は、あまりに周囲が見えすぎていた。自分に期待されていることも、自分にできることも、自分の置かれた状況も、何もかもを知りすぎた。きっと、恋が芽生えても、自ら枯らすことができてしまうくらいに。

「されども、望みなき恋に、何の意味やはある。まこと薔薇が我が物なりとても、朕は藤をば捨てられじ。まして、同じ想いを返さるることの無かめれば」

「我は――」

今上帝は、たとえ恋心が芽生えてもそれを自ら摘み取り、誰をも本心から純粋に愛することがない。彼の寵愛は責務でしかなかった。

それを非難することも嘲ることも憐れむことも、元子女王にはできない。元子女王もまた、恋に身を焦がし心を捧げることができない性質《たち》だからだ。

いつからだろう。おそらく、祖父の手で裳の小腰が結ばれ、成人した時から悟っていた気がする。自分は、父宮が亡き母に向けるような想いを、誰かに抱けることはない。元子女王は自分自身だけで完璧で、他者を欲する必要がなかった。逆境の、斜陽の宮家に生まれてさえ、あまりに満ち足りていた。

それでも、それならせめてと願ったのは嘘ではない。

「誰に心を捧ぐることも叶わぬなれば、いとせめてこの身は誰よりも尊き御方に、と……」

現実に存在するものの中で、それ以上に相応しいものがなかった。だから欲した。そして手に入れた。ほんの束の間だけ。

今上帝は苦笑した。

「薔薇の香は人を惑わす。朕も惑わされたり」

惑わされて、一瞬、元子女王が皇子を産んでも良いかと考えたという。首尾よく事が成ったとて、後ろ盾の弱い母から生まれた第三皇子など、よほどのことがなければ登極は望めない。元子女王ならばそのよほどのことを起こしてみせるかもしれないが、さすれば政変は必至だ。夥《おびただ》しい血が流れるかもしれない。それでも、さもあらばあれ、と一瞬だけ思ってしまった。その告白は改悛であって、もはやその思いは彼の心を去ったことを元子女王は悟った。

「されども、それもここまでや。二年、子が出来ざりしは、それが定めならん。去ね」

「……しかして、藤氏の后を立てさせたまうや」

「伊勢大明神の仰せ言とあらば」

今上帝は、最後に元子女王の頰に触れた。そこは相変わらず美しく、紅く色づいているはずだ。

「朝には紅顔ありて暮には白骨となり、さらに夜が更け明けて翌日まで待たざるを得ず——藤の蔓の萎れゆくを見るには。今生には、その機会は無からん」

結局、帝は、与えられた役割から外れることはできない。何を望もうとも、夢は次代に託すことが関の山だと、夢から覚めたような顔で仰せになった。

縋りつくべきだったのかもしれない。だが、元子女王よりよほど人生経験豊富な今上帝が見抜いた通り、そうできるほどの情熱はこちらのほうにもなかった。この世で一番尊い男にも恋することができないのなら、どんな男も元子女王には相応しくない。人の世には過ぎた美しさと才を持ってしまった。

「………楽し、かったん、やけれどもなぁ……」

帝の御前にあってはあまりに砕けすぎた言葉遣いを、今上帝は咎めはしなかった。ただ苦笑して、頰に触れていた指を離す。その爪先に雫が乗っていた。

楽しかった。自分より何もかも恵まれていた中宮娍子が、やがて人の悪意を知った。

しなやかな強《したた》かさを覚えた彼女と笑い合いながら、水面下で蹴り合うようなやり取りが何より楽しかった。

帝は遠くを見て、歌を一首口ずさまれる。

「霧晴れぬ秋の宮人、あわれ如何に、時雨《しぐれ》に袂濡れまさるらん――四十九日にはまた泣いてやってくれ。朕の代わりに」

秋の宮人とは、后に仕える女房を指す。元子女王は頬を袖で拭った。

妻の死を悲しむこともなく、ほどなく彼は藤原氏の姫を迎える。近く入内する内大臣教通公の姫君を、今上帝はまたあの礼儀正しい優しさでもって抱くのだろう。

それが、彼に直に見《まみ》えた最後だった。

七　をちかた【遠方】

筑紫に行ってみた。

「――という次第にて、あかんかったわー」

「せやからって、鎮西《ちんぜい》まで来るか？」

祖父隆家卿は特に残念そうでもなく、孫娘を歓迎した。満漢全席の筑紫の珍味をつまみつつ、元子女王はへらっと笑ってみせる。

「戻らるるを待たれざりしかば」

大宰権帥の任期が明けるまではまだ二年以上あったが、その時間を無為に過ごす気はなかった。

「何故か？」

「この姿の見納めに。祖父君、我は髪を下ろすわ」

肩に掛かる髪を手で払うと、さらりと風に靡いて踊った。

「さようか。惜しいな」

「何が？」

聞き返して、ぱちくりと瞬き即答できない祖父に向かって元子女王はニヤリと笑う。

「祖父君、そは生半可な覚悟にて仰せらるる言葉にぞなき。この髪をまこと惜しと思わば――西国武者を率いて都に攻め上り、我に三種の神器を賜れ」

三割くらい、本気だった。今上帝の寵愛にさえ、恋い焦がれるほどの価値を見出だせなかった。この上、后の位を上回るものが、俗世にまだあるとしたら――

「いま少し、若ければな」

還暦を過ぎてもなお矍鑠《かくしゃく》としている天下のさがな者は、出家を止めなかった。

「根性なし」

「抜かせ」

それきり、祖父は元子女王の髪については何も言わなかった。

しばらく物珍しい西国を堪能した後、帰りの旅費と、寄進という名の新居の手配のための費用を祖父に集《たか》って、元子女王は帰京した。

そして、郊外の閑静な岩蔵の地で、父宮の手で落飾した。

「まことに、良しや」

惜しむ父宮を前に、うーん、と元子女王は首を傾げる。未練はないが、祖父にしたように、念のために確かめておきたいことはなくもなかった。

「……父上。もし」

「もし？」

「もし、今上帝に男宮生まれざりせば、しかして母上が今も永らえたまいせば、如何なされましか」

父宮は瞬いた。元子女王の両親が結婚したのは先帝後一条院の御代のことで、今上帝は当時皇太弟であって、まだ一人の子も得ていなかった。そして、皇太弟に次ぐ皇位順位継承権第二位は、父宮敦儀親王だったのである。そのまま二人が息子と寿命に恵まれなかったら、父は天皇に、母は中宮に立っていたはずだった。

けれども、反発は必須だったろう。道長公は嫡子頼通公への政権移譲を行い、国政は彼らを中心に運営される枠組みがすでにできあがっていた。それを無視して隆家卿が外戚の地位を掻っ攫ってしまえば、大きな混乱が生じる。急激な変化は歪《ひず》みを生み、最悪の場合は国家が転覆する。

それを見越せぬ父宮ではない。そうなったら、母とは距離を置いて道長公の息女を誰か中宮に立てただろうか。岩蔵式部卿宮の返答は、明確に否だった。

「さて、如何ならまし。さては后に溺れ岳父殿の傀儡となりて、稀代の暗君と罵られまし。はたまた外戚を重用するあまり則《のり》を乱して反乱を招き、亡国の帝とならまし」

「…………帝一人にては国は治まらねど、祖父君が良う輔弼《ほひつ》して良き政を行わましとは思われぬか？」

「さがな者の岳父殿が？」

父宮があんまり面白そうに笑うので、元子女王は落ち着かない気分になった。それは、一部には破壊神のように言われている祖父ではあるが、筑紫では地元民に慕われていたようだし、別に隆家卿が悪政を敷くと限ったわけでもないのに。

悟覚入道親王は、元子女王の当惑を見て取って軽く吹き出した。

「戯れ言ぞ。されども、此方《こなた》一度は皇統を外れたる我のこと、彼方《あなた》敵の多き天下のさがな者のこと、乱は免れまじかりき。よしや政変の末に廃位に至らば、すべての責めは我らに。しかして無道の昏君として、我が名は永遠に汚れて残らまし」

されども、と父宮は遠い目をした。眉を下げ唇の端をほんの少し上げた微苦笑は、元子女王には馴染みの表情だった。こんな顔で遠くを見る時、父宮は母のことを想い、懐かしみ、恋焦がれている。死別から十年経っても変わらない。

「――されども、さもあらばあれと、思うたり。上に……そなたの母君に、后の夢を見することが叶うならば、形ばかりの傀儡の帝となろうとも、愚王と誹《そし》られんとも、世に戦乱を招いて罪なき民を死に到らしめ怨嗟の声を聞かんとも」

それだけ人を恋うる想いを、元子女王はきっと終生知ることはない。それは、世のためには良かったのかもしれない。だって、今上帝はきっと、父宮と同じように思っていた。父宮を踏みとどまらせたのは母の死だったが、元子女王はまだまだ生きる。もし、同じ想いを返せていたなら。その望みがあったなら、彼は国も民もすべて捧げることになろうと、どれだけ血が流れることになろうと、破滅の恋を選んでしまったかもしれない。

元子女王は、左右の鬢批《びんそぎ》を両手で払うようにして背中に流した。

「承知。さらば今はただ、我が髪を下ろしたまえ。我は、俗世にはあまりに良過ぎたり。恋の相手は帝とても不足なりけり」

お釈迦様のほうが、きっと美男だろう。会ったことはないけれども。

美しく才に溢れ完璧な女性として生まれた。だからこの世に釣り合う男がいない。負け惜しみではない、我が身をもって確かめた。だから、一片の後悔もなかった。

仏は恋を教えてくれるだろうか。今上帝が、元子女王に抱きそして押しつぶしたほどの想いを、元子女王は抱けなかった。好きと言うなら、彼より、中宮娍子のほうがまだ——

元子女王は首を振る。

「父上。箏の琴を教えて」

四十九日には、もう泣けなかった。ただ葬送の曲を爪弾いた。

——霧晴れぬ秋の宮人あはれ如何に時雨に袂濡れまさるらむ

袂を濡らす代わりに、墨染《すみぞめ》の袖に通した手を時折合わせて経を上げる。故中宮娍子とも、まして帝とも、それ以上の縁は一切残さずに、元子女王は以後の人生を仏道と芸事に生きた。

賢子の現実

振り返れば、元子女王はまさにかぐや姫だった。

帝にまで恋され、けれども同じ心を返すことなく、この世の濁りにも穢れず、思いは遥かに雲居に昇った。「ひとつ家の内は照らしけめど、百敷の畏き御光には並ばずなりにけり」という、『源氏物語』の絵合《えあわせ》帖の評そのままに、結果としては内裏には何も残さずに去った。

「逢うことも涙に浮かぶ我が身には、死なぬ薬も何にかはせん……」

『竹取物語』の帝だけでなく、現実の天皇も思わずといった態《てい》でそう呟いていた。言霊が祟ったのか、彼はさほど長い時を生きることはなく、宝算三十七にして崩御した。

後朱雀院と追号された彼は、人並み以上には色を好み、生前多くの后妃を持った。だから、ひょっとしたら気まぐれを起こしてくれるかと思ってもみたのだが、そうは問屋が卸さなかった。

彼は、自分の立場を非常に良く理解していた。皇統を繋いでいくこと。後宮に侍る女を通して臣下との繋がりを強め、一方で臣下同士の力関係の均衡を保つこと。余計な慰めを望んで混乱を招かぬこと。後宮に絶え間なく美姫を侍らせているように見えて、その実、後朱雀帝はある意味では僧侶よりも隙なく自分を律していた。

気まぐれは起こしていただけなかったが、出仕先の母后の縁で、近くに伺候して雑談のお相手を務める名誉には与《あずか》った。

「初恋は？」

「尚侍《かん》の君。同じ邸に暮らしたることもあり、幼き折は憧れの女性《にょしょう》なりき」

嘘を言っているようではなかったが、それはあまりに完璧な正解だった。最初の妻である尚侍《ないしのかみ》藤原嬉子は、道長公の意向で東宮時代の後朱雀帝に入侍し、早々に身籠って男児を産み、不幸にも産褥死した。つくづく、女にとって出産は命懸けだ。自分はどうにか生き延び、巡り合わせに恵まれ、後朱雀帝の第一子の乳母に任じられた。

「哀れにも母を亡くしたる子なれば、良く傅《かしず》いて寂しい思いをさすることなかれ」

「承りまして」

幸いにして子供は自分によく懐いた。信を得て私生活に入り込み、裏の裏までよくよく観察してみると、華やかに見えた恋模様は意外に単調であることに気づいた。

結婚し、皇子を儲けるべき相手へ望まれるままに恋を捧げる。後朱雀朝の後宮は、東宮時代からその繰り返しだった。

「三条院の一品宮《いっぽんのみや》は、男《おのこ》なりせば朕に先んじて天皇《すめらみこと》の御位に登らまし。后宮に立たせたまうは当然なり」

三条院の中宮妍子《きよこ》腹の禎子内親王は、後朱雀帝の母方の従姉妹であり、誕生の際は女であったことを祖父道長公に嘆かれた。彼女が男児だったなら、道長公は三条天皇との協調路線を崩さず、次女所生の孫皇子の即位を後押ししたはずなのだ。だが女児であったことで、道長公は三条帝を切り捨て、その子孫から皇統を奪うことになった。

後朱雀帝は、その経緯と、結婚の意義を誰よりも理解していた。自分が皇統の嫡流を奪う形になってしまった三条流への埋め合わせだ。同じことは中宮嫄子にも当てはまった。后腹の第一皇子でありながら、道長公の外孫でないために立太子できなかった異母兄敦康親王への、贖罪のような立后だった。

関白頼通公と内大臣教通公を叔父に持った帝は、摂関家との関係維持も己の使命だと心得ていた。頼通公の養女を中宮に立て、教通公の長女生子を女御とした。

女御生子は、非の打ち所のない姫君だった。尚侍嬉子のように突然の死に襲われることもなく、皇后禎子のような周囲を疲れさせるほどの気位の高さもなく、中宮嫄子のような幼さもなかった。美しく、教養高く、ほどよく自信があり、寵愛を受けた。けれども、すべて、元子女王には一歩及ばなかった。入内の時期が、元子女王がすでに内裏を去った後だったのは、生子には幸運だったのかもしれない。

「げに、ただ人にはあらざりけり……」

――婿を取らば当に光武帝を得べし。

武運と王気を持ち合わせた稀代の皇帝を、元子女王は一度は夫に望んだ。けれども、彼女の夫は平帝にしかなれないだろう。元子女王は、陰麗華ではなく、王皇后だった。光武帝が再興した漢帝国を後漢と呼び、王莽が滅ぼした前漢と区別する。王皇后は王莽の娘で、夫の平帝は彼女の存在ゆえに前漢最後の皇帝となった。

王氏に生まれた元子女王は、あるいは隆家卿を王莽に仕立て上げ、皇統の簒奪さえやってのけたかもしれない。それだけの覇気が彼らにはあった。そんな破滅の未来が見えていても惹かれてやまない傾国の美貌と魅力を、元子女王は持っていた。

後朱雀帝は、一時はその色香に惑った。彼が、一切の政治的配慮を無視して、自ら欲して枕を重ねた相手は、女になったばかりの元子女王ただ一人だった。

だがその唯一の恋の芽を、後朱雀帝は自ら枯らした。それだけの自制心を持つ相手に、気の迷いなど期待できようはずもない。

陰皇后の美貌に恵まれ、王皇后の後見を持ちながら、天の羽衣を纏ったかぐや姫のように墨染の法衣に身を包んで一切の物思いを忘れた。女でも、時流に恵まれなくても、自信に溢れた元子女王は常に己一人で満ち足りて幸福だった。

けれども、自分のような凡人は、その境地にはとても至れそうにない。

——仕官せば執金吾。妻を娶らば陰麗華。

自分の望みは、背伸びすれば届くくらいの、小市民の幸福だった。

位極めんと欲すれば

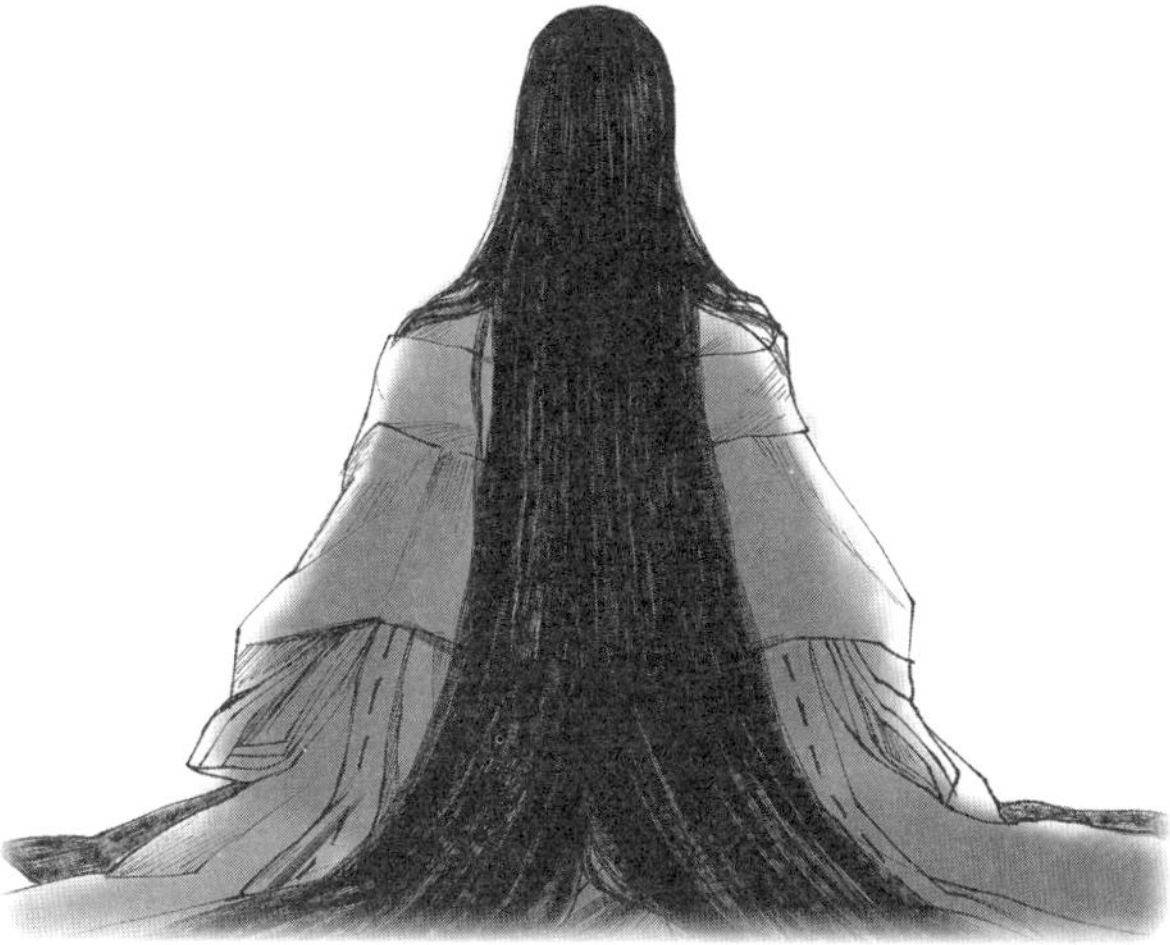

一　わかむらさき【若紫】

賢子《かたいこ》、という名を賜った。

母と祖父が考え、主君にも相談して「よろしい」と裁可を得て決せられたこの名を、一番気に入っていたのは賢子自身ではなく母だった。生真面目で眉間に皺が寄りがちな母が、誇らしげに笑ったのを覚えている。

「かほどに、相応しき名はなし」

確かに、まあ、幼少期から利発な子供だったと思う。半分は生まれ持った気質ゆえに、もう半分は環境ゆえに。ずっと、早く大人になりたかったし、子供でいられる余裕もあまりない家だった。

まだ子供の頃から、自分は大人になったら働きに出るのだろうと漠然と思っていた。女には珍しいことだが、それ以外の人生を夢見るには現実は厳しかった。何せ、夢見る少女にすらならないうちに、後ろ盾の父は亡くなっていた。

母は、世間一般の基準からすると晩婚で、三十路前になってからやっと結婚した。

結婚相手は初婚ではなく、親子ほども歳の差があった。その時点で、賢子はあまり長く父の庇護を期待できる生まれではなく、そもそもの始まりが不利なのだ。それでもまさか、娘が父の顔も覚えぬうちに死に別れるとは、母も想像していなかっただろうけれども。

親子ほど歳の離れた異母兄らとは不仲ではないが、彼らは下級貴族の常として生き馬の目を抜く宮中で身を立てるため激務に追われており、まだよちよち歩きの異母妹の面倒を見ている余裕などどこにもなかった。そのため賢子はもっぱら母方で育ったのだが、縁談とは大概、似たような家柄同士の間で組まれるものである。すなわち、母方祖父も亡き父とどっこいどっこいの箸にも棒にも掛からぬ下級貴族で、先行きはいかにも不安だった。これは早いうちから身の振り方を考えて周到に準備しておくに越したことはない、と賢子はまだ振り分け髪のうちから思ったものである。

そんなわけで、わざと祖父の前で『史記』を音読してみたりもした。

「太史公《たいしこう》曰く、学者多く五帝を称うること尚《ひさ》し。然るに『尚書』には独り堯《ぎょう》以来を載するのみ。……之を総《くら》ぶるに、古文を離れざる者是なるに近し。……学を好み思いを深くし、心に其の意を知るものに非ずんば、固に浅見・寡聞の為に道《い》い難きなり」

「おお、この母にしてこの子あり。そなたの母の幼き頃を思い出すわ」

それはまあ、母の日記を読んで真似てみたので当たり前である。生来利発であった母は、少女だった頃、祖父と叔父の――すなわち母にとっては父と実の弟の――漢学講義を側で聞いているだけで、叔父よりも早く『史記』を暗記してしまい、諳んじて祖父を大層驚かせたという。母が相手の時は、祖父は褒めるよりも「口惜しゅう、男にて持たらぬこそ幸なかりけれ！」と女には過ぎた才を嘆いたというが、賢子が相手なら破顔一笑だった。賢《さか》しらだろうと生意気だろうと、孫は可愛さが先に立つ。

「ここ、教えて？」

「おお、これはな。伝え聞きを重ねたるものより故《ふる》きを温《たづ》ぬべし、古文こそ最も真実に近きものなればなり、また書物のみに頼ってはその書の過ちに気づくこと難ければ、老師の教えを請うべし――という意味や。師はただ書を読み覚ゆる者ならで、学を好み深く考えその意を分く者ならでは後進を導き難し」

一次史料に当たれ、というのと、本を読んで理解した気になるのは危ないから、良き師に教えを請え、という意味だと賢子は理解した。首をこてんと傾げてみる。

「その師とは、たとえば祖父君のような？」

「ほ、言い囃しても何も出でぬぞ。まことや、某所より頂き物の唐菓子が」

これを矛盾というのではなかったか。ごますりも、真実の含有率が高いほど効果も大きくなる。祖父は学者であった。学者の常で出世競争が下手で長く不遇の身でうだつの上がらぬ下級貴族に甘んじているが、学識は本物だったし、家には書籍が溢れていた。これを、物にしない手はなかった。

無論、母からも十分に吸収した。

「母上、手習いを見たまえ」

「手本通りにて、よろしい。ただし、まだ硬いわ。板につくまで繰り返し研鑽されよ」

親の指導は厳しかった。本人はさほど辛く当たっている自覚はなさそうだったが、母には妙に自分に自信がないところがあり、自分ができることは他人もできて当然と思う節がある。それは外には卑屈がすぎる謙遜という形で表出し、身内には無意識に高い水準を求めるという形で発露した。母の臆病な矜持はそれなりに敵を作っているので、自分が大人になったら気をつけよう、と思うところでもある。祖父も母も、世渡りは上手くなかった。

それでも、手ならぬ頭に職を付けて、どうにか母はやってきた。今や押しも押されもせぬ人気作家であり、畏れ多くも左大臣道長公の肝煎りでその娘の中宮彰子に出仕している。才女の集う中宮彰子の御所で、女流文学者の筆頭として名を馳せていた。

「母上。『源氏物語』、写したい。写本もまだまだ作るべきならん」

「ならじ」

けんもほろろに却下されてしまった。母が手掛けた物語は、現在飛ぶように売れているため、いくら写本を作っても追いつかない。作者の家で直々に作成されたものなら箔がつくし売れるし、何より賢子の勉強にもなるので是非にも写させて欲しかったのだが、この頃の母は頑として首を縦に振らなかった。

「子供の読むものやない。裳着を行ってからや」

子供に読ませられないものを書いとるんかい、と思った。父との結婚生活はほんの二、三年だというのに、それからまったく男っ気がなく二夫に見《まみ》えぬ貞女を貫いている母が、爛れに爛れ倒錯した性描写など書いているとは思えないのだが。何が書かれているのだろう、見たいような怖いような。

仕方ないので『竹取物語』などを写したり、『万葉集』や『古今和歌集』などで歌を勉強し、漢文も読み漁った。家業が家業だけに、賢子が技能を付けるならまずこれだった。しばらくは手当たり次第に勉強したが、そのうち方向性を絞って体系的に学んだほうが良いと考えた。どれもこれも、無秩序に齧り倒すだけで身につくような甘いものではない。それがわかったので、自分の専門分野を真面目に検討した。

「見え渡るかな大堰《おおい》川、舟を三艘浮かべてよ、楽《がく》に替えたる物語、歌に漢詩に三才の、いずれを選ぶと人問わば、四条の納言に倣《なら》うべく、歌の舟にぞいざ乗らん……」

即興長歌の才はあるらしい、と呟きながら思った。文化人として名高い四条大納言藤原公任卿が、楽才も漢才も一流であったのにあえて和歌の船を選んで乗り大堰川を遊覧した——という逸話を元に何となく口ずさんだ。音楽のほうは、この家では嗜み以上の腕前に到達するのは難しいので、賢子にとって代わりの選択肢は作り物語だ。

しかし物語は、母が『源氏』を見せてくれない以上今はどうしようもないし、おそらく歌人として名声を馳せるより作家の道はずっと厳しい。母が華々しく成功を収めている以上、何をどうしたところできっと親の七光りからは抜け出せない。漢詩は、基本的には男性の領域であって、女が出しゃばっていくのは歌より物語よりよほど当たりがきつい。

賢子は和歌に重点を置くことにした。母は歌も一流だが、『源氏物語』があまりに高名すぎるためか、幸か不幸か紫式部の歌人としての認知度はそこまで高くない。狙い目であった。とはいえ、教本の和歌集からわざわざ恋の巻を抜いて残りを渡してくるような堅物の母の指導だけでは心許ないので、使える人脈は使って歌の腕前を磨いた。具体的には叔父である。母に頭が上がらない叔父、藤原惟規《のぶのり》は、母以上の歌人であった。そして、母よりよほど、色恋沙汰など世知に通じていた。

叔父が「手本に」と差し入れてくれた歌は、女の筆跡による美しいものだった。

「如何にせん、見にもや来ると山桜、待たるる花も散り果てぬべき……これ、斎院中将の君から、叔父上への恋歌？」

「そのようなもの、見せたれば我は姉上に殺さるるわ」

花を見に来るという約束を信じて待っていたのに、おいでのないまま散り果ててしまうわ——という恨み節の混じった恋歌かと思ったのだが、外したらしい。賀茂斎院に仕える中将という女房は叔父の恋人だ。美人で頭の回転が速くて働き者で歌が上手かった。

「中将の妹も、中将ともども斎院に仕えまつる身なるが、この春は宿下がりしとってな。さても、桜の咲く頃には再び斎院へ参るとのことなりしが、参らぬまま今は斎院御所の桜も散り散り。しかして中将は、事情を尋ぬるためにかような歌を妹に遣わしけり。これはその下書きや」

洒落た姉妹だ。気取っていると母は見るかもしれないが、賢子は気に入った。灰桜色の紙に書き付けられた歌は筆跡まで見事だし墨の流れもなかったのに、これで下書きとは恐れ入った。歌に合わせた色紙を、下書きに使って捨ててしまえるような余裕にも憧れた。女流歌人としての宮仕えを、本気で目指し始めたのがこの時だ。

「叔父上の恋人、会ってみたい」

そう言えば、母の血管がぶち切れる寸前の事態にまでなった。

斎院中将の君は、絶世の美女という訳ではなかったが、母よりは若くて美人で、自分に自信があって、人生を謳歌していた。母の嫌いな——苦手な類の人間だ。一方の斎院中将の君は、紫式部を気に入ったようだった。恋した男と似ているというのが半分、単純にからかうと面白いというのがもう半分。

「いやん、義姉上《あねうえ》」

「誰がっ、義姉上⁉」

いたちごっこというか何というか、飽きもせずちょっかいを掛けては逆鱗に触れて火花を散らしていた。

——斎院中将の君のように、斎院なり宮中なりに、歌人として出仕するのがええかな。恋人もできるし、楽しそうやし。

しかし、楽しい将来計画は、さほど間を置かずに冷水を浴びせられた。叔父が没したのである。その知らせを斎院御所に届けたのは賢子だった。

「叔父上は、旅路にて病を得て……越後に着いて間もなく、身罷《みまか》りたるなり」

祖父に従って越後へ下った叔父は、そのまま帰らぬ人となった。死期を悟った彼は都に宛てて別れの文を複数認《したた》めたが、歌はただ一首だけだった。

——都にも恋しきことの多かれば猶このたびはいかんとぞ思ふ

多くの恋しきことの中で、本当に叔父が心から恋い慕ったのは斎院中将の君だけだった。紫式部とは折り合いの悪かった彼女だが、賢子が亡き叔父の歌を届けることに母は反対しなかった。

そして訃報を聞いた叔父の恋人がまず気に掛けたのは、自分を嫌う小姑のことだった。連れて行って、と言われた時、実は意外に思った。

斎院中将の君は、紫式部と抱き合って泣いた。二人があまりに身も世もなく泣くので、賢子のほうは冷静になってしまった。父を覚えていない賢子にとって、叔父の死は当時まだ十年余りの人生の中で最も悲しい出来事だったけれども、若さなのか、一晩寝るごとに哀しみは薄れていった。あるいはそれは、早く日常に戻ろうという現実逃避であったのかもしれない。泣き合う二人を見て思ったのは、斎院中将の君はこれからどうなるのだろうという疑問だった。

叔父にはすでに妻子がいた。斎院中将の君は宮仕えの身だったので叔父と家庭を持つということもなく、二人はあくまで恋人だった。叔父の愛は彼女一人のものでも、その他は何も求めうる立場になかった。

実際、母は少し落ち着くと、越後の祖父に代わって粛々と叔父の遺産の整理を行った。斎院中将の君の前でいつまでも泣き崩れているのは矜持が許さなかったらしい。涙も何もかも曝け出しておいて今さらとは思うが、斎院中将の君のほうも半ばはそれを見越しての訪問だったようだから、野暮は言わないでおいた。彼女は、恋人の姉のことも本当に好きだったのだ。

母は、別に意地悪をしようとしたわけではない。ただ、和歌に優れた堤《つつみ》中納言藤原兼輔《かねすけ》卿の嫡孫であり卓越した文人であった祖父為時の流れを継ぐべきは、叔父と、その息子しかなかった。その寡婦、一族の嫡子の生母にも手当てが必要だ。叔父の妻はぱっとしない生まれの凡庸な女性で、母とは会話が成り立たなかった。教養といい社交性といい、斎院中将の君とは比べようもない。紫式部と斎院中将の君は、寄ると触ると舌戦だったが、つまりはそれだけ話が通じる相手ということでもあった。

それでも、紫式部は弟の遺産をほぼすべて、未亡人となった女と彼女の産んだ甥に遺すほかなかった。蔵の中の財産も、荘園や邸宅の地券も、蔵書の類までも。斎院中将の君に渡してやれるのは衣装や筆など形見分けの域を出ないもので、それすら彼女は拒絶した。

「形見はこの、辞世の歌のみにて十分」

それは、正妻への遠慮や謝意なのか、あるいは愛人の矜持というものなのか。とにかく斎院中将の君は、かつて叔父が送った文と最後の歌以外は何も要らないと言った。

手に、というより頭に職を付けていた彼女は、自分一人養いきるだけの稼ぎがあったから、自分より愛されなかった女を立てる余裕も、愛人の意地を張り通す気概も持てた。それは眩しく、賢子は憧れた。紫式部と抱き合って散々に泣いた後に、しゃんと背筋を伸ばして、歌の文だけを胸に一人斎院御所に帰っていく斎院中将の君の後ろ姿は、今でも目を瞑れば鮮やかに思い浮かぶ。

――されども、我はあのようには生きることは能《あた》わざらん。母上の娘やもの。

一周忌が過ぎるまで、母は賢子を掻き抱いては声を押し殺して泣いた。耳元に響く母の嗚咽を聞きながら、白髪の混じり始めた髪の上から背中をぽんぽんと叩く。

まだ成人もしていない我が子に縋りついて泣くほど、叔父の死は母には耐え難かった。賢子も、優しかった叔父の死はとても悲しかった。そして、考えなくてはならなかった。いずれ、母にも、祖父にも、死に別れる。その時もしも独りであったなら、と考えると身体の芯から凍えるほど恐ろしかった。夫もなく子もなく、歌だけを拠り所に、あるかなきかの歌名より他は何も残さず実を結ばない人生は、賢子は選べない。自分は、そこまで強くない。

きらびやかな女の園で、女流歌人としての栄達を極めることの望みを、賢子は一旦断ち切った。それからほどなくして、賢子は鬢削《びんそ》ぎをして成人した。

二　すきありき【好き歩き】

徒花《あだばな》の華やかさよりも、妻としての権利を。

どれほど愛されようと、結婚なくして女の幸せはない。女にとって、結婚はすなわち老後までの生活の安定の必要条件であるからだ。いや、別に女に限らない。人脈が物を言う貴族社会では、良い結婚は男性にとっても出世のためには必須である。今の社会は、一生分の栄光と安泰を独身で贖《あがな》いきれるようにはできていないのだ。窮屈な話である。

母は、今や押しも押されもせぬ大作家だ。史上、母ほどの文名を馳せた女はいないし、今後も出るかどうか。千年に一人の女流文人といっても過言ではないかもしれない。ただその母も、そもそも宮仕えの声が掛かったのは、寡婦であったことが大きい。母の出仕の経緯は、左大臣藤原道長公の正室源倫子《みちこ》の遠縁であることから多少の口利きを得て、二人の間の長女である中宮彰子付き女房の声が掛かったというものである。

しかし、母に結婚経験がなかったら、まず出仕の話はなかっただろう。三十代の、漢詩を読みこなしつつ子供には見せられない物語を書くような女は、はっきり言って変人だ。それでも結婚して子供を産んだ女なら、主婦の嗜みのうちで好意的に見てもらえるし、未亡人ならなおのこと夫を喪った哀しみを昇華させているのだと同情を買える。実態は、人付き合いが下手な性分が災いして異性関係にどうも積極的になれず、現実の男女関係に尻込みして執筆に逃避しているだけであっても。

一方、独身であったら世間の目は容赦ない。寄せられるのは好意と同情の代わりに軽蔑と警戒だし、源倫子からの口利きも出仕の話よりまずは縁談の世話だったはずだ。嫡男を儲けたわけではない後妻で、結婚生活がほんの二、三年であったとしても、結婚歴というものは社会の中でそれだけ重い。

「母上は、可愛げがないくせに、望みが高いんやわ……」

紫式部は自分以上に漢籍に精通した男でないと心惹かれないが、それだけの才ある男に言い寄られるほど美人でもなければ男の気を引くのが上手いわけでもない。父との婚姻は、奇跡のようなものだったのかもしれない。

本人は、再婚の希望があるわけでもなさそうだし、今さら男にもてなくても一向に構わないらしいが、年頃になった賢子は違った。娘時代には人一倍、恋に憧れた。

だから、宮仕えをすることに決めた。出会いは家には転がっていない。

父は故人、祖父は遠く越後へ赴任、異母兄らとは疎遠、とどめに母は恋愛下手とくれば、良縁は自分で摑み取るしかないのである。いや本当に、年頃の娘の結婚のけの字も母の口から出ないとはどういうことだろう。親の、最後で最大の仕事だろうに。

薔薇色の人生を摑み取るためには、宮中が最も近道だ。母と違って独身でもおかしくない年齢のうちに出仕して、将来有望な若手官人と恋愛結婚を目指す。

「母上も歳やもの、ええやろ？」

「歳とは何や」

「四十も半ばの今や古参女房、その上に『源氏物語』の文名——軽々しく使わるる御身にはもはやなければ、いま少し下臈の人手も御所には必要かと。母上の御主君は、今や国母にならせたまいければ」

母が出仕を始めた頃には少女だった中宮彰子は、それから二皇子を産みまいらせた。その二皇子がまだよちよち歩きの頃に、父帝は従兄弟の東宮居貞《いやさだ》親王に譲位し、ほどなく崩御した。その居貞親王も昨年退位して三条院と称され、幼くして即位したのは今や皇太后の地位にある彰子の長男、敦成親王であった。

国母となった皇太后彰子の御所には、人手はいくらあっても足りない。とはいえ、紫式部は年齢からも年次からも文名からも、重鎮になりすぎた。皇太后彰子としても、ついに天皇の外祖父となった道長公としても、高名なる紫式部に今さら下働きのようなことをさせられようはずもない。一方で手放すにはまだ惜しかろう。となれば、母が賢子のために口利きをすれば、一も二もなく歓迎されるはずなのである。

母も、四十代の女性にはよくあることに色々と心身に不調を覚えていた時期だったので、気を許せて気楽に指図できる娘が仕事を手伝ってくれるのは良い、と考えたらしく、賢子は二十歳になる前に宮中へ上がることになった。折から、還暦を過ぎた祖父が官職を辞して帰京し、出家してしまったので、減った分の稼ぎを補塡する必要があったのである。

「越後弁《えちごのべん》に候。御方々、よろしゅう頼みます」

名乗りを上げつつ先輩女房らに如才なく挨拶しながら、自分はどこまでいっても、父との縁は遠いのだとふと思った。出仕に際して、異母兄らから何の祝いも応援も、はたまた苦言もなかった。付けられた女房名は、亡父に因《ちな》んだところは何もなく、祖父の直近の官職由来だ。前越後守であった祖父は、左少弁を兼任していた。

父の官職に因むなら右衛門佐《えもんのすけ》とでも呼ばれたのだろうか。そのほうが雅やかな気がして好みなのだが、結局、覚えてもいない父の名残りを名乗りに使うことは賢子には許されなかった。それを嘆くほどに見知らぬ父が恋しいわけでもなく、ただわずかに残念と思うだけが関の山だった。

それはともかく——越後弁という女は、男には不自由しなかった。恋は、望めば手に入った。

賢子が出仕を始めて間もない頃、女房らの詰め所と定められた局で芋洗い状態になりながら書き物やら縫い物やらをしていると、縁側の御簾の手前で作業していた同輩女房らが黄色い声を上げた。

「頭弁《とうのべん》や！」

蔵人頭兼右中弁、藤原定頼が通りかかったとそれでわかった。四条大納言公任卿の嫡男である彼は、父譲りの歌才を存分に発揮して女を口説き、宮中きっての色好みとして名を轟かせていた。蔵人頭は宮中でも花形の役職であり、今後の栄達が約束されている。当代きっての貴公子は女性陣の注目の的だったし、彼もまた女たちを愛した。賢子の主君、国母彰子の産んだ今上帝はまだ年少で、内裏で無数の美姫が妍《けん》を競うということもない。女官や女房らの秋波を寄せられるのは何といっても定頼であった。

まったく、誰のための後宮なのか――と考えていると、きゃあっと喜色に満ちた悲鳴が上がる。ちらりと目をやると、御簾を捲って定頼が直に局を覗き込んでいた。並の男がすれば痴漢呼ばわりされて叩き出されてもおかしくないが、周囲の女性陣は色めき立つばかりであった。

定頼は、微笑みを浮かべながら局の中を見渡す。

「――あなかしこ。この辺りに、若紫や候」

咳き込みかけた。何ということを言うのだこの男は、と見返すと、真正面からばっちり目が合ってしまった。周囲の女房らも、好奇と嫉妬が入り混じった視線を賢子に投げてきた。

その台詞は、今から十年ほども前、今上帝がお生まれになったばかりの頃の語り種《ぐさ》だ。道長公待望の皇子の御五十日《いそか》の祝いは盛大に執り行われ、名だたる公卿が招かれて浴びるように酒を飲んだ。酔っ払った公卿のうち、よせばいいのに女房らが忙しく働く一角までやってきて、かく宣《のたま》った男がいる。

『この辺りに、若紫や候』

『源氏物語』を引いて、若紫はいらっしゃいませんか、と尋ねた人物こそ公任卿――つまりは、定頼の実父であった。それを聞いた紫式部は、彼ほどの文化人も『源氏物語』を読んでいることを誇らしくは思ったらしいが、そういう場面では恥ずかしさが勝つのが賢子の母である。娘とは違って。

賢子は袖の中で咳払いを一つすると、笑顔で定頼に応答した。

「光源氏に似るべき人も見えたまわぬに、かの上はまいて如何でか物したまう」

光源氏を気取るなぞ十年早い、と母は口に出しては言わなかったが賢子は言った。名高い三舟の才の真似事も、他人ならいざ知らず正当な後継者の定頼ならば様になる。親の七光りを批判する気もない、賢子は人のことを言えた立場ではないからして。ただやはり、親の子という以上の価値がない人間には用がないのだ。宮中とはそういう場所であり、後ろ盾の他に自分自身に何かしら輝くものがなければ押し流されてゆくだけだ。

定頼は賢子を見返し、ふっと笑った。

「聞き居たるばかりの女にはあらで」

そして一礼して去って行ってしまった。これが馴れ初めで、歌を交わすようになり、そのうち枕も交わすようになった。

とはいえ、定頼は天皇に近侍する蔵人頭で、賢子はその母后に伺候する女房である。主君も御所も異なり、お互いに忙しく、会えない日が続くこともあった。そして、世の女は彼を放っておかないし、彼のほうも言い寄ってくる女には気前よく応える。面白くなかった。そんな時のための、歌である。

秋口に、白菊の花を添えて賢子は定頼に歌を贈った。

『つらからん方こそあらめ君ならで誰にか見せん白菊の花』

定頼の憎めないところは、歌さえ良ければホイホイと釣られてくることだ。彼は、三舟の才の父君の薫陶以前に、きっと根っからの歌馬鹿なのだ。賢子に興味を持った理由もそれだろう。母から一流の歌の手ほどきを受けたと見て、粉を掛けてきたに違いない。おそらくは自分が、高名な歌人でもある父公任卿から教えを受けたのと同じように。

「放っとかば、他の男に花を見する気か」

「放っとかば花より花へ飛び回りたもう定頼殿やあるまいし」

物語作家の娘の性《さが》なのか、嘘はするりと出た。

風流を知る彼との駆け引きは楽しかった。同じ秋に、何かの用事で国母の御所前を通り過ぎた彼は、門前に生えていた荻が軒端まで届くほど伸びていたのを見て、葉を手折って結んでいった。その意味不明な行動は、彼でなければ非難轟々だったろう。しかし当代きっての貴公子の人気は凄まじく、女房らはその話でもちきりだった。

「何ぞの故事に因みたるものなるべし」

「しかし、如何なることを思われて？」

頭を悩ます同僚らに、『源氏物語』を読め『源氏』を、と賢子は内心で毒づく。賢子は、実家では禁止されていた母の著作を、出仕が決まった日にどうにかこうにか全巻読破した。賢子が成人しても母は恥ずかしがって読ませてくれなかったし、かといって娘の賢子が国母にお願いするのも変な話である。苦肉の策で斎院中将の君を頼り、内密に読ませてもらったのだ。まあ、母が渋った理由はわかった。当人はあまり男っ気がなく、三十路の頃にほんの二、三年の結婚生活を送っただけなのに、どうしてあれほど多種多様な男女間の泥沼を書けたのか不思議である。母は家でも真面目だったが、その実、頭の中では来る日も来る日も爛れた恋物語を練っていたのだろうか。あまり深く考えたくはなかった。

母の著作はもう都の上流階級には出回りきっているはずなのだが、同輩女房らの反応を見ると、細部までしっかり読みこなしているのは案外少ないらしい。その少ない熱心な読者の一人が、定頼だった。

『源氏物語』の夕顔帖で、光源氏はかつて一夜の契りを交わした女に歌を贈る。

――ほのかにも軒端の荻を結ばずは露のかごとを何にかけまし

少しでも契りを結んでいなかったのならば、会えぬことへのわずかな愚痴さえも表に出すことはなかった、という意味だが、定頼はそのまま賢子への暗号として荻の葉を結んでいったのだった。

気が利くのか利かないのか判じかねるところだ。何せ、この歌を贈られた女君は光源氏の本命ではない。彼が言い寄っていたのは彼女の義母にあたる女のほうで、この貞淑な義母は光源氏の求愛を拒み通し、彼が忍んできた夜に空蟬《うつせみ》のように衣だけ脱ぎ捨てて逃げてしまった。逃げられたことを知った光源氏は、後に残された義理の娘と自棄で同衾する。中々に酷い話である。

おそらく定頼のほうにそこまでの悪意はなく、単純に会えぬことの愚痴を詠んだ歌を引いただけだろうが、賢子は少し考え込んだ。この歌を贈られた女、作中では紀伊守の妹とか荻の葉とか呼ばれる登場人物は、受領階級の女である。皇子たる光源氏にとっては所詮手違いで関係を持っただけの、一夜限りの相手だった。それだけ身分違いだと、決して妻とは扱ってもらえない。

「軒端の荻の葉の女君は、『夕顔』帖にて蔵人少将の妻となりしか……」

定頼との駆け引きは楽しかったが、賢子はそもそも結婚相手を見つけるために宮中に上がったのである。定頼ほどの男では、さすがに結婚相手にはならない。とはいえ、蔵人少将よりはもう少し上を狙いたいところだ。蔵人頭なら何とか、と思ったが、どうも名家の跡取り息子では手が届かない。分家筋の次男坊以下が狙い目なのだろう。

ともあれ、定頼には歌を返しておいた。

『なをざりに穂末《ほずえ》を結ぶ荻の葉の音もせでなど人の過ぐらん』

素通りを咎めれば、そちらこそ、と言わんばかりの返歌がすぐに届けられた。

『行きがてに結びしものを荻の葉の君こそ音もせでは寝にしか』

それからも定頼は、夜に忍んできたり、あるいは賢子を秘密裏に呼び寄せたりしたが、一方で浮き名も流した。あちらこちらの女に声を掛けてはお楽しみで、その中には賢子の同僚の小式部内侍も含まれていた。もう少し、離れたところで見繕うという危機管理能力はないものか。

「あの、歌バカ……」

小式部内侍は職業も職場も同じなら、年齢も賢子と同じくらいで、出仕の経緯までも賢子と似たようなものだった。小式部内侍は、母の同僚であった歌人和泉式部の娘なのである。母親の陶冶《とうや》を受けたのか、小式部内侍本人も歌を良く詠む。定頼の、女の好みは何ともあからさまだった。何なら生身の女ではなく歌にこそ性的興奮を覚えていると言われても、賢子はもはや驚かない。

ある日、歌合せをしようということになった。賢子も小式部内侍も呼ばれ、同じような女流歌人のための控室で、出されそうなお題を考えていた。そこへ定頼がやってきた。賢子が何やら既視感を覚えていると、定頼は小式部内侍に向かってなかなかきつい冗談を言い放った。

「歌は如何せさせたまう、丹後《たんご》へ人は遣わしてけんや？」

和泉式部は、丹後守に任じられた夫に付き従って丹後に下ったばかりだった。つまり定頼の台詞は、高名な女流歌人である母に泣きついたのでは、という意味である。小式部内侍は一瞬呆気に取られたような表情を浮かべてから、不快げに顔を歪ませた。それを見て定頼はさらに続ける。

「遣い、詣で来ずや。如何に心許なく思《おぼ》すらんな」

代作の歌が届いていないならさぞや心細いだろう――と、そんな悪い冗談を言えるほどには、二人は親密なのだ。賢子がいることに気づいていないのだろうか、あるいは賢子の前であえて他の女を下げることで遠回しに機嫌を取っているつもりなのか。

しかし、小式部内侍は、冗談とわかっていても自分への侮辱を受け流せる女ではない。一緒に仕事をしていれば同僚の誇り高い性格は嫌でも知る。

「――待ちたまえ、頭弁殿」

立ち去ろうとしていた定頼を呼び止め、小式部内侍は淀みなくさらりと歌い上げた。

「大江山いく野の道の遠ければ、まだふみも見ず天の橋立」

思わず、その場の時が止まった。

賢子もしばし固まり、それから慌てて扇を開いて口元を覆った。

――見事！

唸り声が漏れないようにするので精一杯だった。定頼の嫌味に小式部内侍は和歌で応答した。驚くべきは、掛詞《かけことば》を二つも入れ込みつつもこの上なく機知に富んだその歌が、間髪入れぬ即興だということだ。その事実それ自体が、何よりも強力な定頼への反論となる。まるで相撲のうっちゃり、定頼は土俵の外へ豪快に投げ捨てられたも同然の、誰の目にも勝敗が明らかな痛快な決まり手だった。

「……ふふっ」

思わず笑みが溢れる。恋人がやり込められたというのに。それほど、小式部内侍の即興歌は会心の出来だった。

賢子につられたのか、クスクス、と周囲の女房も笑いだす。局は瞬く間に女の笑い声に包まれ、顔を赤くした定頼はそそくさと退散していった。そうなるともう、遠慮できずに皆して爆笑だった。

「あはははは！」

――定頼殿は、親を引くのが好みか。

笑いながら思った。以前賢子へ向けて、公任卿から紫式部への言葉を再現してみせたように、今度は小式部内侍に声を掛けるのに彼女の母和泉式部を引き合いに出した。そしてその効果は、と賢子はチラリと扇の上から小式部内侍を窺い見る。整った顔に勝ち誇った笑みを浮かべ、恋敵ながら美しかった。その頬を上気させているのは、勝利の興奮だけが理由でもあるまい。同じ立場だからわかる。親の七光りを承知で宮中に飛び込んできた身には、定頼のやり方はなかなか優越感をくすぐられ、案外楽しく感じられるものなのだ。当代きっての貴公子から、そんな風に声を掛けられる女は自分くらいしかいないのだから。

――さて、しかし、如何にしたるものか。

同じ条件の女が他にもいるとなれば、定頼一人の浮気な心を当てにできるほど、賢子は夢見がちな性分ではなかった。彼ほどの身分ならば妻が複数いても当たり前だが、おそらく複数の妻の一の地位さえ、望むには身分違いだろうということも理解していた。自分も小式部内侍も、側室ですらなく妾にしかなれない。それでも、子供を産めばまだ養育費名目の援助は受けられるだろうが、影も形もない授かりものにすべてを張るような賭けには出られない。斎院中将の君を思えば、自分の人生には、結婚が必要だった。

「悪くな思いたまいそ、頭弁殿」

向こうにとって唯一の女でないことを恨みはしない。身分からも、貴族の婚姻の性質からも、それは当たり前だった。ただし、夫婦になれぬただの愛人関係でしかないのなら、それはお互い様だというだけだ。取るに足らぬ受領階級の女にも、人生があるのだ。

『源氏物語』の軒端荻は蔵人少将と結婚した。その作者の娘は、もう少し上を狙いたいと思った。そして、蔵人頭は一人ではない。定員が二名の役職である。

「狙わば頭中将、やな」

蔵人頭と左近衛中将を兼任する源朝任《あさとう》は、定頼と同じく大納言の息子であるが、定頼と違って跡取り長男ではなく七男であり、また後ろ盾の父君はすでに没している。そういう条件だと賢子にも手が届く。現に、彼の複数ある妻のうち一人は受領階級出身だ。彼は国母彰子の従兄弟であるが、彼の亡き父と彰子の母が異母兄妹という程度の、貴族社会では他人よりましという程度の繋がりだった。卑しからず貴すぎもせず、賢子と主君の間のちょうど良いところにいた。狙い目だった。

花見の季節になる頃には、定頼と二股を掛けつつ、朝任とも文を交わす仲になっていた。

「かくねびたる男に、あまり艶事言い戯るものにはなし、越後弁の君」

朝任は賢子の十歳ばかり上で、それを気にしているのか大人の意地なのか、どれほど言い寄っても、大人をからかうものではない、と諫めるような態度だった。そうすると、逆に気になった。どうも自分は、逃げられると追いたくなる性分らしい。初めて知った。それでも、どれほど押してみても、彼は微笑みながらこう言うのであった。

「母君は、ご存知か？」

同じ母を引き合いに出すのでも定頼とはこうも違うのだな、と思った。まだ世の危険もろくに知らない、しかし魅力的な若い娘さんとお付き合いするのなら、親の承諾を得た真面目な交際でなければいけませんよ――というわけだ。とはいえ母に言う気にはなれなかった。母と、そして祖父から、あるいは形ばかり異母兄から正式に縁談を申し入れれば、まともに断ってくるだろう。それを賢子が察することさえ、おそらく朝任は織り込み済みだ。波風を立てぬうちに引け、とあくまで穏やかに言っているのであった。

その真面目さと、一方で融通の利くところが、ますます唆《そそ》られた。結婚してしまえば、それなりに扱ってくれるだろう。定頼と違って、ぎりぎり縁談が成立するくらいの身分差である。彼さえその気になってくれれば。

「一夜の慰みにても良からば、我も吝かにはあらねども。かく扱わるるは、越後弁の君も、また誰より母君の紫式部の君にも、心安らなるところにあらざめり。翁をば、な言い辱めたまいそ」

誰よりも節度を弁えているくせに、悪い男に弄ばれないうちにお帰りなさい、とばかりにお世辞でも下心を滲ませつつ振ってくる言動が、ちょうどツボに嵌まった。彼の小憎らしいところは、そうやって拒絶する振りをしてみせながらも、いざ賢子が定頼なり他の男なりと遊ぶと、気の利いた歌を寄越して諦めさせてくれないところだ。

『思ふことことなる我を春はただ花に心をつくるとやみる』

定頼といい、歌に生き恋に生きる男はこれだから。それでも、自分のような年上の男に一時弄ばれるだけの恋など母君は歓迎しないだろう、と言ってくれるだけ親切というものかもしれない。何でもありの恋の世界では、誠実な部類かもしれなかった。

だから、こちらも真心と嘘が入り混じった歌を返した。

『誰もみな花の盛りは散りぬべきなげきのほかの歎きやはする』

老いぼれとご謙遜だが、誰だっていつかは年を取るのに、そんな風に袖にされては嘆くしかない。別に花が散ること、若さを失うことへの嘆きだけではない。

朝任はまた、やれやれ、と困ったように微笑むのだろう。だがそのうち絆される、その見込みは十分にあった。

　そうして虎視眈々と良縁を狙っていると、何かを嗅ぎつけたのか、定頼から歌が届いた。良い枝ぶりの梅の花に括り付けられた洒落た恋文は、さすが当代きっての色男ならではだった。

『来ぬ人によそへて見つる梅の花散りなん後の慰めぞなき』

　歌も良い出来なのがまた。光源氏を気取るには十年早い、と以前思ったのは訂正したほうが良いかもしれない。三年後には十分光源氏を気取れそうだった。しかし、誰が散る花だこの野郎。賢子が朝任に宛てて詠んだ歌を聞きつけたのだろうか。小式部内侍のことがあるからお互い様のはずだが――と思って、歌を返しておいた。

『春ごとに心をしむる花の枝《え》に誰がなをざりの袖か触れつる』

　どっちもどっちだ。小式部内侍もまた男を掛け持ちしていて、左近衛大将藤原教通卿が白河へ花見に出かけるというので彼に恋歌を送っていた。

『春の来ぬところはなきを白河の辺りにのみや花は咲くらん』

　こちらにも花は咲いているのに、と誘いをかけるその歌まで賢子が知っているのは、お互いの二股を定頼には黙っているという共同戦線を張ったからである。半ば公然の事実だとしても、水面下に沈めておいて白を切り抜くのとそうでないとは大違いである。それにしても、教通卿の正妻は定頼の実の妹であるというのに、小式部内侍はずいぶんと面倒臭いことをする。あるいは男同士でとっくに、妾を共有する合意のようなものがあるのかもしれない。しかしそれは、当事者間では丸く収まっても、父であり舅である公任卿の耳に入れば火傷では済むまい。

「知らんえ」

他人事と決め込みつつ賢子は朝任への攻勢を続けた。定頼に負けず劣らずの色好みと名高い教通卿からも誘惑のような手紙が一、二度届いたが、それは返歌もせず無視した。定頼でさえ結婚など望めないほどの身分違いなら、今や天皇の叔父である教通卿とはどう足掻いても未来のある関係は望めない。色事を抜きにして親交を深めるなら、賢子が媚を売るべきは、教通卿の嫡兄の関白頼通公である。紫式部の実質的な主君は公任卿でなく道長公であったように、賢子が忠誠を誓うべきは道長公の嗣子《しし》頼通公だ。寄らば大樹の蔭、恋の駆け引きも縁談探しもすべては自分の人生のためなのだから。

賢子は舵を切った。狙いはあくまで朝任、あるいは同等の男との結婚。正妻は望み薄だろうが、子供を産めば側室として扱ってくれるくらいの、手が届くギリギリの身分の男。定頼や、教通卿や、同等の階級の年近い貴公子との交流は、すべて縁組のための箔付けだ。

割り切ってしまえば、恋歌のやり取りは芝居に興じているようで面白かった。それはそれで楽しかったが、ときめきは薄かった。斎院中将の君が最後に叔父の歌だけを抱きしめて去った時の何かは、打ち棄てられてきっと二度と戻らない。それも、彼女のような人生はごめんだと思って出仕した以上は仕方のないことだった。

賢子は、定頼に教通、また教通の異母兄の頼宗と浮き名を流して名を上げ名を売った。悪名も名なり。斎院中将の君だって、その名が轟いたのは、歌の腕前もさることながら、決め手は『紫式部日記』に書かれた悪口によるところがきっと一番大きい。世間の耳目を集めるには、多少下世話なくらいが最も効果的だ。

「――越後弁の君。話が」

主君、国母彰子から声が掛かったのは、賢子の恋が十割打算に切り替わった、まさにその同時期だった。

三　れんちゅう【簾中】

結婚することになった。

国母彰子は、自身の産みまいらせた男児が登極して二年後に、太皇太后の宣旨を受け、三后の首座に就いた。この世で最も貴い女性は、賢子に縁談を持ちかけてきた。

「我が従兄弟の、粟田《あわた》左衛門督《さえもんのかみ》が、越後弁の君を見初めて。良ければ、文など」

望外の良縁である。何せ相手は公卿だ。粟田左衛門督とは、粟田の地に荘園を有し、左衛門督と権中納言を兼任する、藤原兼隆《かねたか》卿のことである。太皇太后彰子の従兄弟という点は朝任と同じだが、朝任が母方の従兄弟なのに対し、兼隆卿は父方の従兄弟である。つまりは、事実上の最高権力者藤原道長公の、血の繋がった甥であった。一方、道長公の直系ではないために、今は摂関家の主流を外れ傍系の地位に甘んじている。

彼は賢子より十五歳ほど年長で、すでに正式な妻との間に息子が複数ある。長子の嫡男などは、賢子とは二、三歳しか違わない。だからこそ妾妻を持つ余裕もあるのだろうが、しかし本来なら妾として声を掛ければそれを済むところ、わざわざ太皇太后を通して正式に婚姻を申し込んできたのはどう考えても解せない。

「有り難くも忝《かたじけな》きばかりの御話にて……よろしければ、如何なる経緯に侍りしか、伺うても？」

「汝が母君の頼みぞ」

母が、娘にそろそろ身を固めてもらいたいと主君に相談したのだという。なるほど、高名な紫式部たっての頼みとあれば、太皇太后も疎かにはしない。それで身内に声を掛けたところ、手を挙げたのが兼隆卿ということだった。

人付き合いの下手な母の伝手では大した縁談など来ないと思っていたのに、大誤算だった。そうか、国母に頼むという手があった。

——しかし、そうは言うても、これは何かある。

いかな太皇太后の仰せ言とはいえ、公卿は賢子のような階級の女との結婚など撥ねつけることができる。どう考えても身分不相応だし、たとえ国で一番貴い女性の頼みでも、このような縁談は侮辱と取って固辞することができる特権階級こそが公卿だ。それをあえて受ける理由が思いつかない。実の従兄弟なら、今さら太皇太后に恩を売ったり縁続きになっておく必要はない。個人的な好感が理由とも考えられない。これまで兼隆卿とは交流はなかった。

とはいえ、その理由までは太皇太后彰子の知るところではないだろうから、本人に訊くしかない。どんな裏があろうと、太皇太后の仰せを断る道など公卿の姫ならざる賢子にはない。ただ深く頭を下げて、受け入れた。

定頼らと行ったような、文や和歌のやり取りを経て交流を深めるという通常の段階は形ばかり超高速ですっ飛ばして、あっという間に一夜を共にすることになった。

三十代の半ばを過ぎたくらいの兼隆卿は、髭が濃く胸毛も脛毛もびっしりの、男性的な人物だった。見た目に違わず、彼は歌に寄せたり故事を引いたりという婉曲なやり取りを好まず、直截に言い放った。

「子を孕め。そがために、わぬしを選びたり」

気遣いの類《たぐい》を期待するだけ無駄な人種だと見て取った。これは私生活も気を張ることになるかもしれない。先行きに一抹の不安を感じながらも、賢子もまた言葉を飾らず応答した。相手によっては無礼と取られても、兼隆卿にはそのほうが良いはずだ。

「畏れながら、粟田殿。御身にはすでに人品骨柄卑しからぬ北の方との間に壮健なる嫡子のおわしませば、この上なお我が身に寵を授けたまうとの有り難き御慈悲は――凡人の身には御胸中を図りかね、我が身が情けのう存じます。何卒、御心のうちを聞かせてたまわりたく……」

「産め、とは言うておらず。孕め、とのみ。――それ以上の説明を要する頭にはあるまじと思うたるがゆえに、わぬしをば選びたり」

——なるほど。

確かに、そこまで言われれば賢子にはわかった。今上帝と皇太弟は一つ違いの兄弟で、今は二人とも十代の半ばだ。そしていずれも、すでに結婚している。相手は母后彰子の実妹威子と嬉子で、つまりはどちらも叔母と結婚したことになる。道長公は、それだけ皇統を抱え込んでいる。他家が割って入る隙は、今の後宮にはない。

十代半ばの男子が二人してすでに既婚者ならば、遠からず子供ができるだろう。皇室に子供ができれば、乳母が必要になる。

「子ならで、チチを望みたまうか」

後宮における乳母の存在は重い。貴人にとっては実の母よりも近く親しい。その恩恵は周囲にも及ぶ。乳母子《めのとご》は兄弟同然に育ちやがて側近に取り立てられ、乳母の夫は乳父《めのと》として実質的な後見を掌握することができる。要は、兼隆卿は、次の次の代の天皇の乳父になりたいのだ。自身の娘を入内させ国母となし天皇の外祖父となることは、今現在は道長公かその嫡子でなければ抱いてはならない望みであるだけに、乳父の座を狙った。

皇族の乳母は、ただその時期に乳が出ればいいというものではない。あまり身分が低すぎては困る、さりとて授乳奉仕は公卿の姫が行うような労働ではない。そして、乳母は養育の役目も担うのだから、礼儀作法や宮中儀礼に通じ、教養高い女でなくてはならない。また、すべての条件を満たしたとしても、まったく見知らぬ女よりはすでに縁のある者に託したいというのが人情であろうから、かねてより宮中に出入りし皇家の信を得ている女でなくてはなかなか声が掛からない。それより何より、生き馬の目を抜く宮中で否応なしに権力争いに巻き込まれる立場にあって、踏ん張り切れる女でなくては務まらない。

「我が妻はすでに四人を産み、これ以上は。宮中にも参りたることのなき女や。その点、わぬしは良き年頃や。生まれは公卿の妻には些か不足なれど、そがためにぞ授乳奉仕はさせらるる。かの紫式部の娘ならば傅育の任も適わん。国母の覚えもめでたく、宮中に出入りして数年、公卿らと渡り合うも慣れたるものなめり。何より、本人に成り上がらんという野心のあるのが好ましと思いたり」

確かに、そこまでの条件に合致する女はそういない。小式部内侍は、と一瞬考えたが、彼女はあまりにも身分違いの教通公との恋に興じていることからも明らかなように、求めるのは恋愛そのものであって出世ではない。賢子の人生設計を兼隆卿は見抜いて、共闘を申し入れてきてくれたのであった。

断る理由はない。元より玉の輿だ。折よく妊娠できるかは博奕だが、他の条件がこれだけ良いなら賭ける価値はある。

「御礼の申し上げようも侍らず。よろしゅう頼み申します――我が君」

押し倒され、睦言もなく荒々しく抱かれた。他の男と経験済みで良かった、と思った。これが初めてだったら多分心に深い傷を負っていた。

こうして賢子は、潔いほど打算しかない経緯によって、人妻になった。我が世の春、人生の栄光と安泰のためには、夫の胸毛に窒息しないだけの肺活量が必要だと学んだ。


結婚から二、三年ほどして、賢子は妊娠した。

その間、色々なことがあった。まず母紫式部が没した。月下氷人など似合わぬ母が太皇太后彰子に娘の縁組を依頼したのは、死期を察しての親心だったようだ。賢子が、側室とはいえ公卿の奥方に収まり、まずまず不自由のない暮らしをしているのを見届けた後、身辺整理を済ませて母は静かに逝った。

道長公からも太皇太后彰子からも見舞いの品が届き、兼隆公の手配で葬儀は厳かに営まれた。夫は、黒く毛深い胸の内は複雑だったろうが、表向きはしめやかに葬儀を執り行った。道長公に恭順を示すためには、葬送儀礼は疎かにできない。しかしそれは最近親《きんしん》の賢子をきっちり一年間喪に服させないといけないということでもあり、妊娠しづらい雰囲気が漂った。常人ならそこまで気にしなくて良かったのだろうが、母の文名が仇になった。聞いたこともない親戚が、目に涙を溜めてお悔やみに来るのである。『源氏物語』の登場人物の誰かに自分を重ねて感情移入し、その昂った感情に酔ったまま、唯一の肉親を喪ったばかりの賢子にぶつけに来るのだ。作者の娘として言わせてもらうなら、知らんがな、の一言である。母の書いた登場人物の言動心情がどれほど読者に重なったところで、母は読者の理解者ではないし、まして賢子は無関係である。せめて服喪期間中は遺族を気遣ってほしい。

柄にもなく感傷的な気分が続いたが、悲報は自分の家のことだけでもなかった。定頼の妹、教通公の妻が、産褥死したという報せを人づてに聞いた。

「世は無常やな……」

四条大納言公任卿の息女に生まれ、今や内大臣となった教通公の正室であった女は、毎年のように妊娠出産して二十代半ばで力尽きた。賢子より遥かに恵まれ、多くのものを持っていたはずの女の人生は、ただ子を産むためだけに使い潰された。

華やかな宮中も、恋の駆け引きの楽しみも、彼女は知らずに逝っただろう。賢子にさえ粉を掛け、小式部内侍やら誰やらと遊び回っていた教通公は、貞淑な夫とはほど遠い。肝に銘じねばなるまい。すでに二親亡き賢子は、彼女よりさらに立場が弱い。この体と命が擦り切れ磨り潰されることだけは、何としても避けなくてはならない。たび重なる妊娠出産は命の危険が伴うなら、何としてでも一度で好機をものにしなくてはならない。

果たして、運は賢子に、あるいは夫兼隆卿に味方した。喪が明けるまで、中宮威子にも東宮妃嬉子にも懐妊の兆しはなかった。おかげで夫には何ら不満を言われることもなく、むしろ一周忌には道長公と太皇太后彰子から労いの言葉と品を賜ったとかで、兼隆卿は適当な口実を付けて賢子にも結構な心付けをくれた。

喪が明けると、賢子は太皇太后御所に伺候するだけでなく、東宮御所への遣いも積極的に引き受けた。服喪装束では縁起が悪いとされしばらく遠のいていた場に、ここぞとばかりに出かけて行った。太皇太后彰子は無理はしないでいいと気遣ってくれたが、「今は里なき我が身は、務めこそ本分に侍れ」と笑って返すと、それ以上は賢子の仕事ぶりに歯止めをかけようとはしなかった。

内裏、それも中宮威子のおわす藤壺《ふじつぼ》への探りは、夫に任せた。彼の実妹は、中宮威子の御匣殿として、衣装の一切を任されている。腹が膨らんでこようものならすぐにわかる。手薄なのは、皇太弟のほうだった。どうにかこうにか口実を見つけては、東宮御所に参じて側仕えに袖の下を渡し、情報収集に勤しんだ。

そして、主君の息子たちと妹たち、二組の貴い夫婦の様子を夫婦で具に窺いつつ、自分の月の訪れも考慮に入れて、ことという機を断じた。

——今や。

それは、不思議な感覚だった。直に見聞きした事実、実態があやふやな風聞、言葉に表せない御所の雰囲気、月の満ち欠け、自分の体調——ある日すべてが頭の中で混ざり合い、パチン、と指を弾いたような音が脳内に響いた。ここだ、と思った。

「殿に、今夜は何卒おわしませと、伝えよ。たっての願いやと」

賢子には太皇太后御所に自分の局もあるが、その日は兼隆卿の邸に下がった。髪を梳かし香を焚き上等の衣を引っ張り出して身に着け、念入りに化粧して夫を待つ。格下の側室からの不躾な頼みでも、何を言わんとするかはわかったのか、彼はその夜に賢子の寝所を訪れた。

「今か？」

「頃合いと存じます」

それから三日三晩、抱き合った。賢子の紅と白粉が兼隆卿の胸毛に拭き取られ、一度は赤と白に染まったその胸元が、汗ですっかり洗い流されて再び黒々と茂るまで。

半月後、月のものは来なかった。やたら焦れったい気分になった。そのうち食事の度に吐き気を覚えるようになった。賽は投げられた、だがまだ目が出ていない。自分らしくもなく苛々とした気分で、賢子は御所の様子を窺った。そして、待ちに待った一報を、女房の伝手で聞いた。

「尚侍《かん》の君の、月の障りが、今月はまだ……」

それを聞いた途端、安堵して、賢子は局に駆け込む。桶に思いきり嘔吐した。

尚侍の君とは、太皇太后彰子の末妹、東宮妃嬉子である。賭けには、勝った。あとは、この勝ちが、どれだけ大きいかだ。

　賢子が嘔吐しているのを見つけた同僚女房から話は太皇太后彰子に伝わり、賢子はどうやら妊娠したようだと啓上した。すぐさま産休に入ることになった。夫兼隆卿の反応は、さほど温度が高くなかった。それは半ば予見していたことでもあった。

「東宮の御子が先か。尚侍の君が御腹に宿りたまいし御子も、男児とも限らず」

　先に妊娠したのは、今上帝の中宮ではなく、皇太弟の妃だった。さほど歳の変わらない兄弟のこと、今後今上帝のほうに皇子が生まれる可能性はまだ十分ある。次々代の皇位継承は依然不透明であった。

「とは申せ……男御子の生まれたまうを、待てるものにはあらねば……まずは、同じ時期に孕みたるを、褒めたまえ……」

　悪阻がしんどい。始終吐き気がして、吐いても治らない。これが十月十日続くのだろうか。脇息に突っ伏すと、「諾《うべ》なり」と夫の声がした。

「要るものがあれば何なりと申せ。まずは、良うし得たり。無事に生まれずとも良かれども、乳の出づるほどには腹の中の子は育てよ」

　答える気力もなく、賢子は手を振った。兼隆卿の言葉の、特に後半に、何か言ってやるべきだったのかもしれないがそれどころではなかった。彼が賢子の部屋から退出していくのを見送ってから、賢子は大いに吐き散らした。

「うげえええっ！」

食べたものを全部吐き戻し、緑色の胃液まで出てきた。顔から血の気が引いて目もろくに見えなくなる。鼻を突き刺す酸っぱい悪臭だけがやたら鮮やかだった。

「母上ぇ……助けたまえ……」

幼少期からしっかり者だった賢子は、母を頼るということがほとんどなかったが、今初めて切実に母の助けが欲しいと思った。没後にこんな心境を新たに知るというのも皮肉な話だ。

母も、自分を妊娠した時、こんなに苦しかったのだろうか。賢子はこれまで、自分のことを、利発で手の掛からない良い子だと思っていた。だが、こんな思いをさせていたなら意識を改める。親不孝で申し訳ない。三回忌は盛大に執り行うから、と思って線香の匂いを思い出してまた吐いた。


それから十月十日、というのは言葉の綾というもので実際はそれよりも短かったが、賢子は女の子を出産した。無事に生まれなくてもいい、と実の父親からなかなか酷いことを言われた子は、親父の思惑など知るかとばかりに元気に産声を上げた。ツクツクボウシの鳴く季節だったが、娘の泣き声は数百匹の蟬の音をかき消した。

「さすが、我が子……」

大仕事だったが、産婆によると安産の部類らしい。嘘だ、と思ったが、確かに消耗はしていても命の危険を感じるほどではなかった。栄光と安泰の薔薇色の人生はこれから摑むのだ、道半ばで斃れてたまるか。

乳は溢れるほど出た。普通、公卿の子は乳母の乳で育つものだが、吸ってもらわないと胸が張って痛くてたまらないので、娘の口に含ませた。

産んでしまった後の肥立ちは順調で、三日目には歩けた。できるだけ動き回り、適度に食べてよく眠り、果報を寝て待った。

数日ほどで、喜色満面の夫が駆け込んできた。

「東宮に、男御子の生まれたまいたるぞ！」

――賭けに、勝った。

賢子は袖の中で拳を握った。兼隆卿は如才なく、賢子の乳母出仕の話を纏めてきた。

不幸なことに、東宮妃嬉子は、出産から二日後に薨去した。臨月に麻疹に罹ってしまい、出産から二日後に病死したのである。罹患したとはいえ病状はそれほど重篤ではなく、安産であったと見えただけに、その急死は周囲に衝撃をもたらした。わけても、末娘を喪った父道長公の悲嘆は凄まじかった。

長姉たる太皇太后彰子も気落ちしていた。女房として主君には同情を差し上げたが、賢子夫婦は純粋にそれだけでは済まなかった。　兼隆卿は、賢子を抱き寄せ、耳元でこう囁いたのである。

「御子の、唯一の母たれ」

　実母が薨去したとあっては、生まれた王子が母として慕う相手は乳母だけになる。

兼隆卿は、叔父の道長公に表向きは丁重に弔意を示しながら、賢子の前ではほくそ笑んでいた。

「……乳母の任を拝命せしは、我一人のみにはあらざるに」

「ふん。年増に負くる女か？」

　賢子のことを欠片も愛していない夫こそが、賢子の思考も気性も思惑も一番理解している。苦笑するしかなかった。

　貴人の乳母は大抵、一人ではない。皇室となれば最低でも三人、その後も相手の成長に応じて補充される。乳児期に乳をやる乳母と、幼少期に初等教育を施す乳母が別々に任じられる例もよくある。今回、まずは授乳奉仕する乳母と定められたのは賢子ともう一人あった。さらに、現在妊娠中で臨月を迎えている別の女も、出産後の乳母任命が内定していた。

　東宮の第一王子、太皇太后彰子にとって初孫の男御子、現皇位継承権暫定第二位の赤子の「唯一の母」たらんとすれば、最低でもあとの二人を出し抜き蹴落とす必要がある。だが、夫はその点は楽観視しているようだった。理由は、初産でまだ二十代半ばの賢子に対し、もう一人はすでに四、五人の子を産んでおり、だいぶくたびれていた。出産は、命懸けだ。先年逝去した、内大臣教通公の正妻を思えばわかる。おそらく、いの一番に揃って乳をやる相手とは、簡単に勝負がつく。

問題は、もう一人の、後からやってくるほうだ。そして今後、卒乳した後に教育係として新たに任命されるであろう女たち。だがそれも、夫は大したことはないと見ているようだった。

確かに、教養であれば賢子はそんじょそこらの女には負けない。卒乳しても引き続き教育係に任命されるだろう。ならば、出仕開始時期が早ければ早いほど、賢子の優位は確固たるものになる。同時期に出仕する女には体力で勝るだろうし、少し遅れて授乳奉仕する予定のいま一人は特段の文名を聞かない。

「娘のことはな案じそ。我が邸にて良う傅いて育むゆえ、わぬしは御所に寝起きして乳母の務めに専念せよ」

――人質を、取られたり。

抜け目のない夫は、やはりどこまでも賢子を手駒としてしか見ていない。安心するにはまだまだ早かった。賢子は笑みを消し、深く頭を垂れた。

四　やつぎばや【矢継ぎ早】

弁乳母《べんのめのと》、と呼ばれるようになった。

呼び名と共に、扱いがまるで変わるのを肌で感じた。王子の衣食住に関わる万事、誰も彼も賢子に伺いを立てるようになった。筆頭が、東宮敦良親王その人だ。

「よろず、不自由なきよう。我が子に必要なものあらば何なりと申せ」

「承りまして」

十七歳で父となった皇太弟は、すべてを賢子に一任した。身分からも年齢からも、父宮は乳児の世話の細かいことを差配できはしなかった。こうした事項は通常母方か、さもなくば祖母が色々と手配するのだが、東宮妃嬉子は亡くなり、祖母にあたる太皇太后彰子は末妹を亡くした悲しみに沈んでいた。何も知らない乳児は、賢子の乳をよく飲みよく眠った。日常の世話は、すべて賢子が取り仕切るようになり、道長公や太皇太后彰子がやっと気を取り直して様子を尋ねてくる頃には、王子は明らかに賢子に懐いていた。

「御祖母の宮におわしますぞ、若君」

「健やかに育って……」

太皇太后彰子の所望で、まだずり這いもしない王子を抱いて御前に参じれば、実の祖母を前に彼はポカンとした表情を浮かべるばかりだった。人見知りこそしないが、太皇太后彰子の腕に抱かれても笑いもせず、どうも何かが違う、というような表情で固まっていた。

賢子の腕に戻れば、キャッキャッと笑う。賢子はできるだけ太皇太后彰子に近寄り、王子の顔を見せるように抱く体勢を絶えず微調整した。

「良う懐きたること。これからもよろしゅう頼むわ」

「御意。太皇太后の障りにならぬ程度に、若君を連れ参じはべらん。御祖母の宮に、人見知りなどなさることのなきよう」

そう言えば、太皇太后彰子は、よろしい、と言わんばかりに微笑んだ。

王子を独占して主君の不興を買っては何にもならない。「唯一の母」と祖母は共存できる。太皇太后彰子の覚えめでたいように立ち回ることも重要だった。

王子は、父東宮の御所ではなく、太皇太后御所で養育されると決まった。子供は母方で育てられる慣習があるので、それはむしろ当然だった。その太皇太后御所内では、一片の手抜かりもなく振る舞わなくてはならなかった。御所の外には、不安要素が山積みなのだから。

『東宮の御子が先か』

夫の平坦な物言いを思い出す。賢子の乳を飲んで育つ子供は、まだ王子だ。皇子ではない――皇孫にすぎない。父宮は東宮に叙され、兄帝より先に薨去するのでもない限りは即位が約束されている。だが、この子は。今上帝に皇子が生まれたら、現在第二位の皇位継承順位はずるずると落ちてゆく。そうなってしまっては、賢子が乳母になった甲斐はない。夫にとっては賢子の利用価値が失せるということでもあり、そうなったら賢子の人生はお先真っ暗だ。打算だけで繋がっている夫婦は、算木を並べて計算した結果が赤字なら、すぐさま清算してご破産である。そんなことになったら、栄光と安泰な人生を求めての結婚だったのに、本末転倒だ。

年が明けると、否応なしに物事は動いていった。まず、賢子の主君、国母藤原彰子が落飾して太皇太后の位を退き、宣下を受けて女院《にょいん》となった。孫を、それも男の子を得て、引退する時期と見たのであろう。誰も時の流れに抗いようもなく、世代は移り変わっていく。それはいい。問題は、その行き着く先がどこかという点だ。

賢子夫妻の懸念は現実化した。したたかな兼隆卿は、中宮御匣殿《みくしげどの》である妹の口利きで、二条にある自身の邸宅を今上帝の中宮威子に献上し、中宮の里内裏としていた。その二条の邸宅に、ついに中宮威子が宿下がりするという。それは、懐妊が公になった、ということだ。東宮に第一王子が生まれてから、丸一年経った頃のことだった。

その頃ちょうど、王子はつかまり立ちをして伝い歩きをするようになっていたのだが、その祝いは中宮の妊娠騒ぎにかき消されてしまった。

内裏を産穢に触れさせないために、妊娠した后妃は出産が済むまで後宮を退出する。つまりは、夫の手の内で、今上帝の第一子が誕生することになる。

『無事に生まれずとも良かれども』

――あるいは、しないのか。

皇子が生まれたら、どうなるだろう。出産から一年を過ぎ、賢子の乳はもうだいぶ出が悪くなっている。吸われ続ける限りは乳はなかなか止まらぬものらしいが、それでも、これから生まれる赤子への授乳まで兼任するのはどう考えても厳しい。

捨てられる――と、恐怖に慄《おのの》くような可愛げのある性格ではなかった、残念ながら。

現在、都合よく出産を控えている女は、兼隆卿の周囲にはいない。少なくとも、賢子の把握している限りでは。よしんば都合よく隠し子が生まれそうだとしても、その母が賢子ほど乳母向きの資質を持っているということもないだろう。紫式部の娘と同等の才女はそこらにゴロゴロ転がってはいない。そして、兼隆卿は、賢子を娶った時の謀略の気の長さからして、利用価値が多少落ちても、今すぐ賢子を切り捨てるような暴挙には出ないはずだ。

だが、だからこそ、怖い。皇子の誕生を歓迎する理由が、夫にはない。男の子が生まれたら、女の子とすり替えることも、あるいは命を奪って死産であったということにすることも、どちらもできる。夫は慈悲深い性格ではない。自分自身の娘を妾妻に対する人質として扱うぐらいには、非道になれる男だ。

「触らぬ神に祟りなし、か……」

距離を取ったほうがいい、と賢子は判断した。中宮威子の世話は夫と義妹に任せ、自分はひたすら女院御所で王子と遊びに興じた。

「それ、投げますよ」

毱をころころと転がすと、王子は「あー！」と歓声を上げながら手を伸ばし、受け止めた。舐めて齧ろうとするので、お止めした。

「食べ物には侍らず。さ、この乳母がもとへ投げ返したまえ」

二回無視されて、両手を広げて催促して三回目に、王子は毱を押し返した。部屋の片隅に転がって行く毱を賢子は追いかけ、また王子へ向けて転がす。数度で飽きたと見えて王子が目を擦り出せば、昼寝の準備をして寝かしつける。昼寝の間に本日の王子の体調や様子など記録を付ける。女院と道長公に向けても、王子の近況を知らせる手紙を書いて人に託《ことづ》ける。自身の仕事ぶりは抜かりなく喧伝しておかなくてはならなかった。

二条に波乱の兆しがあるだけに、賢子は隙を見せずに精勤した。そして運命の日がやってきた。万寿三年十二月九日、賢子と東宮妃の出産の翌年の暮れ、中宮威子は朝方から産気付き、昼下がりの未二刻に今上帝の第一子を産みまいらせた。

「女宮、御誕生！」

――女の子。

その報せに、賢子は気が抜けた。夫も安堵したことだろう。これでまだ、しばらくは安泰だった。

「中宮の御容態は？」

賢子は一報をもたらした使者に尋ねる。彼は名を高階成章《たかしなのなりあきら》といい、春宮坊《とうぐうぼう》の判官たる春宮大進《たいしん》を務め、東宮敦良親王の家政管理のため日夜手と足と頭を動かしていた。当然、彼の職務のうちには、東宮の子の健康管理や衣食住の差配も含まれている。王子の在所たる女院御所と東宮御所を行き来し、賢子に諸々の連絡を行うのは大抵成章だった。

「頗《すこぶ》る安らけく」

成章の返事は毒にも薬にもならない。賢子は意識して愛想を良くした。

「さようか。男御子ならざるは残念なことなれど、平安なるはいとめでたきこと」

嘘だった。皇女で良かったと心の底から思っているし、賢子の立場としては中宮の今後の懐妊もあまり望むところではないから、難産であったとてむしろ——同じ女として、これ以上は努めて考えない。だが、代わりに口にした喜びの言葉の空虚さはどうしようもなかった。

出家してなお実質上の最高権力者である道長公も、生まれたのが男でなかったことに落胆しているようだと聞こえてきた。すでに天皇の外祖父でありながら、同じ条件の王子が東宮に生まれていながら、まだ男女どちらでも安産であればそれで良いという心境には至れないのか。今さら、孫や曾孫が男でも女でも、彼自身には何の違いもないだろうに。

ただ、そうは思いつつも、女であっても今上帝と中宮の子と、男であっても東宮と亡き妃の子では、扱いがまるで違うということを賢子はまざまざと見せつけられた。年が明けると、皇女は内親王宣下を受け、章子《あきこ》という名を賜った。一方、賢子が育てる王子は、いまだに親王宣下がなく、皇位継承順位暫定第二位とはいえ身分は諸王のままである。両親が実のきょうだい同士でも、男女の差があっても、皇女と皇孫の違いはこれほどまでに大きい。

王子が皇子になるためには、今上帝にその位を降りていただく日が来なければならない。だが、今上帝と東宮の歳の差はわずかに一つ、ないようなものだ。東宮が健勝のうちにそんな日が来るだろうか。

首の皮一枚繋がったが、賢子の立場は安泰とはほど遠かった。実際、その年の後半になると中宮威子は再び懐妊し、賢子夫妻の複雑な心境が再度繰り返された。賢子は気を揉んだが、結果は今回も同じだった。

「またも女宮と」

運は、賢子に味方した。

一方、宮中には別の動きもあった。東宮妃嬉子の出産後間もない薨去により寡夫となっていた、東宮敦良親王の再婚話である。若い貴人がいつまでも独身でいるほうが不思議な話だったが、賢子は少しばかり兜の緒を締める心持ちでその報せを成章から聞いた。

「先帝の女三宮《おんなさんのみや》、一品宮《いっぽんのみや》をと」

東宮にこの先男児が生まれたところで、生まれ順からいけば賢子の育てる王子が継承順位は上だ。とはいえ、油断はできない。新たな東宮妃は、内親王であったからである。亡き東宮妃の生まれは国母彰子と同一であり、その所生の男児の継承権を危うくするものではない。それでも、内親王には劣る。

禎子内親王は、先帝三条院と、皇太后妍子《きよこ》の間の一女である。妍子は女院彰子の実妹で、中宮威子や故東宮妃嬉子の実姉であった。

「この君を差し置いて、担ぎ上げんとする者があらば……」

「なーに？」

その頃、数え三歳の王子は、一語なら喋れるようになっていた。言葉にならない声の抑揚だけでもだいぶ豊かな感情表現をするようになっていたし、大人の顔色もある程度読めるようになっていた。賢子は笑顔を作る。

「何も侍らず。――妹君が、生まれたまうやもしれませぬよ。その暁には、愛《かな》しがりたまえ」

意味などわからぬ様子で、王子は「うん」と頷いた。

大いに遊ばせて、昼寝の時間には寝かしつけると、賢子は独りごつ。

「我自らも、さて、如何にしたるものか」

安泰はまだ遠い。中宮の二度の妊娠に、心胆冷えて思い知った。生まれたのが皇女で、兼隆卿に他に有力な手駒があるわけでもなかったからよかったが、そうでなかったらどうなっていたことか。結婚は安寧の象徴だと思っていた。しかし、夫に寄り掛かることで安定を得られたとしても、それは夫に生殺与奪の権を握られるという心胆の寒さと抱き合わせだ。それでも、夫が決して自分を見捨てないと確信できるほどの何かが、愛情でも政略でも何でもいいからあれば、問題はないだろう。だが、賢子の場合はそうではない。

「娘は、健やかにしとるぞ」

折に触れて兼隆卿はそう伝えてきた。手紙で娘の様子を詳《つまび》らかに報せてくれるのではなく、宮中で顔を合わせた時にほんの一言耳打ちして、「励めよ」と言い添えて去っていくのだ。それでは娘がどうしているのかなどわかりはしない。人質は握っている、と脅しを掛けられているに等しい。王子は乳離れもしたし、御所に住み込みではなく兼隆卿の邸から通勤したいと、いくら訴えても彼は首を縦に振らなかった。正妻の手前、賢子を大っぴらに住まわせるのは難しいと、建前だけは正論だった。まだ幼児の王子には夜こそついていてやれと言われれば、引き下がるしかない。ただ、己の娘を王子の遊び相手として信を得ておきたいという思惑からか、たまに御所に連れてきてくれるだけだ。「ははうえー」と、顔を合わせる機会がほとんどないにもかかわらず、娘が屈託ない笑顔で懐いてくれるのだけが救いだった。

「叔父上が、斎院中将の君を恋い慕いたる心……」

そんなもの、兼隆卿は賢子へ、まったく、一切、完膚なきまでに抱いていない。

「内大臣、教通公の北の方の如き箔付け、その見返り……」

賢子は、哀れにも産褥死した公任卿の息女のような公卿の嫡女ではない。しかも父公任卿にも兄定頼にも大事にされていた彼女すら、子を産むためだけに使い潰されて死んだ。賢子には親兄弟の後見もない。その後、教通公は三条院の第二皇女禔子《ただこ》内親王の降嫁を受け、少なくとも世間に聞こえる範囲では後妻を丁重に扱い夫婦仲は良好だというが、それは臣下の身の男には皇女の妻がこの上ない箔付けであるからだ。誰にも有無を言わせぬ生まれの貴さは、賢子にはない。

——ならば、我には何を？……あるいは、誰を？

望むのは、栄光と安泰、どちらにも不足しない人生だ。前者は実力で何とでもしてみせるし、そのための道筋はついた。だが後者がまだ心許ない。

これからの人生を、しっかり考える必要がある。まだまだ、道行きは不透明だ。


東宮妃禎子内親王は、三人の子を産んだ。

最初の二人は王女で、賢子夫妻は既視感を味わった。三人目が、王子だった。

快不快で言えば、第二王子は不安要素ではあった。賢子の若君より生まれ順では劣るが、生母が健在かつ身分が上回るために、皇位継承順位の優劣を誰も付け難かったからである。天皇の代替わりがあって、どちらかが皇太子に叙されるまでは、二人の王子は暫定継承順位同列第二位といってよかった。

しかし、賢子はそちらを気にしてばかりもいられなかった。それよりも大きな変化が身の回りにあったからである。

「花も恥じらう娘時代にも、かほどの恋文は……」

名だたる貴公子と浮き名を流した独身時代を上回るほど、賢子はもてた。恋文と恋歌は文箱《ふばこ》から溢れ、専用の唐櫃が必要になった。

「すごいなあ、弁乳母は」

十歳になっていた王子が、頬を赤らめて感嘆したように言う。彼の手習いの指導を賢子も請け負っており、手本を探して文箱や唐櫃を漁っていると、高貴な生徒は好奇心から書類を引っくり返して乳母に言い寄る男の数を知るに至った。

「御目汚しを。何も、我をただ恋い慕うがゆえの文にはあらで、一の君の徳高ければこそ、その恩恵に授からんとこの乳母に声が掛かり候」

散らばった紙を掻き集め、しまい直しつつ、賢子は自分が育てた王子に微笑みかける。多少言葉を飾りはしたが、嘘は言っていなかった。

何も自分の美貌なり歌才なりが理由でもて出したのではないだろう。兼隆卿と結婚した時、かつての恋人たちは波のように引いてゆき、もはや誰も戯れの恋愛遊びを仕掛けてこようとはしなくなった。今も既婚者であるのは変わらない。変わったのは、周囲の状況のほうだ。

今上帝は、二人の皇女の後はとんと子を儲ける気配がなかった。元来彼は蒲柳《ほりゅう》の質であって、数年経てば周囲も皇子の誕生を半ば諦める。皇位継承は東宮敦良親王の血筋に、という方向性を誰もが考え始めた。

俄《にわか》に、賢子の育てる王子に注目が集まったのである。将を射んと欲すればまず馬を射よ、というわけで、その馬の名は弁乳母あるいは越後弁といった。

「元より、帝や東宮の乳母は求婚者が引きも切らぬものぞ」

「存じまいらせで……」

面白そうに笑う兼隆卿に引き攣った笑いを返す。今や摂関家の嫡子か、所縁《ゆかり》の家柄でなければ、公卿昇進はとても望めない。傍系の庶子や中流貴族などは、正攻法での出世が無理なら裏から逆転の目を狙った。それがすなわち、天皇の乳父あるいは乳母子である。皇位継承者の乳母と結婚し、妻と皇子との親密な絆にただ乗りし、妻との間に子を儲けて自分の子を天皇の乳兄弟《ちきょうだい》とする。そうして、我と我が家が近臣として取り立てられることを画策するのだ。

そう説明を受け、道理で、と思う。娘時代の賢子に言い寄ってきたのは、定頼をはじめとして身分高い貴公子ばかりだった。二世の契りなど考えもしない、一時の遊びが目的だった。ところが今は、本流を外れた落ち目の分家筋だったり、あるいは自分と似たり寄ったりの受領階級から、結婚を申し込む文が届く。

「仮にも公卿の妻が、今の夫より格下の男を選ぶ道理がいずこに……？」

野心はいいが、それなら選ばれる努力をしてみてほしい。賢子をその気にさせるだけの何かを示してこそだと思うのだが、唐櫃いっぱいの文の中にそんなものはなかった。熱烈な愛の言葉を書いておけばそれだけで絆されるとでも思っているのだろうか。そんな女だったら、兼隆卿の求婚を受けたりはしなかった。

兼隆卿は呵々大笑した。

「小賢しき女や。されど、それが良い」

相変わらず毛むくじゃらの胸元に抱き寄せられる。そこに白いものが混じっているのに、賢子は気づいた。

「嬉しき御言葉」

そう言いながら、夫に顔を見られぬよう、賢子は胸毛の中に顔を埋める。

――されども、我は、その道理のあったればと近頃思うてやまぬのや、我が君。

頬を擦る毛が、不快だった。

五　はしきやし【愛しきやし】

比べる相手が悪い、とは思うが。

兼隆卿より身分は低い、顔も歌も定頼よりまずい、その他にこれはと思わせるものもない――ときては、どうして相手にしてもらえると思うのか。

「とは、思わずや。大進殿」

春宮大進成章は苦笑する。今日も今日とて彼は東宮の命を受けて新しい衣やら調度品などを届け、また王子の様子の確認のためにやってきた。ついでに、「近頃、主上の御悩、深くおわしまして」と今上帝の病気の報までくれた。同じ連絡が、東宮妃禎子内親王のほうへも行っているはずだ。宮中周りの、特に第二王子の動向を知るには彼が一番の情報源なので、色々と引き留めては世間話をするようになった。

「駄目で元々、という心積もりにやあらん。元より数ならぬ身の出世は、分の悪き賭けの如き望みなれば」

「言うてなあ……」

定頼たちとの駆け引きは、未来などない一時の戯れでも、ときめきがあった。兼隆卿との結婚は打算だが、利益が出ると見込めた。目の前の恋文の束は打算のくせにそうでない風を装い、計算したところで賢子のほうには損しかなく、心ときめかすものなど何もありはしない。

「かぐや姫とて、難題を言葉にして伝えたり。何も仰せられねば、弁乳母の君の御心に適う文も差し上げられようもあるまじ。何を欲したまうか」

成章は他人事だと思ってか口調が軽い。賢子は思わず彼を睨《ね》めつけた。

「仏の御《み》石の鉢も、火鼠の裘《かわごろも》も、龍の首の珠も、燕《つばくらめ》の産みたる子安貝も、つゆ求めじ。……蓬萊の玉の枝のみは、少しばかり欲しと思えども。そうやのうて、なぁ。……四条中納言ほどにはあらずとも、せめて良き歌を一首なりとも。我を利用せんとの思いは良かれども、なお我の心を安んじせしめる何かを一つなりとも」

定頼は、今や権中納言に出世し、四条中納言と称されていた。相変わらず歌は巧みで、そこかしこの歌合せを荒らしている。声も良く書も上手く容貌も衰えず、多分今もそこら中の女を食い散らかしている。それはもう、どうでもいい。

ただ、彼を知ってしまうと、歌のひとつも詠めぬ男には我慢ならなくなった。彼を断ち切って結婚した兼隆卿との結婚には、夫に首に縄を掛けられているような屈辱があった。それを、解消できるものならしたかった。栄光と安泰、どちらも欠けない人生のために。

クス、と成章は笑った。

「なるほど」

何がなるほどなのか、成章という男もよくわからない。だが問い詰めようという気が起きる前に、「それはそうと」と話題を変えられた。

「まことに、この唐櫃を我が処分してもよろしと？」

「無論。東宮の第一王子の乳母に近づかんとの思いを抱ける者どもについて、東宮に隠し立てせんとは思わじ。とは申せ、東宮は御多忙なる御身、よろしく目を通されたる上にて目に余るものあらば、是非に大進殿から東宮へ啓上たてまつりたく」

「なかなかの骨折りと見えますが、承りたり」

成章は薄い笑みを消さない。たとえどんな思惑があったとしても雨あられの恋文は気分が悪いものではない。使い途があるならなおのことだ。火遊びは定頼のおかげで若い頃に十分知った。今、一番有用な使い途は、次期天皇である東宮の覚えをめでたくしておくことだった。

「――御夫君は？」

成章を真似るように、彼を鏡と思って賢子は笑みを作る。本心を悟られることは、いつだって得策ではない。

「無論、粟田左兵衛督にはすでに知らせております。文の百通や二百通、諳んじられぬ頭にはなければ、夫婦の間のやり取りに気遣いは無用。片や、畏れ多くも東宮への啓上には、ともすれば証を要することもあらん。さらば持ちて参りたまえ」

嘘は言っていない。賢子は卓越した記憶力を持っている。打算を上っ面だけの睦言で糊塗した恋文の一言一句、その受領日から差出人まで、すべて頭に入っていた。それを、兼隆卿に漏れなく連携しているかは別の話だけれども。

成章は一瞬真顔になった。ほんの一瞬だけで、次の瞬間にはまた微笑み、恭しく唐櫃を担ぎ上げた。

その夜、賢子はあまり寝付かれなかった。

『主上の御悩、重くおわしまして』

成章の報告のせいだ。それは何も目新しい情報ではない。賢子の主君は今上帝の母院だし、そもそも天皇の動向などどうあっても耳に入ってくる。ただ、複数の情報源が同じことを言うからには、相当のことなのだろう。

今上帝は元より蒲柳の質だ。今日明日に崩御するということはないだろうが、東宮の御即位までそれほど長くないかもしれない。だからこその、賢子への恋文の山だ。まったく迷惑なことこの上ない。天皇の崩御を待ちわびていると、逆心を疑われたらどう落とし前を付けてくれる気なのか。李下に冠を正さず。元より冠は男の被り物だ。李《すもも》の木の下に入る前に、冠は東宮に献上しておいた。

自分に火の粉が飛びかねない火種を早いうちに始末しておくと、今度は別のことが気に掛かった。本当に、崩御があったら。東宮が即位なされたら。そもそも李下に入らぬという選択をするのではなく、冠を脱いで渡したのは、李の実が欲しいからだ。案外、早熟な実だった。彼とて、兄帝の崩御を積極的に望んでいることはなかろうが、皇位が欲しくないわけはないだろう。

寝所の中でぱっちりと目が冴えていた。だから、自分の局の扉を誰かが叩いた時、すぐに反応できた。

トン、トンと音がする。控えめな音は、隣の局にはかろうじて聞こえないくらいの、絶妙な音量だった。御所を良く知り、夜に人目を忍ぶことに慣れた者が、戸の外から賢子を呼んでいた。

「誰ぞ」

誰何《すいか》すれば、返ってきたのは名乗りではなく歌だった。

「磯なるる人はあまたに聞こゆるを、誰が名乗りそを刈りて答えん」

磯の風景に寄せて、それは好色を控えめに非難する歌だった。あまりに多くの人に言い寄られているあなたは、戸を叩く相手が誰かといちいち確かめなくてはならないのだね――というわけだ。

その声と物言いで、誰かわかった。賢子が打算満載の恋文の山に辟易していたことを知っている男は多くはない。語ることがあるなら、内緒話にしておきたいのは賢子のほうだった。

音を立てないように扉を開け、招き入れた。

「大進殿」

「四条中納言ほどにはあらねども、なお良き歌と思したまうや」

悪くない。内容とは裏腹に格調高く抑制の効いた、上品な歌だった。成章は賢子の局に入り、後ろ手にしっかりと戸を閉めてから、部屋の中央まで来て賢子を抱きしめた。袖の中で、声が漏れぬように、ひっそりと賢子に囁きかける。

「弁乳母の君。我を、御身の夫となしたまわれ。成章、今生の頼みに候」

既婚者相手に、ずいぶんと直截的な求婚もあったものだった。

腕の中で、しばし考えた。

成章は賢子より十歳ほど年長で、すでに四十の半ばを過ぎている。だというのに、位階はたかだか従五位上、ぎりぎり何とか貴族に数えてもらえる程度の、下っ端だ。何が悲しくて公卿の妻から、受領階級の下級貴族に乗り換えなくてはならないのか。

しかし、彼は昼間、わざわざ賢子が何を望んでいるのか確認してから、賢子が言った通りにまずは歌を準備して忍んできた。無謀無策であるはずがない。賢子が頷くという勝算があって、このような行動に出ているのだ。

「大進殿。東宮の第一王子の乳父の座を、我は夫にくれてやることができます。その代わりに、君は何を？」

兼隆卿がすでに与えてくれている以上の何を、成章が提供できるというのか。その答えを用意しないで来たのではないはずだった。

頭の上でフッと息の音がする。暗闇の中でも、彼の微笑みは十分に脳裏に再現できた。

「一家の、主人《あるじ》たることを」

虚をつかれて、賢子は一瞬身動きを忘れた。「――恋心と真心を添えて」と付け足された言葉を、ほとんど聞いてもいなかった。成章は賢子の背をそっと撫でる。その手に込められた力はごくわずかで、賢子の頭をはだけた胸元に押し付けるには足りない。息ができる。衣に焚きしめられた香が匂った。

「弁乳母の君。東宮の一の君の、一の母たる地位は君のもの。されば、一の君の御即位の日には、君は必ずや三位を賜り典侍《ないしのすけ》となりたまわん」

それは、天皇の第一の乳母の既定路線だった。典侍は後宮の女官が所属する内侍司の次官だが、長官の尚侍《ないしのかみ》が妃妾化して実務に携わらない以上、実質的な最上臈である。

その職には、天皇の乳母が任じられる慣例があった。官職に相応しく叙位も行われ、公卿と同等の三位が授けられる。その厚遇を受けるのは複数ある天皇の乳母の中でも最上位の一人だけだが、東宮の第一王子の場合、乳母の中で最上位にあるのは、最初期から授乳奉仕を行い、自身の教養をもって初等教育を施した賢子だ。十数年の間に、その地位を築き上げてきた。問題はむしろ外、まだ皇孫であり皇位継承順位は暫定同列第二位である東宮第一王子の、登極への道を如何に引くかだった。しかし前は不透明だった先行きも、最近はうっすらと道筋が見えている。

「されば、公卿の妻たることに何の意味もなくならん。君自ら、公卿と並ぶ位を手に入ることになるがゆえに。君の側に侍ること叶うならば、我は数ならぬ諸大夫ゆえに、頭《こうべ》を垂れて従わん。己が腕前のみを頼りにいと高きところへ登りつめたる貴き妻を、下より支え扶《たす》くことを我が務めと心得《こころう》」

静かな暗闇の中で、それは大地震のような衝撃を賢子にもたらした。心拍が上がり、呼吸が荒くなる。そんなことが——そんなことが、本当にあり得るのか。

寄らば大樹の蔭、そこに安定を見たと思った。しかしその大樹の枝は首元に絡みつき絞め上げる。茂みは息苦しかった。それでも、寄る辺ない女の身には他にどうしようもないと思った。

李の実が欲しいからこそ、盗人と疑われないように細心の注意を払った。けれどももしかしたら、自分自身こそが李の木だったのか——木として、立つことが許されるのか。

「何故……？」

自分の声はかすかに震え、上擦った。至近距離で、成章がますます笑みを濃くした気配がした。

「桃李もの言わざれども下自ずから、と申すなり。李の芳《かぐわ》しければ、自ずと李下に人は集うもの」

まるで考えを読んだように成章は淀みなく答える。これは、まずい。頬が熱い。落ち着け、と自分に言い聞かせる。成章は口が巧い。まだ実際は何も言っていないようなものだ。言葉遊びは好きだが、これは語り口だけで乗っていい話ではない。

子供の頃から、人生に何を求めていたか思い出せ。栄光と、安泰。どちらかだけでは足りない。どちらも、若い時だけでなく一生にわたって、必要だった。歌人としての栄光は手に入り、おそらく天皇の乳母として女の出世街道を歩いていける。しかし安泰がまだ心許ない。兼隆卿の元では、公卿の妻として、一見安定した地位と暮らしを手に入れた。けれども心はかつてなく脅かされている。兼隆卿の心ひとつでどうにでもなる弱い立場で、血を分けた我が娘と引き離され、脅されて、ちっとも安らげなかった。安寧は遥か彼方に遠い。

だが、一家の長たる立場が賢子のものになるなら、精神の安泰は手に入る。兼隆卿の手に握られた自身の生殺与奪の権を、取り戻すことができる。

――されども、まだ足りず。

それでも、代わりに安定した暮らしを手放す気は、賢子には毛頭ない。腹を空かせて見る夢は虚しいだけだ。成章に、何ほどのことができると――

「御存知の通り、我は卑しき受領なり。倒るる所に土をも掴み、実入りの悪きことはつゆ無し。蓬莱の玉の枝は、少しは欲しと思すならん。白銀を枝とし、金を茎とし、玉を実として立てる木の枝を作らせても、我は車持皇子《くらもちのみこ》と異なりて、工匠に禄を賜りてなお財残るべし」

確かに、と思ってしまった。受領というのは、都では一段低く見られるが、代わりに非常に儲かる。賢子の祖父も、中央政界では不遇を託《かこ》っても、受領の任は途切れず暮らしに不自由したことはなかった。成章もその例に漏れない。

――ああ。まずい。

「……しかして、成章殿は、何を得たまうか」

自分にあまりに都合の良い話は裏がある。最後の理性がその問いを発したが、成章はふわっといっそう笑みを濃くして――頭上でそんな気配がした――さらりと答えた。

「十善の君の、乳母の夫たる地位を。さらに、もし叶わば、我が子が帝の乳母子となり栄達の道を歩むことを。とはいえこればかりは授かり物、天に任せん。そしてまた、何より――」

そこで成章は一旦言葉を切り、賢子の肩を軽く掴んで少し距離を取った。暗闇に慣れた目はおぼろげに顔を認識する。唇が近づいてきた。

押し付けられた唇は、五十路が見えている男にしては妙に柔らかく弾力があって、甘かった。

「……弁乳母の君。君を恋い慕う男の、心を知りたまえ。君の何がとも、いずこがとも、言葉にすること能《あた》わぬものをこそ恋と呼べ。さらばただ触れて、聞きたまえ」

はだけた胸元は、兼隆卿と違って、胸毛はごく薄かった。触れてみればそこは熱く、掌に鼓動が直に伝わった。拍動は速く、大きかった。

「恋など……当てに、ならぬもの……」

しかし、計算尽くの関係は、それはそれで無情なものだと知っている。恋にすべてを賭けるなど愚かなことだ、斎院中将の君のように最後は何も残らない。だが、賢子の望む安寧のためには、理屈ではない何かも必要だった。兼隆卿との結婚生活でそれを学んだ。

「恋あり、恋のみにはなし、野心あり、打算のみとも限らず。何もかも少しずつ、それが良き塩梅というものに候、若き君」

「若くなど……」

賢子は、もう三十も半ばだった。だが、成章は笑う。

「我にとっては、永遠に十も年若の、輝くばかりに若き女君や」

――あかん。

そこで、もう完敗だった。

六　すいさん【推参】

感極まって少し泣いてしまい、その勢いで熱い夜を過ごした。

だが、一晩寝れば多少は冷静になった。元より、何もかも捨てて恋に走れるような性格でもなければ、それが望みだったわけでもない。

「早う、人に見られぬように帰りたまえ」

翌朝は明けきらぬうちに早々に成章を追い出した。彼は、それをつれないと責めるでなく、「さらば、また近いうちに」と言って辞去していった。それが、また、何とも――悪くない。

――あれは、万事悪しからず、よろしき男やな。

定頼は、顔と、歌と、生まれと、その他諸々が抜群に良い男だった。頼宗も同じだ。朝任には、二人の貴公子のような絶対的な良さはなかったが、相対的に見て諸条件が賢子にぴったり良い男だった。兼隆卿は、悪い男で、しかし謀略もあれほど開き直って突き抜けていればいっそ評価は反転する。教通公も、同じ類の男だろう。

彼らの誰とも、成章は違った。彼だって、賢子に言い寄ってきたのは、他の求婚者らと変わらない。次の次の天皇の乳父になりたいという悪巧みも同じだ。だが、単純に乳を出すための装置としての役割を人に押し付けて憚らないような悪どさがない。悪《あ》し、ではなく、悪《わろ》し、というところがせいぜいだ。

良い方に目を向けてみても、たった一首、数刻の時間を掛けて準備した歌はなかなかのものだったが、定頼のように次から次へと華やかな歌を紡ぎ出すような才はない。良《よ》し、ではなく、よろし、というところが関の山だった。

だが、その、過不足なく極端なところのない中庸は、天下を統治するよりも、高官を辞退するよりも、白刃を踏むよりも難しい。祖父と母に教わった『史記』にそう書いてあった。

「子曰く、天下国家をも均しくすべきなり、爵禄をも辞すべきなり、白刃をも踏むべきなり。中庸は、能《よ》くすべからざるなり……中立して倚《よ》らず、強なるかな矯たり」

思わず諳んじてから、ぶんぶんと首を横に振る。たとえ得難い男だとしても、行動は慎重に。分の悪い賭けはしないのが賢子の信条だった。

心はもう明らかに傾いていても、駆け落ちするほど極端には走れない。熱に浮かされて我を忘れることができる性質《たち》ではなかった。それに、どれほど心魅かれても、男から与えられるものをただ受け取るだけでは意味がない。己の意思で、こうと気めた時に我が手で摑み取ってこそ、我が身を苛む寄る辺なさから抜け出せる。

賢子は、ただ少しずつ兼隆卿と距離を置き始めた。元々宮仕えの身は女院御所に詰めており、基本は別居婚だ。文のやり取りを控えるだけで済んだ。兼隆卿が、娘を人質として囲い込むために賢子を邸から遠ざけていたことが、ここにきて仇となる。向こうから何か言ってきても、当たり障りなく返すだけに留め、何のかんのと理由を付けて二条へは顔を出さぬようにした。

兼隆卿の正妻だけでなく、歳の近い義理の息子の存在が役に立った。高位貴族が複数の妻を持つのは当たり前なので、当然その子弟にはなさぬ仲の女ができる。ここに何かの間違いがあっては外聞が非常によろしくない。特に、父の妻妾が若く自分とさほど歳が違わない場合、男は努めて関わり合いを持たぬようにするのがあるべき姿とされ、逆もまた然りだった。『源氏物語』で、藤壺中宮が光源氏を遠ざけたように。紀伊守が、父伊予介のために空蟬のごとく衣だけを残して光源氏を拒んだ帚木と呼ばれる女と、父の生前はあえて交流を持たなかったように。

一方で、昼に夜に成章とのやり取りは増えた。夜は言い寄られているのだから当然として、昼間も連絡事項が増えた。真面目に仕事の話である。それがまた、天下にも、互いの人生にも、一大事が迫りくることの先触れにも等しい話だったので、真剣に聞かざるを得なかった。

「主上は、女一宮《おんないちのみや》の入内の御意を内々に東宮へ仰せられけり」

今上帝の第一皇女章子内親王は、十歳になっていた。結婚を考えるにはまだ早すぎる。これが藤原摂関家の姫であれば入内の手配のために初潮も迎えていない頃からあれこれ画策するのはよくあることだが、皇族の女性は半数が終生未婚を通すものだから、適齢期にならぬうちに縁談を探すことは普通はない。しかも、相手が実の叔父というのは、ひと昔ふた昔前ならいざ知らず今日ではなかなか無茶な話だ。

――ただ。

『源氏物語』で、似たような流れを読んだことがある。光源氏の異母兄朱雀院《すざくいん》は、鍾愛する娘女三宮の光源氏への降嫁を望んだ。叔父と姪、しかもかなりの年の差婚という不自然な縁談には理由があった。親の愛、それもわりと切羽詰まった父親の愛情だ。朱雀院が譲位し出家するに際して、うら若い娘を託せる相手として、准太上天皇の待遇を受けていた光源氏に白羽の矢が立ったのだった。

今上帝の心情も同じなら、と賢子は成章を見返す。彼は声を潜めて、口元を扇で隠しつつ顔を寄せて囁いた。

「御悩、日増しにいとど篤く、水を欲させたまうこと尋常の域を逸し、御身の痩せさせたまうこと甚だしきなりと」

――崩御の時が近い。

今上帝の健康状態はいよいよもって悪く、御本人も死を覚悟した。章子内親王の東宮入侍を望まれる御心の内は、弟よ娘を頼む、というわけだ。

「東宮は、何と？」

「東宮妃の手前、女一宮のことについてはまだ何とも。ただ主上の御身を案じさせたまうこと限りなく」

東宮の現在の正妃禎子内親王は、一品内親王の非常に高貴な身の上である。東宮には、皇族の妻という箔付けが欲しいという、光源氏や内大臣教通公のような動機はない。しかし一方で、年も近く仲の良かった兄の、今際の際の切実な願いは軽々に無視できるものではないだろう。

「……成章殿。賀陽院《かやのいん》へ、遣いを頼みてもよろしゅう侍りや」

「君の頼みとあらば、蓬萊へも」

今上帝が崩御なされたら、東宮が登極し、一の君はやっと皇子となる。生母の身分と摂関家の後見からして、必ず親王宣下を受けるだろう。そこまでは、賢子が何もしなくても事は運ぶ。だが、賢子にはその先が必要だった。その先の保証が、どうしても要る。兼隆卿の誘いに乗ったあの日から、それをこそ求めてきたのだから。

賀陽院は、天皇の叔父、女院彰子の嫡弟、臣下の最上位たる関白藤原頼通公の邸宅であった。

遣い、といっても何を言付《ことづ》けたわけでもない。事が天皇のお命に関わるだけに、滅多なことは手紙に書けない。ただ当たり障りのないご機嫌伺いの文を書いて、成章に託した。成章は春宮大進として東宮の名代で各所に挨拶回りをしていることにしてもらい、そのついでに賢子からの文も預かったという態《てい》にした。

梅の季節だった。成章は、梅の花に結びつけられた返信の文を携えて戻ってきた。その文の内容はやはり形ばかりの当たり障りのないもので、内容に何の意味もなかった。だが関白頼通公は、もう一度連絡を差し上げる口実だけはくれた。

良い香りの梅の花のお礼に、賢子は歌を賀陽院に進呈した。

『いとどしく春の心の空《そら》なるにまた花の香を身にぞしめつる』

表向きは、春の陽気に浮かれて上の空の心と、贈られた梅花の香りをつけた身とを並べて詠んだだけの歌だ。賢子はそれをまた成章に持たせた。春宮大進の成章に、である。春はすなわち、東宮の隠喩でもある。その心の空しさを、梅を贈ってきた人は慰めてさしあげるだろう。問題は、どうやって、という点にあった。

関白頼通公は、さほど間を置かず返歌を送ってきた。

『そらならばたづね来なまし梅の花まだ身にしまぬ匂ひとぞ見る』

訪ねて来い、と招待があった。賢子は身支度を整え、すぐさま賀陽院へ向かった。

花の香を身にぞしめつる、と詠んだのに、まだ身にしまぬ匂ひとぞ見る、と否定された。相手の言うことを真っ向から否定するのはずいぶんな無作法である。例外的にそれが許容されるのは、移ろう心を非難する時だ。言葉だけの調子の良さを咎める物言いはもはや様式美の範疇で、恋歌のやり取りでは飽きるほど見る。

賢子と頼通公の間に色めいたものはない。彼は弟と違って、女遊びに興味がない。故御堂関白藤原道長公の嫡男には若い頃から女が群がったが、彼は女色に溺れるでなく、基本的には親の世話で結婚した正妻以外とは深い仲にならなかった。さすがに妾の一人や二人はいないことはないが、本当に一人や二人で、数えきれないほどの浮名を流した実弟教通公や異母弟頼宗卿に比べれば淡白がすぎるくらいだった。

だから、この場合の「身にしまぬ匂ひ」とは不実な恋心ではなく、あるとも見えぬ忠誠心である。まだ関白の陣営にはっきり与《くみ》したとも言えない賢子に、すり寄って来るなら直接会って腹を割って話そうではないか、と言っているのだった。

相手は政治の実権を一手に握る関白左大臣、しくじれば首が飛ぶ。だが、今さら尻込みしてはいられなかった。今が最後の分岐点だ。ここで道を誤れば、これまでの人生のすべてが水泡に帰す。

賀陽院に着くと、何段階もの取り次ぎを経た後に、裏手の局に通された。一応は客間のような室礼《しつらい》がしてあったが、邸の中の位置取りからしてそう格式の高くない部屋だった。当然である。関白に賓客として遇される立場ではない。

しばし待たされてようやく対面が許された関白頼通公は、少なくとも外面は柔和な人物であった。

「春の空心は、如何にせば落ち着くかな」

穏やかな声音は、本心から気遣われていると一瞬錯覚しそうなほどだ。賢子は顔の筋肉に力を入れて笑みを作った。

「春の宮も、人の子の親におわします。御子にめでたき祝いの兆しのあることほど、喜ばしきは侍らざらん。主上は、女一宮に夫をとの御意向なる由と聞きはべり。まこと東宮ほど頼もしき婿はなかめれども、実の叔父上と姪御にて、御年にもいささか開きの侍れば」

「東宮よりは、一歳違いの一の君へと。寵を競う者も未だなければ、主上の御心をより安んじたてまつること叶うべし、とこう申すか」

物腰は柔らかいわりに物言いは単刀直入で、婉曲な言い回しを好む男ではないと知った。実際、言葉の綾の極みのような和歌でも、彼は「たづね来なまし」と大胆なくらい率直だった。

「乳母たる汝が申すならば、一の君は否やは仰せになるまじ。また我が申さば、主上も東宮も固辞はせさせ給うまじ。されども我が、今上の切なる御願いをあえて方違えんほどの理由《わけ》は何処に？」

賢子の出世は、別に関白頼通公の関心事ではない。一の君が次代の東宮宣下を受け皇位継承者の筆頭に、さらに帝へというのは彼にとっても規定路線であり、賢子と利害の対立はないはずだが、彼にとって賢子は必須の要素でもなかった。それを変えるために今日は来た。いつでも切り捨てられるところにはいたくない。

「その理由《わけ》は、内大臣殿の邸に」

関白頼通公は微笑んだまま固まった。彼の、父母を同じくする唯一の弟、内大臣教通公は、悲惨に死んだ最初の妻との間に三人の姫を儲けていた。現在皇位継承権のある男子は、筆頭が東宮敦良親王、そして同列二位が彼の息子二所である。教通公の長女は東宮と五歳差、次女は賢子が育てる一の君の九歳年上、三女は皇太弟妃禎子内親王腹の二の君より十三歳年上だが一の君とは四歳差であった。今上帝の中宮威子も九歳年長だし、次代の誕生を期待して貴人の結婚はとかく男が若いうちに年上の女と縁談を組むことが多いから、教通公が現実的に打てる手は複数ある。

一方の関白頼通公は、子宝に恵まれないことが亡き父道長公の頭痛の種でもあった。正妻を大事にする彼が重い腰を上げてようやく持った妾との間には、まだ男児しか生まれていない。その妾は今また孕んでいるというが、今度こそ首尾よく女児だったとしても、結婚適齢期まではあと十数年かかる。

道長公の生前は、教通公も兄を出し抜こうという気配は見せなかった。だが、もはやこの状況にあっては、他家の姫が入内するよりは良いだろう、という姿勢を隠さなくなってきていた。姫たちの生母だった最初の妻が死んだ後になって、あるいは死んだからこそか、彼はどこか吹っ切れたように冷徹に貪欲に権力を求める姿勢を隠そうともしなくなった。

賢子は言い募る。

「また、閑院《かんいん》の大納言殿にも」

まだ姫のいない関白頼通公が、弟を抑えておくには。弟とは何も教通公だけではない。異母弟も複数あり、わけても閑院に邸宅を構える権大納言能信《よしのぶ》卿は、東宮妃禎子内親王とその所生の第二王子への肩入れが激しい。彼もまた、大逆転を狙って、生まれ順は劣るが貴い生母が健在な皇位継承順位暫定同列二位の第二王子の後見として、出世を望んでいた。

今上帝の崩御と東宮の即位が近々起こる未来なら、第一王子か第二王子いずれかの立太子も抱き合わせだ。能信卿を勢いづかせるわけにはいかない頼通公は、順当に第一王子の立太子を行わせるだろう。だが、賢子にはそれではまだ足りないのだ。それでは、賢子は頼通公に借りを作ることになってしまう。

――一家の、主人たることを。

独り身は虚しい、そのように社会ができている。だが一方、誰かに従属して生きていくことは、首元に刃を突き立てられているような不快感がずっと纏わりついた。栄光と安泰、自身がそう言語化した望みを、別の捉え方をした上で叶えてくれるという男が現れた。その甘美な誘いは、到底断れるものではない。焦がれた。恋よりももっと激しく。

往く道が同じでも、主導するのが他の誰でもなく賢子であること。それは、どうしても譲れなかった。

頼通公は、探りを入れるというには直截的すぎる下問を続ける。

「――能信はともかく、次の東宮に立ちたまうが一の君にては、我と教通に差はなし。我らは共に一の君の叔父なるのみならず、女一宮もまた我らが姪なり。しかして、我が何故？　当代の東宮妃の一品宮の入侍は、教通に姫あることに鑑み、我の正嫡なることを明らかならしめんために父上が望まれたることなり。しかして、その一品宮は今や能信ばかりを頼りにしたまえば、我が同じ轍を踏む道理は何処に？」

一品宮禎子内親王が、故東宮妃藤原嬉子の後釜として東宮に入侍したのは、故道長公の意向だった。教通公の長女は禎子内親王とさほど変わらぬ年齢だから、我が家から皇后を輩出し続けるつもりなら、道長公は教通公のところの内孫を宮中に上げることもできたのに、あえてそうせずに禎子内親王で妥協した。それはひとえに、嫡男と定めた頼通公の立場を危うくしないためだった。

だが、その禎子内親王は現状、関白と特段親密な関係ではない。彼女は、頼通公の権力の源泉にはならなかった。その構図は、賢子が持ちかけている第一王子と章子内親王の縁談とまったく同じだ。章子内親王の生母中宮威子は、やはり頼通公と教通公の実妹なのだから。

それでも、頼通公はそうせざるを得ないはずだ。借りを作るのではなく恩を売るなら、ここしかなかった。

「一の君は御年十二、御元服と御結婚を沙汰せねばならぬ時期に候。東宮の後宮には一品宮おわしませば他の姫君の参入を拒むことも能えども、一の君にあられては、内大臣殿の姫君をという話にならば、否やを仰すは難しと存じ候」

子供は成長する。乳母になってから、あっという間だった。もう結婚を考える時期に来ている。間もなくやがて皇子になろうという皇族男子が独身を通すことなど、あり得ない話だ。

最有力候補である教通公の娘――長女は現東宮への入内を諦めてはいないだろうが、彼には次女も三女もいる――が、一の君の妃になることは、頼通公は避けたいはずだ。賢子も避けたい。かつて袖にした相手は、共闘には向かない。それより何より、物のように使い潰された最初の妻の最期を思えば、教通公は兼隆卿と同じ類の人間だ。自分より低い身分の女など手駒でしかなく、決して人として扱うことはない。

「内大臣殿の姫君ならずんば、女一宮をおいて他になし。東宮妃と同じことにはならじと、我が誓いまいらせん。また、今年生まれたまわん関白殿の御子がよしや姫君ならば、立后の時には必ず、時の帝の乳母が、帝にも我が子にも劣らぬほどの傅《かしず》きを」

いつの間にか、頼通公の顔からは微笑みが消えていた。たっぷりと重苦しい沈黙の後に、「……そして」と静かに彼は尋ねた。

「そして、その代《しろ》に、何を望むか」

賢子は笑う。自分が乳をやって育てた王子の立太子を、やがて即位を、その際には歴代の天皇の筆頭乳母と同じように三位の叙位と典侍の官職を。それは、言葉にするまでもない。事がそう運べば、ほとんど自動的に手中に落ちてくる。だから、何も、と応えた。

「何も。ただ関白殿の御身健やかに長久なること、しかして末永く帝を輔弼《ほひつ》し政《まつりごと》を扶《たす》けまいらすることをば願いて已《や》まぬのみに候」

健康に不安がなく、出家したりする気もなく、長く権力の頂点にあり続ける気があるのなら、今のところはそれで良い。それだけで、望む未来の大半は実現したに等しい。後のことは、所詮不確かな未来のこと、今は布石を敷き楔を打つことしかできないのだ。後々何かが顕在化した時に、あらためて今日のことを引き合いに出しつつ働きかければそれで足りる。今は、頼通公が権力の座を降りる目が極めて薄いことを確認できれば焦ることはなかった。

少女の頃からずっと、人生に欲しかったのは、栄光と安泰である。その別名を、成章が教えてくれた。

――主導権。

賢子生涯の望みは、裏ではそんな異名を取るものだった。

関白頼通公は、長く逡巡してから、ゆっくりと頷いた。

七　るいえふ【累葉】

帰りの車の中で、賢子は成章に抱きつき、口づけを降らせた。

「おお」

嬉しさと照れが入り混じって、洗練されていない所作で抱擁を返す成章が、誰より愛しかった。

「嫁に行くわ」

主導権を握り、賢子個人が関白頼通公にとって価値のある人間であれば、兼隆卿を切り捨てることができる。車の中とはいえ憚《はばか》らずいちゃつき、成章の邸宅へ向かって一夜をそこで過ごした。

疎遠になっていた兼隆卿の耳にも入るように、賢子はその日からはあえて隠し立てをしなかった。貴族の婚姻は強固なものではなく、別居であれば本人の意思さえあれば離婚は容易だ。みっともなく取りすがることをする男ではなかった。格下の妻がさらに格下の男に寝取られたとあっては、末代までの恥である。彼としては、自分から追い出す形にして事実上は追認するしかない。

だが、一度だけ、恨み言は言われた。

「恩を仇で返すか」

兼隆卿なくしては、未来の天皇の乳母になることはできなかった。何せ、賢子の母乳は、彼の子のためのものだったのだから。

身分違いの賢子を側室とはいえ妻にしてくれて、出世の道を与えてくれた男なのだから、感謝すべきなのかもしれない。だが、兼隆卿は悪い男だった。悪い男で良かった。あの一言がなければ、罪悪感で躊躇しただろうから。

「腹に宿りたる我が子を、乳さえ出ださるるならばと言い放ちたる男を、人の子の母が許さると思し召しか？」

愛なく抱かれたのは自分の選択だから後悔などしない。だが、無事に生まれずとも良いという言葉を聞いてからずっと、彼が憎かった。切り捨て、踏みつけにしても、何ら痛痒を感じないくらいには、恨みは溜まっていた。賢子は紫式部に愛されて育ったから、同じように一人娘は可愛かった。

「娘は渡さぬぞ」

「我なくしては、姫が御所に上がるは難《かた》しというに？」

冷徹な兼隆卿にとっては娘さえも手駒で、その利用価値は賢子に対する人質だけではなかった。そうであるならば、たまにとはいえ御所に連れてきて面会など許しはしない。彼がそうした理由は、賢子に飴を与えるのと同時にもう一つ、我が娘を未来の天皇の幼馴染に仕立て上げることが目的だった。そしてゆくゆくは、添臥《そいふし》の役目を賜ることを目論んでいた。

添臥は貴人の結婚に先立ち男性側に性の手解きを施す役割である。正妃候補が務めることは一般的ではない。正式な結婚に基づいて契りを結んでこその正妻である。非公式の練習台は生まれの高い女性には不名誉なことだ。したがって添臥は、男性より一段身分の低い相手の中から見繕われるのが普通だった。

異性の乳母子は気心が知れているし、添臥の相手としては王道だ。天皇と添臥の間に男児ができても通常は出家させられるだけだが、兼隆卿の場合は公卿の身分がある。いずれ正式な后が入内して皇子を儲ければ皇位継承争いでは不利だが、望みがないわけでもない。だから兼隆卿は娘をたまに御所に連れてきて王子の遊び相手としたのだが、頻度は絞った。幼い時から姉弟同然に育つと、いざ年頃になった時に恋愛感情は抱きにくいものだ。親しみつつも、馴染みすぎてはいけなかった。

兼隆卿の思惑通りに添臥の沙汰をするなら、王子の乳母であり娘の実母である賢子の口利きは絶対条件だ。才色兼備の美姫らが妍《けん》を競う後宮に我が娘をと考えた時、母親の心理としては必ずしも歓迎一色にはなれない。だからこそ兼隆卿は、賢子と娘の扱いには気を配らなくてはならない。主導権は、賢子にあった。

「姫。母と共に参らん」

声を掛けると、未来の天皇と同い年の、同じ乳で育った娘はこくりと頷いてやってくる。子供は、親の愛情には人一倍敏感だ。たとえ触れ合った回数が少なくとも、どちらが本当に自分のことを想ってくれているかは肌で知る。父親のことは一度も振返らなかった。兼隆卿は、歯嚙みしつつも、引き止める術を持たないと見えた。

母子ともども成章の邸に移り住み、再婚した。あっさりしたものだった。互いに中年以上の再婚の身で、大仰なことをする気にもなれなかった。それより何より、その年の都はとても祝い事ができる雰囲気ではなかった。帝が、ついに崩御したのである。

東宮が即位し、四人の子女は全員親王宣下を賜った。賢子の乳を飲んで育った子は、長く皇孫の諸王にすぎなかったが、一気に天皇の第一皇子となった。

親王宣下の翌年に彼は元服し、東宮に叙せられた。皇太子親仁《ちかひと》親王の誕生である。皇位継承順同列暫定二位であった二王子の拮抗関係は解消して不動の一位が確定し、賢子は将来天皇の乳母となることが決定したのであった。一方、この沙汰により、関白頼通公と第二皇子尊仁《たかひと》親王、及び皇后に立てられたその生母禎子内親王との不仲は決定的なものとなった。

代替わりに際して、関白頼通公は後宮政策にも手を打った。年頃の娘がいないことは苦しかったが――妾の孕んでいた子は待望の女の子だったが、まだおむつも取れない乳飲み子だ――妻の姪娘子女王を養女にして入内させ、中宮に立てたのである。娘を入内させたがっている教通公を挫くため以外の何物でもなかった。賢子には好都合だった。中宮が皇子を産んでも、関白との血の繋がりは新東宮親仁親王とのほうが濃く、すでに立太子されている以上は脅威にならない。

火花を散らす新帝の後宮争いからは距離を置いた。一方で、賢子は教通公の娘を念頭に置きながら、東宮の後宮への参入障壁を築いた。立太子と同時に、章子内親王が東宮妃として迎えられた。新帝は、故兄帝後一条院が自分に託そうとした章子内親王のことを気に掛けていたので、関白頼通公が「若き女宮に、他の后妃と寵を争わすよりは」と提案すれば乗った。そして、成人したばかりの若い夫婦に、他の姫君を割って入らせて波風を立てさせるようなことは避けた。

賢子は、章子内親王を重んじ真摯に世話をした。賢子のような立場の女に期待されていることの一つは、閨房の指南である。ごく親切に、焦らずとも良い、と緊張を解きほぐした。兼隆卿の手前、添臥の目が完全に潰れるまで時間稼ぎをしたかったのもある。元より十三歳と十二歳の結婚はおままごとみたいなもので、周囲がのんびりしていれば当事者もこれといってその気にならないようだった。それが一番良い。まだ子供ができないほうが良いのだ。関白頼通公の妾腹の赤子が長じて入内し、男児を生むまでは。それが賢子が頼通公に売った恩だった。

　章子内親王の役割は、教通公への牽制と、頼通公のための時間稼ぎである。彼女が自分に振られた役を知らぬままでも果たせるよう、側であれこれ差配するのが賢子の任務で、賢子はそれを巧くこなした。色恋沙汰には一家言ある賢子である。そういう雰囲気にしないこともまた、お手の物だった。

　たとえば、この調子だ。

「弁乳母は、左衛門督の妻なりしに、何故に離縁して春宮権《ごんの》大進と再婚を？」

成章は、代替わりがあっても、新東宮親仁親王の春宮坊で引き続き春宮権大進を務めていた。賢子は笑顔で、穏やかに答える。

「身分低くとも、得難きものを持ち、他の殿方には望まれぬ喜びを唯一我に与うる男なれば。彼の人にあらざれば、という唯一無二の何がしかをこそ、まことの恋と呼びて候」

　嘘ではないから、まっすぐ章子内親王に響いたようだった。きっと彼女は、そんな特別な想いを東宮親仁親王に抱くことはないと知っていた。比べる相手が悪すぎる。成章は、稀有な男だった。

　この男系社会で、いったいどこの男が、十も年下の女の下風に立つことを良しとできるだろう。皇太子の乳母と、受領階級の大進では、宮中における重要度は雲泥の差だった。世の人は、格上の妻の尻に敷かれる情けなさを笑うだろう。それでも彼は、賢子を主として自身は従たることを選んだ。

それが、成章なりの計略であることは百も承知だ。彼もやはり、天皇の乳父の地位と恩恵を求めて賢子にすり寄ってきたことには違いない。だが、他の求婚者らと違って、成章は賢子が求めているもの、賢子が好むことをまずは聞いて、その通りのものを差し出す手間を惜しまなかった。

自分の家の主であることを、賢子にくれると言った。そのことで生じる誹《そし》りも嘲弄も、賢子と添い遂げるためには惜しくない苦労だと計算した。財もあると言った——経済的余裕は大事である。そして、何より、出世のための打算による結婚であっても、個人的な好感もまた確かにあった。

ここまで重なれば成章以外にはいない。彼を逃したら二度と手に入れることはできない。少女時代からずっと望んでいた自分の理想の人生のためには、彼が必要だった。

親仁親王の東宮叙位の翌年、賢子は妊娠出産した。生まれた子は男の子で、成章は狂喜乱舞した。

「跡取りぞ!」

彼にはすでに息子が三人あるのに、賢子の産んだ四男が嗣子と定められた。皇太子の、やがて天皇の乳母子という生まれゆえに誰よりも出世の機会のある子を、跡取りに据えるのは理に適ってはいる。また、乳母その人である賢子を尊重し、自身の乳父としての立場を堅固なものにする狙いもあるだろう。その利害が一致するなら、当面は安泰だ。何より、と賢子は我が子を抱く成章を見る。

――愛しがる心も、嘘にはあらぬか。

打算はあるだろうが、愛情も同時に存在する。我が子を抱いて跳び跳ねんばかりに浮かれ、締まりのない顔で笑っているのを見ればわかる。

それぐらいがちょうど良い。賢子は満足だった。純粋に、十割の愛情が欲しいとは思わない。それほど当てにならぬものはないから。けれども、計算と謀略だけでは心は休まらない。恐怖さえ滲む。

成章は、それがちょうど良い塩梅だった。そして、賢子が望むことをきちんと聞き取って理解し、訴求した。惚れずにはいられなかった。

それから十年弱、賢子は東宮の乳母だった。十年目に代替わりがあり、ついに親仁親王は天皇の御位に就いた。そして賢子は天皇の筆頭乳母として、従三位の位階を授けられ、典侍に任命された。

三位以上は公卿である。女だてらに、自分の力でその地位まで登った。誰も彼もが賢子に頭を垂れ、藤三位《とうさんみ》と呼んで礼を尽くされる。好誼《よしみ》を結びたい者たちから誘いは

引き も切らずで、何かと言えば歌合せに駆り出され、若い頃からの歌の腕前が錆びつく暇もなく、歌名もますます高まった。

夫は、それをニコニコと受け止めていた。地方官に任じられ、時には単身赴任で離れ離れになった。権力の中枢のほど近いところで後宮の実権を握った妻に、地方をドサ回りする夫。それに成章は何の不満も言わず、夫婦仲は極めて円満であった。

「我が君、我が主」

愛しい人、とでも呼びかけるような甘い響きで、夫はいつもそう呼んだ。二十年に及ぶ結婚生活の間に、彼もまた賢子の夫であることから出世を重ね、最後には九州は国防の要所である大宰府の実質的な長官である大宰大弐《だざいのだいに》を拝命し、その大任を理由に三位に叙せられて賢子と並んだ。それでも彼は、賢子を「我が主」と呼んで腰低く接するのをやめなかった。

「宿願の夫なりき」

最後の最後に、賢子は繰り返し成章にそう伝えた。十も年上で、名家の出でもない下級貴族出身で、美男でもなく、歌もそれほど卓越した腕前というわけでもなく、お互い様ではあるが再婚の子持ちで――それでも、賢子にとって彼は何もかも理想の男だった。求めていたのは栄光と安泰、その正体は主体性、主導権だと教えてくれた上で、それを差し出してくれた。

二十年連れ添って、別れの時が来た。成章が任じられた大宰大弐は非常に実入りの良い職で、賢子の家はかつてないほど潤った。彼が筑紫から送る財で、焼失した内裏の再建費用の一部を賄い、特に五節《ごせち》の舞の舞台である常寧殿《じょうねいでん》造営はほぼ賢子が資金を拠出して行い、大変な讃辞を浴びた。

離れ離れになるのが耐え難く、賢子は二度ほど遠く大宰府を訪れた。しかし彼は再び都を見ることなく、賢子を残して筑紫の地から彼岸へ旅立った。

喪が明けると、賢子はかつて自分が乳をやった帝に奏上した。

「主上、御許可を頂きたいことが」

「珍しきかな、藤三位。我が母の申すことなれば、何なりと」

「――名を、変えとう存じはべり」

伺候名をコロコロと変えるのは混乱の元である。しかし、越後弁、弁乳母、藤三位――今さら一つくらい加わっても大した違いはないだろう。

「新しき名は？」

その日から、賢子は夫の最後の官職と自身の位階を組み合わせて大弐三位《だいにのさんみ》と呼ばれ、その後三十年、人生の終わりの時まで、亡き夫の名を背負って一人で生きた。

了

文芸社文庫

紫式部の一人娘

二〇二四年二月十五日　初版第一刷発行

著　者　阿岐有任
発行者　瓜谷綱延
発行所　株式会社　文芸社
〒一六〇－〇〇二二
東京都新宿区新宿一－一〇－一
電話　〇三－五三六九－三〇六〇（代表）
〇三－五三六九－二二九九（販売）

印刷所　図書印刷株式会社
装幀者　三村淳

ISBN978-4-286-24569-0